Gudrun Seidenauer
Aufgetrennte Tage

Gudrun Seidenauer

Aufgetrennte Tage

Roman

Residenz Verlag

Bibliografische Information der Deutschen Bibliothek
Die Deutsche Bibliothek verzeichnet diese Publikation in der Deutschen Nationalbibliografie; detaillierte bibliografische Daten sind im Internet über http://dnb.ddb.de abrufbar.

www.residenzverlag.at

Umschlaggestaltung: Franz Riebenbauer
Umschlagbild: Claudia Kunin, gettyimages/Stone
Lektorat: Günther Eisenhuber
Typografische Gestaltung, Satz: Ekke Wolf, typic.at
unter Verwendung der Schrift Adobe Garamond
Gesamtherstellung: CPI Moravia Books

ISBN 978-3-7017-1514-5

1 Was wissen die

Die Maschen fallen von den Nadeln, eine nach der anderen. Noch wissen die Hände, wie man sie wieder auffängt, der Wollfaden gleitet zweimal um den Zeigefinger der Linken wie zehntausende Male zuvor und strafft sich, so fest, dass eine spiralige rote Spur auf der Haut zurückbleibt. Halbpatentmuster, ihr Leben lang kennt sie es, sie mag das leicht Füllige daran und die klaren Linien. Ihr Leben lang strickt sie schon, abends, Westen, Schals, Pullover. Lieber für andere als für sich selbst. Sie bevorzugt feinere, maschingestrickte Gewebe. Handgestricktes trägt auf, sie sieht darin dicker aus, findet sie. Sie streicht über ihre Hüften, die in der Miederhose stecken, und seufzt. Ein weichlicher Fleischring über dem Bund war da immer, seit sie denken kann. Jetzt ist er weg, aber sie kann ihn noch fühlen. Es ist einerlei, jetzt. Neulich war sie einkaufen, und als sie nach Hause kommt, bemerkt sie, dass sie nur die Strumpfhose unter dem Wintermantel trägt. Sie hat dann lange gebraucht zum Anziehen und das Mittagessen vergessen, egal. Seit er weg ist, braucht ja sie nicht mehr zu kochen. Noch einmal gleiten die Hände über die Hüften, auf und ab, aber sie bemerkt es nicht. Sie strickt schön, nicht zu locker, nicht zu fest. Die Finger prüfen die fertigen zwei Handbreit. Ein Schal, lilagrau meliert. Für ein Mädchen, eine Frau. Ein Schal für wen? Der Kopf sticht. Wieder die tiefen Röhren, die direkt aus dem Blick zu wachsen scheinen. Enger. Es ist dunkel und flimmert an den Rändern. Vom Zimmer bleiben münzgroße Lichtpunkte, die sie fixiert, als käme es darauf an, diesen Rest an Helligkeit festzuhalten. Die Finger krampfen, der Schmerz schießt von beiden Händen heiß in die Schultergelenke, verknotet sich im Nacken. Die Augen irren umher. Atmen. Ein, aus, ein. Die Lichtscheiben werden wieder größer. Da das Foto der Tochter auf dem Beistelltischchen. Für die Tochter, freilich! Für die Kleine. Das Fotolächeln wird den Schmerz auflösen, nicht gleich, aber sie spürt es schon. Sie steht nicht auf, lässt das Strickzeug nicht los. Ein Blick genügt. Jetzt sind wieder alle Maschen auf den Nadeln. Es ist noch früh heute, erst zwei, und sie wundert sich plötzlich, warum sie um diese Zeit schon strickt. Abends, sie hat doch immer abends gestrickt. Nur in den Jahren nach dem Krieg, als sie mit der Mama in der kleinen Wohnung am Hauptplatz in Kaltern gewohnt hat, wurde auch tagsüber gestrickt, für den Kurzwaren-Morandell. In grauen Kartons, die sich im Vorzimmer, unter der Schlafcouch, unter dem Küchentisch stapelten, lagen die Wollknäuel und wurden nicht weniger. Wo man ging und stand, stieß man mit den Füßen dagegen. Auch die Wolle war grau, dunkelblau, tannengrün oder braun, manchmal schwarz, die schwarze nahm dann immer sie, weil sie die besseren Augen hatte, die brannten aber trotzdem nach den langen Samstagnachmittagen und verregneten Sonntagen. Die Finger wurden steif vom Stricken und die Schultern taten weh. Aber anders weh als jetzt, das weiß sie, ohne den Unterschied benennen zu können. Wenigstens war es neue Wolle, nicht die aufgetrennte aus den Kriegsjahren, die sich immer so kräuselte und nie ein wirklich gleichmäßiges Gewebe ergab, egal, wie schön man strickte. Socken, Socken, Socken. In Zopfmuster. Helle Kniestrümpfe. Sie kramt einen Zettel aus der Kitteltasche, schreibt, faltet ihn sorgfältig zusammen. Und sie hat schön gestrickt, ja. Wie maschingestrickt, Fräulein Mariann, sagte der alte Morandell, wenn er mit seinen breiten gichtigen Händen über die Socken fuhr und mit der Zunge in den Mundwinkel, sie angrinste und ihr einen Schritt zu nah kam, sodass sie die Kante der Küchenkredenz im Kreuz spürte. Er roch säuerlich, nach Weinkeller und Pfeife, und die Kartons mit der Wolle rochen genauso. Sie meinte, auch an der Wolle selber hafte dieses Dumpfe, Gierige, und sie wusch sich immer die Hände nach dem Stricken, ließ das kalte Wasser minutenlang rinnen und schrubbte, bis die Mutter kopfschüttelnd den Hahn zudrehte.

Sie riecht am Strickzeug. Da ist es wieder: sauer, schwer, gierig, süß. Sie erschrickt, sieht auf die Uhr. Drei. Die Hände bewegen sich, fassen aber keine Maschen auf. Die Nadeln kleben. Die Hände bewegen sich weiter. Für Capellini hat sie lieber gestrickt. Die feine Mohair- und Merinowolle, die sie aus Florenz kommen ließen. Die Farben. Sie schließt die Augen. Farben vergisst man nicht. Es durften keine Fehler in den cremefarbenen, senfgelben oder bordeauxroten Bolerojäckchen sein. Die taubenblauen Dreieckstücher mit den Lochmustern. Wolle-Seide-Gemisch. Die machte sie am liebsten. Wann war das? Die Mutter hat ihr geholfen, die Brille ist ihr immer heruntergerutscht, und sie hat sie ihr an der Schürze geputzt, drei, vier Mal am Abend. Die Krägen an den Jäckchen waren schwierig, aber sie hat nie einen Fehler gemacht. Die Capellinis mochten sie, vielleicht, weil sie so gut italienisch sprach. *Molto bene per una tedesca. Senza accento proprio.* Das *Proprio* hat sie ein wenig gekränkt, trotzdem. Sie sieht ihren Händen zu wie fremden Tieren, die in ihrem Schoß spielen. Den Faden vor die linke Nadel, dahinter, davor, dahinter. Wie große, bleiche Spinnen bewegen sie sich. Ekel steigt in ihr hoch. Schöne, schmale Hände mit langen Fingern hatte sie. Jetzt hat die Tochter ihre Hände. Sie reißt am Faden, mit dem Herzschlag steigt ihr Zorn in den Kopf. Das ist nicht gut, das weiß sie. Den Faden, der davorliegt, mit abheben, glatt. Verkehrt. Was macht die rechte Nadel? Wieder fällt eine Masche. Davor oder dahinter? Der Herzschlag im Kopf. Sie kann es nicht mehr. Ihr Leben lang strickt sie Halbpatent, Westen, Schals, Pullover. Patent, Halbpatent, falsches Patent, Netzpatent. Lochmuster, Zopfmuster. Die feinen Strickdeckchen mit fünf Nadeln, die die Signora Capellini immer so gelobt hat. *Che lavoraccio, cara!* Das silbergerahmte Foto des Sohnes in der schwarzen Uniform am Kamin der Capellinis. Ein schöner Mann. Hohe Stirn, Augen wie Rudolfo Valentino. Ob er ihr gefalle, hat die Signora einmal gefragt, als sie bei ihr im Wohnzimmer saß. Neben dem Foto des Sohnes, Lorenzo hieß er und er war in Rom stationiert, stand das eines vielleicht achtzehnjährigen Mädchens. Das Mädchen trug eine Perlenkette und war hübsch. Ein wenig rund um die Wangen vielleicht. Sie hielt den Kopf ein bisschen schräg und schaute wissend. *Nostra figlia, Chiara. È morta a vent'anni.* Sonst sagte die Signora nichts, und sie hätte nicht zu fragen gewagt. Das hätte die Signora nicht gewollt, Marianne konnte es hören. Sie war immer gut im Hören. Sie wusste, was die Leute meinten, auch wenn sie es nicht sagten. Deswegen mochten sie sie auch in den Geschäften, in denen sie arbeitete. Marianne dachte damals oft an Chiara, auch daran erinnert sie sich. Weil sie auf dem Foto so schaute, als wisse sie, dass sie nicht alt werden würde. Dumme Gedanken waren das. Aber sie konnte nicht aufhören, an Chiara zu denken, vor allem, wenn sie strickte. Wie sie wohl geredet und gelacht hatte? Ob sie auch so geschickt war wie Marianne? Vielleicht war sie bei der Geburt ihres ersten Kindes gestorben. Je öfter Marianne das dachte, desto mehr glaubte sie es. An Lorenzo dachte sie auch. Ob er ihr gefalle! Was der Signora einfiel. Nicht auszudenken. Ein Italiener. An Lorenzo und Chiara dachte sie immer in Italienisch. Das war sicherer. Wie dumm sie damals war. Die eckige, schrumpfende, vergessliche Marianne mit dem verhedderten Strickzeug auf den Knien lacht die junge, geschickte, plumpe Marianne aus. Die dickliche, junge Marianne mit ihren fünf dünnen Klappernadeln im Schoß. Die junge, kirschäugige Marianne, die keine Kinder wollte, nie, aber immer *zwei* sagte, wenn jemand fragte. Wie blöd sie immer fragten. Wann sie heiraten wolle, und Kinder, wie viele. Die junge, lebende Marianne, die einer toten, jungen Frau erzählt, wie blöd die sind mit ihren blöden Fragen. Was es da zu denken gab. An eine Tote und an einen Italiener, der in Rom stationiert war, in Rom, von wo die sich ausbreiteten, herauf in ihre Häuser zogen, ihren Dörfern idiotische neue Namen erfanden und sich sogar auf ihren Friedhöfen breitmachten mit ihren lächerlichen steinernen Schubladen. Die ihnen die Sprache wegnahmen und alles andere auch. Die in die hässlichen, eilig herausgestampften Mietskasernen am nördlichen Stadtrand zogen, ihren Wein soffen und manchmal Hühner in der Badewanne hielten, wie man erzählte. Die waren nicht wie die Capellinis, die meisten nicht.

Auch die Capellinis sprachen kein Deutsch. Aber Marianne störte das nicht. Das Italienischreden war leicht. Die Signora trank nachmittags gern ein Gläschen Likör zum Espresso. Wenn Marianne die fertigen Stücke ins Geschäft brachte, nahm die Signora sie meistens am Ellbogen, schob sie vor sich her in den ersten Stock, hinauf in die Wohnung, und nötigte sie, mit ihr Kaffee zu trinken. Sie erinnert sich an die enge, immer gut gewachste dunkle Holzstiege, an die plötzliche wohltuende Kühle im Treppenhaus, an den Geruch der Signora, Lavendel und Wäschestärke, an ihren sanft murmelnden Redeschwall: *Venga, venga pure, Signorina Marianna, solo un attimino, venga, mi fa piacere, sa, venga pure!*

Sie erinnert sich, dass sie sich immer umblickte im Geschäft, wenn die Signora auf sie einplauderte, ob sie nicht etwa jemand Bekannter sah. Sie erinnert sich, dass es ihr peinlich war, schrecklich peinlich: Wenn sie jemand gesehen hätte. Wenn die Signora bemerkt hätte, dass es ihr peinlich war. Sie erinnert sich, dass sie sich immer plump und grob vorkam in der Wohnung der Signora, und dass die Signora etwas an sich hatte, was sie in der folgenden halben Stunde ihre Plumpheit vergessen ließ. Sie erinnert sich an den süßen Mandelgeschmack des Likörs, an die trockenen Biscotti dazu. Sie erinnert sich sogar an die kleinen hellbraunen Espressotassen aus dünnem Porzellan. Sie erinnert sich, dass sie sich immer gut fühlte, wenn sie wieder ging. Leichter, bedeutender, sogar ein wenig schöner. Vielleicht war es der Amaretto. Wo sie doch nie Alkohol trank. Ohne den Amaretto hätte sie das Foto nicht so lange angeschaut, so lange war es bestimmt nicht, aber lange genug, dass die Signora es bemerkt hatte. Sie erinnert sich doch an alles! Es tat ihr leid, als sie das Geschäft aufgaben und wieder zurück nach Urbino gingen. Feine Leute waren das. Als sie fragte warum – es war ihr herausgerutscht, sie hatte sich so geschämt –, hatte der Signore nur sanft den Kopf geschüttelt, freundlich, *molto gentile,* immer war er freundlich, höflich, immer, hatte ihr die Hand auf den Unterarm gelegt und gesagt: *Non è Italia, questa terra qua, e non la diventerà mai, Lei lo sa, cara Signorina Marianna, e lo sappiamo anche noi.*

Daheim hat sie geweint. Aber die sollen doch endlich hingehen, wo sie hergekommen sind, haben sie gesagt, und sie hat es dann auch gesagt. Weil es richtig war. Walsche, in den Dreißigern angesiedelt in ihrer Stadt, zu Tausenden. Wie sie die Gassen erfüllten mit ihrer lauten Selbstsicherheit, mit ihrer Sprache, die schön war, ja, wie Singen bei manchen, wie Musik, bei den besseren Leuten zumindest. Aber doch: die Sprache der anderen. Genug Gesindel dabei. Aber nicht die Capellinis. *Marianna,* das hat dann niemand mehr zu ihr gesagt. Knopflöcher, Krägen, Raglanärmel. Fingerlinge, zweifädig. Fersen und Spitzen. Die Nadeln kleben. Die Hände bewegen sich im Rhythmus des Herzschlags. Die Knie zittern, obwohl sie sitzt. Der Geruch nach Weinkeller. Die Kartons überall. Die Wolle wird nicht weniger. Grau. Wo ist das Lila? Sie setzt sich auf die Hände, die unter dem Gesäß heiß kribbeln, nicht stillhalten.

Als sie in die Küche zurückkommt, liegt das Strickzeug auf dem Boden. Es tropft, ihr Gesicht ist nass. Das Wasser, sie hat den Hahn nicht zugedreht! Vor dem Badezimmerspiegel hält sie den Blick gesenkt. So geht es. Wasser hilft, auf Wasser ist Verlass. *Acqua.* Wasser. Sie steht vor dem Waschbecken, sieht nicht auf, zerkaut die Silben im Mund. Wa-sser. *Ac-qua.* Das deutsche Wort passt zu fließendem, aus dem Hahn strömendem Wasser, das italienische zu stillstehendem. Zu einem See, einem Teich. Seen mag sie. Wenn sie nicht zu groß sind und zu tief. Wasser. Die Tochter, warum ruft sie nicht an? Nie ruft sie an. Sie weiß, dass das nicht stimmt. Aber es stimmt doch: Nie ruft sie an. Sie würde verstehen, dass Wasser fließt und *Acqua* ruht. Aber sie wird es ihr nicht erzählen. Weil sie nie anruft.

Sie seufzt. Der Blick in das saubere Waschbecken tut gut. Seit er weg ist, ist das Waschbecken immer sauber und der Spiegel auch. Ohne dass sie es ihnen befohlen hat, wischen die Hände das Becken trocken. Immer hat sie die dreckigen Tropfen weggewischt, zehntausende Male. In der Küche hebt sie das Strickzeug auf. Jetzt wissen die Hände wieder, was zu tun ist. Sie strickt Reihe um Reihe, bis das Knäuel zu Ende ist und die Dämmerung das Schauen mühsam macht. Halbpatent, das könnte sie sogar im Finsteren stricken. Tickt die Küchenuhr leiser, seit sie nicht mehr aufgezogen werden muss? Sie beobachtet den Lichtstreifen, der auf ihre Zehen zuwandert und verblasst, bevor er sie erreicht. Die Abendsonne noch einmal zwischen den dichten Wolken. Na also. Sie zieht das angelehnte Küchenfenster weit auf, wirft einen Blick in den Garten, bevor sie sich ans Fensterbrett lehnt, den Haufen Äste betrachtet, die ihr der Nachbar von den Apfel- und Zwetschkenbäumen geschnitten und ordentlich aufgeschichtet hat. Dieses Obst. Überall, wie die Wolle in den grauen Kartons. Die Äpfel, säuerlich und wurmig. Die Finger werden rot vom Schälen und die Haut von der Fruchtsäure dünn. Alle Kübel voll mit Zwetschken, die hier klein bleiben und in manchen Jahren so sauer sind, dass es einem die Mundschleimhaut zusammenzieht, wenn man hineinbeißt. Anders als daheim. Und keine Rosenmarillen. Die werden hier gar nicht. Keine Feigen, keine Trauben, keine Pfirsiche. Keine Williamsbirnen. Keine Gravensteiner Äpfel. Sie kann ja gar nicht aufzählen, was hier alles nicht wächst. In den wenigen heißen Sommern wurden die Zwetschken dann süß und wurmig, im ganzen Haus roch es faulig nach gärendem Obst, obwohl sie tagelang einkochte und Dutzende Kilo Gelierzucker nach Hause trug, rührte und schleppte, rührte und schleppte. Als sie einmal zu ihm sagte, dass ihr die Arme weh täten, hat er nur verächtlich mit den Schultern gezuckt. Später fragte er dann einmal, wieso sie immer in das weiter entfernte Geschäft ging, wo es doch ein näheres gab. Diese Fragen immer. Nach längerem Schweigen, so aus dem Nichts heraus. Das kannte sie. Das war dann gefährlich. Bestenfalls fand sie dann schnell eine Antwort, die er mit einem Schulterzucken quittierte. Schlechtestenfalls, nein, daran kann sie nicht denken. Wenn sie keine Antwort fand oder die falsche. Wenn sie einmal mit den Achseln zuckte. Wenn sie etwas sagte und ihre Hände zu laut und zu schnell mitredeten. Nicht daran denken. Dann war es wieder einmal zu spät, und was dann kam. Wenn sie daran denkt, bekommt sie wieder das Herzklopfen und die Röhren vor den Augen.

Im Lebensmittelgeschäft, in das sie geht, trifft sie immer zwei, drei Frauen von daheim, die in der ehemaligen Barackensiedlung für Flüchtlinge hängen geblieben sind. Keine Freundinnen, sie bleiben beim Sie, jahrzehntelang, wie es bei ihr daheim üblich war. Bei ihr daheim sagen sie nicht zu jedem du, wie hier am Land bei den Bauern. Und der Chef ist ein feiner Mensch, der ihr die Sachen in die Tasche schlichtet, wenn er an der Kassa steht. Er nennt sie immer beim Namen. Das ist alles. Und der Klang der Frauen beim Reden. Obwohl, es ist nichts Persönliches, ein paar Sätze über das Wetter, die Kinder. Der Klang ist es, und das hätte der Mann nicht verstanden, schlimmer noch, er wäre zornig geworden. Wahrscheinlich. Deswegen sicher: Weil sie sich zusammenkratzt, was von Daheim noch zu haben ist. Die Stimmen der Frauen gehören dazu, und dass sie sich nicht duzen. Das hätte sie dem Mann nicht erklären können, sie hätte gar keine Wörter dafür gewusst, die er verstanden hätte. Vielleicht gab es auch keine. Sie weiß nicht mehr, wann sie aufgehört hat, nach den Wörtern zu suchen, die er verstanden hätte. Es wird kühl jetzt. Die Farben weichen schon zurück, die rotgestreiften Vorhänge werden samtig grau. Sie mag diese Zeit, kurz bevor man das Licht aufdrehen muss. Sauber ist die Küche. Alles ist an seinem Platz, seit er nicht mehr da ist. Ein Unfall, es war ein Unfall. Sie tastet nach dem Zettel in der Kitteltasche: *Ich habe gestrickt: Socken, Kniestrümpfe in Zopfmuster. Tracht*, steht da. Blödsinnig, so etwas. Sie wird den anderen Zettel suchen, das ist der falsche. Der Zettel, auf dem steht: *Unfall, Hermann, 21. Mai 1992, 16.32. UNFALL*, in Blocksschrift hat sie es hingeschrieben.

Das Zettelschreiben hat er ihr noch beigebracht. Es ist nützlich. Weil sie viel vergisst. Immer helfen die Zettel nicht und dann findet sie auch welche, bei denen sie sich gar nicht erinnert, sie geschrieben zu haben. Die wirft sie dann gleich weg. Es tauchen aber immer wieder neue Zettel auf. Sie erkennt ihre Schrift und schämt sich. Es ist dieselbe Schrift wie immer, nur größer, flacher. Als ob die Buchstaben aufweichen würden. Das mag sie nicht. Dann reißt sie sich zusammen, und die Buchstaben sehen für eine Weile wieder wie früher aus. Es ist wie mit dem Gesicht, aber umgekehrt: Das Gesicht wird eckiger und zieht sich zusammen. Irgendetwas ist auch mit den Augen. Sie sollte lieber nicht so viel in den Spiegel schauen. Man darf sich nicht gehen lassen. Jetzt muss sie aber das Licht einschalten. Es blendet für einen Moment, aber das macht nichts. Sie sieht auf die Uhr. Es ist schon sieben! Schon wieder hat sie ganze Stunden verloren. Was hat sie getan den ganzen Nachmittag? Gestrickt, sie hat gestrickt. Zu früh angefangen hat sie heute, warum denn nur? Sie hebt das Strickzeug hoch. Schön. Eine elegante Farbe. Lilagrau. Wird ihr gut stehen, der Kleinen. Sie hat wieder nicht angerufen. Nie ruft sie an, nie. Sieben. Einen Moment steht sie noch in der Küche. Der Fernseher. Sie nimmt die Wollstola, die dort liegt, wo sie hingehört. Um sieben ist *Österreich-Bild*. Sie streckt die Beine aus, gut ist das. Jetzt sitzt sie da, wo er immer gesessen ist. Jetzt ist *Österreich-Bild*. Jetzt kann ihr gar nichts mehr passieren.

Am Morgen läuft der Fernseher, als sie das Wohnzimmer betritt, aber sie erschrickt nicht. Wenn sie die Tür zur Küche schließt, ist es, als wäre jemand da, aber niemand, der einem plötzlich in den Weg tritt und gefährliche Fragen stellt. Jemand, der weiß, dass man Distanz wahrt und nicht jeden duzt. Sie hat schon Kaffee getrunken, alles weggeräumt, einen Einkaufszettel geschrieben. Heute sind die Buchstaben gelungen, die kleine, runde, zarte Schrift, die sie in den wenigen Büchern findet, die sie auf der Flucht aus Mährisch-Ostrau mitgenommen haben, in alten Reisepässen und im handgeschriebenen Kochbuch. Ihre Adresse: Marianne

Comploi, Adolf-Hitler-Platz 4, Ostsudeten. Überall hat Marianne damals diese neue Adresse hineingeschrieben wie eine Beschwörungsformel: Dass sie endlich einmal auch wo bleiben könnten. Daheim, dieses ewige Herumgetriebenwerden. Alle paar Jahre eine neue Pacht. Eine andere Backstube, ein anderer Laden, andere Gesichter. Und sonst: immer dasselbe. Es war aber daheim, immerhin. Ihr Land, ihre Leute waren das. Aber nicht genug, fand der Vater, und die Mutter auch, glaubt sie. Was versteht denn die Kleine davon mit ihren frechen Fragen. Den Ton hat sie sich von Hermann abgehorcht. Das Leise, Gefährliche. Als hätte Marianne den Tschechen persönlich das Haus weggenommen. Sie haben doch bezahlt dafür. Vorher, ganz rechtmäßig. Und dann sowieso. Womit kann man mehr bezahlen als mit allem, was man hat?

Damals konnte sie die Dialekte von daheim gut unterscheiden, die feinen Abweichungen zwei, drei Ortschaften weiter. Sie hat immer erraten, wer woher kommt. Daheim, das war vor allem ein Klang.

Marianne schrieb keine Kurrentschrift mehr. In der Schule durfte man sich ohnehin nicht dabei erwischen lassen. Nicht ein Sterbenswort. Und nicht Deutsch reden untereinander. Natürlich taten sie es trotzdem, das war Ehrensache. Manchmal vergaß sie es aber ganz, die italienischen Wörter kamen auch in den Pausen einfach von selber, glitten ihr von den Lippen. Und dann war sie eine Verräterin, ein walscher Fack, ein fetter, walscher Fack. Bis zur letzten Kurve, die sie keuchend rannte, aber das Singen der Kinder holte sie immer ein.

Sie mochte die runde Schrift, die die Maestra an die Tafel malte, ohnehin lieber. Die glänzende blaue Blechfederschachtel, die dünnen Federn mit dem Schildpattfederhalter. Und die zwei aus lackiertem Edelholz, schwarz und weinrot. Die unterschiedlichen Strichstärken, je nachdem, wie man die Feder hielt und wie viel Druck man ausübte. Der süße, leicht giftige Geruch der Tinte. Immer hat sie ihre Federn ordentlich ausgewaschen und abgetupft, nie sind klebrige, vertrocknete Patzen daran zurückgeblieben wie bei den Geschwistern. Und das Papier! Die feinen gelblichen Fasern im Haushaltsbuch. Die fast seidige, trockene Glätte des teureren, hauchleichten Briefpapiers. Die Bleistifte, mit denen Brotbestellungen auf die Rückseiten alter Kalender geschrieben wurden, waren bei ihr immer gespitzt. Der Kleine, mit dem sie in Freiberg dann schreiben geübt hat, der immer ein bisschen nach Schweinestall roch. Er konnte es, obwohl er mit seinen klobigen Kinderpatschhändchen und seinen geflickten Pullovern aussah, als ob er jeden Bleistift in Stücke brechen würde. Wie er die Zunge zwischen die Lippen klemmte, wenn er die Schlingen nachmachte, die sie ihm mit dem weichen Zweierbleistift vorgezeichnet hatte. Da sitzt er, der Kleine, hin und wieder schlägt er mit den Füßen gegen ihre Schienbeine, so aufgeregt ist er. Immerhin waren die Pullover geflickt. Schön geflickt sogar, mit ganz feinen Stichen. Sie hätte es nicht besser gekonnt. Da hat sie gewusst, dass das mit dem Schreiben auch gehen wird. Wenn seine Mutter solche Stiche machen konnte. Marianne war nicht nur im Hören gut, schauen konnte sie auch. Und sich die tschechischen Wörter merken. Sie hat auf etwas gezeigt, der Kleine hat ihr das Wort gesagt, und sie hat es sich gemerkt. Eine hässliche Sprache, haben sie gesagt. Für sie war keine Sprache hässlich. Sie war vielmehr ein Rätsel, das man löste.

Jetzt sitzt sie am Frühstückstisch und sieht nicht, dass die Kaffeemaschine noch eingeschaltet ist, obwohl die Kanne leer ist. Sie sieht nicht, dass es in der Küche schon drei Tage hummerroter Sonntag ist: Sie hat die Kalenderblätter nicht abgerissen. Sie sieht die toten Fliegen zwischen den Fenstern nicht. Denn sie schaut anderswohin, dorthin, wo alles deutlich ist und seine Ordnung hat, weil es sich nicht mehr ändern kann. Dorthin, wo die Zeit klar bleibt und das, was geschehen ist, unverwischbar, wie in Bernstein. Wenn sie aber zu lange hinschaut. Dann. Marianne hat immer gewusst, wie sie hinschauen muss, damit sie das Richtige sieht. In die Zukunft hat sie auch geschaut, früher. Und auch da hat sie das Richtige gesehen, da gibt es keinen Zweifel. Dass es anders geworden ist, anders und falsch, das liegt an den anderen. Marianne staunt, wie einfach es ist. Ja, die anderen. Die, was wissen die. Jetzt ist ihr wieder heiß. Sie taucht den Löffel ins Marmeladeglas und schleckt ihn ab. Das hilft, wenn ihr heiß wird vor Zorn.

Nachher ist man immer gescheiter, sagte sie der Kleinen, die eine Zeit lang immer gefragt hat. Warum? Warum seid ihr dorthin gegangen? Warum habt ihr geglaubt, dass ihr dort bleiben könnt? Warum, warum? Darum! Sie wollte ja nicht. Aber das hat sie damals nicht einmal gedacht. Geschweige denn gesagt. Das Tal, in dem sie sieben Jahre gelebt hatten, war einfach zu eng. Der Stausee vorn, links und rechts Wände aus Stein und Wald. Die Carabinieri, die in den Mehlsäcken stocherten. Das war alles. Und der Zug, immer der Zug, nach Süden, nach Norden. Immerzu fuhren Züge vorbei und ließen einen glauben, dass das Leben anderswo stattfände.

Die Kleine hat nicht ihre Schrift. Eher die seine. Spitz, groß und alle paar Monate anders. Ihre Hefte. Kaum hat sie eines zu Ende geschrieben. Und Seiten hat sie herausgerissen. Nie war etwas ganz, das sie machte, Hefte, Strickzeug, die Serviettensammlung, alles blieb unfertig. Immer hat sie hinter ihr herräumen müssen.

Jetzt bemerkt sie den Kalender. Sie hockt in der Küche schon wieder im falschen Tag. Sie hustet, obwohl sie nicht müsste, wirft mit dem Geräusch einen Anker in die holpernde, kreiselnde Zeit, die aus den Fugen gerät, und dann brechen wieder ganze Stücke weg und verschwinden in einer schlammigen Flut, um an unvermuteten Stellen aufzutauchen wie faulendes Treibholz. Was soll sie anfangen mit diesen Zeitbrocken?

Heute Nacht hat sie wieder vom Fluss geträumt. Es wird Hochwasser geben, sie weiß es, und alle fahren sie vorbei in schmalen Kanus und winken. Sie winkt zurück, aber dann merkt sie, dass sie gar nicht ihr winken, sondern einer Gruppe bunt gekleideter Frauen in Tracht, die da oben auf dem Hügelkamm stehen. Und dann weiß sie es wieder: Dass es kein Wunder ist, dass sie ihr nicht winken, weil sie es gar nicht verdient hat. Wenn sie doch ihre Zunge nicht im Zaum halten kann.

Wenn sie redet wie eine Walsche. Wenn sie im Geschäft steht und mit der einen deutsch redet und mit der anderen italienisch, ohne nachzudenken. Wenn sie sich heimlich über dem Strickzeug mit der toten Chiara unterhält. Und der Maestra auf die Schuhspitzen schaut, wenn sie beim Diktat mit ihren schwarzen spiegelblanken Stöckelschuhen zwischen den Bankreihen auf und ab schreitet genau im Rhythmus der Sätze. Eine Königin der singenden Wörter. Wenn kein einziges Wort falsch geschrieben war, weil Marianne es sich gemerkt hat, weil sie die runde Schrift der Maestra angeschaut, den Klang und den Takt der Sätze gehört hat, ohne dass ihre eigene regelmäßige und runde Schrift auch nur einmal gestolpert wäre. Was wissen denn die. Es hilft noch immer, diesen Satz zu denken. Wie die Marmelade hilft es. Nicht immer, aber noch oft genug. Immer wieder kommt jemand Neuer hinzu, an den äußeren Rändern von Mariannes Die-Gemeinschaft. Der Kern ist fest: Der Mann, Hermann, sitzt im Mittelpunkt. Sein Platz ist wie mit dem Zirkel eingestochen. Und seit er tot ist, versteinert er darin. Seltsam, sie kann sich nicht vorstellen, dass er verwest. Sie stellt sich vor, dass er hart wird und grau wie Stein und dass seine Bewegungen, seine raumgreifenden Schritte, die entschiedenen Drehungen seines Oberkörpers allmählich weniger werden, bis er zum Stillstand kommt. Das ist noch nicht geschehen. Manchmal greift er noch nach einem Werkzeug, beugt das Knie, dreht den Kopf, dort unten, ruckartig und ins Leere. Er versteht noch immer nicht, dass es vorbei ist. Das wundert sie nicht. Er hat es ja lange genug geübt, das Nichtverstehen. Von Anfang an hat er es geübt, und in dem, was man lange genug übt, wird man irgendwann gut. Wenn ein entsprechendes Talent vorhanden ist. Sie seufzt, schraubt das Marmeladeglas zu. Seine grünbraune Weste mit den Lederknöpfen hängt noch im Vorzimmer. Die nicht, hat sie gesagt, als die Kleine seine Kleider zusammengepackt und zur Caritas gebracht hat. Schöne Sachen, die sie immer ordentlich instand gehalten hat. Die Kleine hat nicht gefragt warum, das hat sie gewundert. Sie hat schon die Luft angehalten und das Herzklopfen gespürt, wie immer, wenn sie die Warum-Fragen der Kleinen erwartete und diesen Blick dazu, den sie dann immer hatte. Dieser Blick, den hat sie von ihm. Jünger noch, aufgebrachter, unruhiger. Aber doch: sein Blick. Nie hat sie sich das gedacht, dass die Kleine seinen Blick bekommen wird. Was für ein putziges Baby sie war. Wie anhänglich, wie nachgiebig. Was wissen die, wie es ist, wenn die Kleine, die Eine, die Einzige, diesen Blick bekommt und man kann nichts dagegen tun. Man tut und tut und strickt und näht Puppenkleider bis spät in die Nacht, und man kocht, diese verfluchte Kocherei jeden Tag, man räumt hinter ihr her und hinter ihm, und man erzählt ihr, weil man es ja irgendwem erzählen muss, wem denn sonst, damit sie sich wenigstens vorstellen kann, wie das war damals, und dann bekommt sie diesen Blick und sagt einem, das sind doch nur Phrasen, Mama, du erzählst immer das Gleiche, und warum seid ihr dorthin gegangen, und was habt ihr überhaupt verloren dort, und warum habt ihr geglaubt, dass ihr dort bleiben könnt, und habt ihr überhaupt bezahlt für das

Haus und wie viel, und wohin sind die gezogen, denen es gehört hat.

Marianne drückt sich die Fingerknöchel, bis sie knacken. Was habt ihr verloren dort, fragt sie. So etwas fragt sie. Alles, hat sie der Kleinen geantwortet. Wir haben alles verloren, jetzt weißt du es. Mehr als alles, mehr gibt es nicht. Aber die Kleine hat nichts verstanden. Nichts verstehen wollen. Der Blick, der war schon vor den Fragen da. Den Blick, den hatte die Kleine vielleicht seit dem Schulgehen. Nein, vorher schon. Der Blick war jedenfalls vor den Fragen da. Die Fragen hat sie sich dann nur ausgedacht, um den Blick zu rechtfertigen, das weiß Marianne ganz genau. Sie runzelt die Stirn vor Anstrengung. Sie schwitzt. Es ist schwer, vorher und nachher auseinanderzuhalten. Sie hat die Zettel, sie hat die Jahreszahlen. Aber wenn sie nachschaut oder nachdenkt, sind die Zahlen unentzifferbare Hieroglyphen, fremdartige Striche, umso undeutbarer, je näher sie an die Gegenwart heranreichen, und am Ende nichts als flimmernde Schmutzspuren, die sie wegwischen möchte. Sie schaut auf den Kalender. Hat sie genug Blätter abgerissen? Sie wird das Radio einschalten, die Nachrichten hören und um eins das tägliche Opernkonzert. Dann fließt die Zeit für eine Weile wieder so, wie sie soll. Mozart würde sie gerne wieder einmal hören. Die Königin der Nacht. Wie sich das Schönste aus der Verzweiflung emporwindet, Ton für Ton, bis in diese glasklare Höhe. Verdi hört sie auch gern. Heute gibt es Schubert-Lieder, die kennt sie nicht. Aber Schubert tut ihr nicht so gut, daran erinnert sie sich. Ein bisschen heimtückisch, diese Süße, die einen dann ganz plötzlich traurig macht, so dass einem Traurigkeit in den Körper fährt bis in die Fingerspitzen und dann kann man sich kaum mehr rühren. Na also! Sie erinnert sich doch an alles.

Was wissen die mit ihren Ratschlägen, mit ihren Tabletten, mit ihren Zetteln, mit ihren Zahlen. Was wissen die, wie es ist, wenn sich die Zeit im Kopf zusammenklumpt wie Pech. Nein, der Schubert ist nicht so schlecht heute. Traurig, aber besänftigend. Nur zu laut darf es nicht sein. Marianne streckt sich, dreht am Lautstärkeregler des Radios und räumt den Frühstückstisch ab. Heute ist die Zeit freundlich zu ihr. Sie vergeht nicht zu schnell und nicht zu langsam. Es ist erst eine halbe Stunde verstrichen, seit sie sich an den Tisch gesetzt hat, und sie kommt noch rechtzeitig zum Einkaufen, wie jeden zweiten Tag, und dann muss sie zum Arzt. Die hellblauen Tabletten sind fast aus. Auch Hermann in seinem Grab dort unten begreift allmählich, dass da nichts mehr zu machen ist und verhält sich ruhig.

Die Vormittage sind überhaupt immer besser, waren sie immer schon. Wenn sie allein war. Die Kleine in der Schule und er in der Arbeit. Wenn sie sein Rad auf dem Kies gehört hat und die Gartentür und sich dann noch einmal im Bett umdrehen konnte.

Marianne geht die Einkaufsliste noch einmal durch. Ob ihr nicht langweilig ist, immer so allein, hat Frau Lerch, die über ihr in der Mansarde wohnt, neulich gefragt. Langweilig! In ihrem ganzen Leben war ihr nie langweilig. Früher, da hat sie sich halt noch manches gewünscht: Dass er mit ihr in die Generalproben der

Konzerte geht, für die sie im Geschäft die billigen Karten bekam, dass er eine Serviette benutzt, dass er ihr nicht immer nur Geld zu Weihnachten schenkt, dass er ihr die Tür aufhält. Das war am Anfang, lange her. Als die Kleine dann endlich da war, hatte sie das Wünschen schon vergessen. Sie hat damals viel Zeit mit dem Wünschen vertan, ist am Fenster gesessen, manchmal sogar ohne Strickzeug, hat gewünscht, und dann musste sie sich beeilen mit der Hausarbeit. Langweilig war ihr aber weder so noch so. Marianne lacht wieder, lacht die jung verheiratete Marianne aus mit ihren tausend Wünschen. Dass er sie küsst in der Früh und am Abend, wenn er heimkommt. Dass er ihren Namen sagt. Dass er das Salatbesteck benutzt. Die junge Marianne hat fast nur aus Wünschen bestanden, über die sie den ganzen Tag nachgedacht hat. Das Nachdenken hat aber nicht geholfen. Natürlich nicht. Das Nachdenken hilft eigentlich nie. Marianne ist jetzt das, was von den Wünschen übrig geblieben ist. Das würde genügen. Wenn nur das mit der Zeit nicht wäre, und wenn die Kleine ab und zu anrufen würde. Sie packt den Einkaufskorb, wirft einen Blick zurück in die Küche. Immer so gehen, dass man sich nicht genieren muss, wenn man nicht zurückkehrt und fremde Leute in die Wohnung kommen. Das hat sie immer so gehalten. Im Gegensatz zu ihm. Als er dann dort unten im Stiegenhaus gelegen ist, war sein Pyjama noch zusammengeknüllt und die schmutzigen Wassertropfen im Waschbecken. Und die verschmierte Brille neben dem Etui auf dem Nachtkästchen. Sie hat dann erst einmal aufgeräumt. Was hätte sie denn sonst tun sollen. Was hast du denn getan, bis die Rettung gekommen ist, hat die Kleine gefragt. Aufgeräumt. Die Kleine hat wieder den Blick gehabt, natürlich. Sie richtet den Vorhang so, dass zu Mittag bei Sonnenschein zwei Lichtstreifen auf den Küchenboden fallen, das sieht schön aus. Sie bleibt dann immer stehen und schaut eine Weile dem Licht zu und wie der Staub darin tanzt. Das ist ihr Geheimnis. Marianne hat viele Geheimnisse. Heute ist das Wetter schön. Heute geht es ihr gut. Gut, danke, wird sie sagen können, wenn der nette Herr Pospichal im Geschäft fragt, wie es ihr heute geht. Und das ist gut so, weil es stimmt. In letzter Zeit hat sie oft nicht mehr die Kraft gehabt, *gut, danke,* zu sagen und dann hat hin und wieder jemand nachgefragt. Und Ratschläge gegeben, von Zahlen, Zetteln, Tabletten, der frischen Luft und den Leuten geredet, unter die sie gehen sollte. Dann muss sie immer nicken und danke sagen und noch ein paar Sätze, die ihr dann oft nicht recht einfallen wollen. Dann schwitzt sie wieder und es wird anstrengend. Besonders anstrengend ist, dass man im Vorhinein nie weiß, wer wieder zu denen gehören wird. In letzter Zeit werden es immer mehr. Frau Lerch zum Beispiel, mit der sie so gut reden konnte. Frau Lerch hat auch eine Zeit zum Mitschleppen, das weiß sie. Darüber haben sie oft geredet. Neben der dunkelvioletten Magnolie, die Frau Lerch kurz nach ihrem Einzug neben den alten Birnbaum gepflanzt hat. Den Birnbaum mag Marianne ohnehin nicht. Seine Äste strecken sich und wachsen wie Tentakel, die Früchte sind groß und hart. Hier wird das Obst einfach nicht süß. Frau Lerch hatte im Garten des Hauses, wo sie zuletzt gewohnt hat, Blumen und Sträucher gesetzt. Als sie dann auszog, grub sie fast alle Pflanzen aus und brachte sie hierher mit. Sie lieh sich eine Scheibtruhe und fuhr sie fast drei Kilometer hierher, vier oder fünf Mal. Das gefiel Marianne: Wie die kleine, drahtige Frau Lerch mit einem im Nacken zusammengeknoteten Tuch am Kopf unermüdlich die Scheibtruhe mit den Pflanzen hin und her fuhr. Wie schnell sie war. Wie ihr der Schweiß über die Stirn lief. Wie sie sich die Hosen hochkrempelte und die Pflanzen einsetzte, bis es dunkel war. Ein paar waren etwas mitgenommen vom Transport, aber Frau Lerch hatte den sogenannten grünen Daumen. Nichts wurde kaputt. Eine Dame war Frau Lerch nicht. Aber Marianne sah ihr gern zu, wie sie mit ihren kleinen eckigen Händen im Garten arbeitete. Oft stand sie eine Weile hinter dem Vorhang im Wohnzimmer und schaute auf sie hinunter: der weiße Ansatz im brünett gefärbten Haar. Ihre flinken Bewegungen, das Gemurmel dazu. Sie lachte viel und redete mit den Pflanzen und mit sich selber. Das kommt vom Alleinsein, sagt sie. Aber sie sagt es so, als hätte sie damit ein Rezept gegen das Alleinsein gefunden. Sie fährt mit einem grün gestrichenen Waffenrad. Sie klappert laut über die Stiegen. Sie hat Hermann nicht einmal gefragt wegen der Pflanzen, sondern Marianne. Auch wegen anderer Dinge, und wenn Marianne dann manchmal meinte, da müsste sie erst ihren Mann fragen, hatte Frau Lerch für einen winzigen Moment so ein Zucken um die Augen, das Marianne gefiel. Die Haare hätte sich Marianne nie gefärbt. Obwohl sie auf die siebzig zugeht, ist ihr Haar nur von grauen Strähnen durchzogen. Frau Lerch ist acht Jahre älter. Sie arbeitet immer noch im Garten und fährt mit dem Fahrrad. Ein wenig langsamer vielleicht. Aber mit denselben leichten und konzentrierten Bewegungen, die Marianne so nicht kennt, nie gekannt hat, und die sie immer noch erstaunt, vielleicht eine Spur bewundernd betrachtet. Frau Lerch ist aus Berlin. Die Eltern hatten ein Restaurant, die Mutter war gestorben, als Frau Lerch sechzehn war. Ausgebombt, brennender Asphalt unter den Füßen, das Kind im Bauch. Ostzone, Russen, Behelfsheim, Kartoffeln pflanzen als Stadtfrau, der Mann weiß Gott wo. Dann die Flucht in den Westen, bevor die Mauer gebaut war. Marianne könnte die Sätze aus Frau Lerchs Geschichten beinah Wort für Wort wiederholen. Besonders die über die Mutter und die über die Flucht. So etwas verbindet mehr, als die sich vorstellen konnten. Sie blieb per Sie mit Frau Lerch. Das ist kein Problem. Auch in Frau Lerchs Berlin duzte nicht jeder jeden wie hier am Land.

Die Kleine war ja oft bei ihr, ganze Nachmittage. Sie fuhren auch gemeinsam mit dem Fahrrad, was Marianne ganz recht war. Sie war ja nie ungern allein. Die Kleine ruft aber auch bei Frau Lerch nie an. Auch das ist Marianne recht, selbst wenn es Frau Lerch kränkt. Das wäre ja noch schöner. Hin und wieder belässt sie es nicht beim Zuhören und sagt diese Sie-sollten-Sätze. Unter die Leute gehen. Hinaus. Als Hermann starb, war sie gerade bei ihrem Sohn in München. Das hat sich gut gefügt. Sonst hätte Marianne sicher nicht in Ruhe aufräumen können, bevor die Rettung kam. Marianne fährt sich mit der Hand über die Stirn und atmet tief durch. Manchmal, leider nicht oft, ist etwas genau so, wie es sein soll.

Es dauert dann noch eine Weile, bis sie sich auf den Weg macht. Das Einräumen der Tasche und das Anziehen brauchen fast genauso viel Zeit wie das Einkaufen. Sich gehen lassen, das will Marianne keinesfalls. Trotzdem geschehen immer wieder peinliche Dinge: Sie geht ohne Geldtasche, ohne Hut außer Haus, hat den Krankenschein nicht dabei oder den falschen Mantel an. Oder sie verwechselt Samstag und Sonntag oder andere Wochentage. Wäscht Wäsche am Mittwoch, putzt am Montag. Was weiß denn Frau Lerch schon. Je weniger Marianne unter die Leute geht, desto seltener passieren ihr solche Dinge. Daheim kennt sie sich ja meistens aus.

Auf der Straße richtet sie den Blick zu Boden. Aber mit einem Lächeln. Man sollte immer zu einem Lächeln bereit sein, falls einen jemand grüßt. Heute ist ein guter Tag. Das Einkaufen ist leicht. Sie findet alles auf Anhieb. Viel ist es ja nicht. Das Vergleichen der Preise hat sie aufgegeben. Jetzt bekommt sie ja kein Wirtschaftsgeld mehr, das sie sich einteilen muss. Sie geht einfach zur Bank und hebt am Monatsanfang die Hälfte von der Witwenpension ab.

Die entsprechenden Tage hat sie für ein ganzes Jahr im Voraus markiert. Sie hat zwar immer ein bisschen Angst, wenn sie mit dem vielen Geld in der Tasche nach Hause geht, aber die Bank ist ja gleich um die Ecke. Es geht gut so. Marianne ist stolz auf ihre Ordnung. Ordnung ist das halbe Leben, wie oft hat sie das der Kleinen gesagt. Da vorne, eine Reihe weiter steht Frau Lerch und sucht etwas mit ihren flinken, flatternden Händen und ihrem Eichhörnchenblick. Noch hat sie sie nicht bemerkt. Marianne ist nicht froh sie zu sehen. Es ist seltsam, aber wenn sie jemanden trifft, den sie kennt, fühlt sie sich oft einsamer, als wenn sie allein ist. Dann breitet sich die Einsamkeit aus in der Brust, dehnt sich, zieht sich zusammen wie ein Herz, das das eigene von innen aushöhlt und seine Stelle einnimmt. Wie diese Insekten, die in den Bau anderer Insekten eindringen und sie verdrängen, das hat sie einmal in Fernsehen gesehen. Aber der Blick in den Einkaufswagen beruhigt sie wieder. Vielleicht hat sie keine Zeit sich einsam zu fühlen, wenn sie allein ist. Da hat sie dann immer viel zu tun. Und die Zeit kommt und vergeht ja seit einiger Zeit, wie sie will. Deshalb muss sie zuhause immer gut aufpassen und versuchen alles zu tun, was getan werden muss. Frau Lerch winkt ihr und spricht von den Dosentomaten im Sonderangebot. Da kann Marianne mitreden und erzählt, wie sie den Sugo macht. Eine feine Prise Zimt zum Schluss, das ist das Geheimnis. Heute stellt Frau Lerch keine seltsamen Fragen und meint, sie würde Mariannes Rezept gerne ausprobieren. Marianne verspricht, es aufzuschreiben und ihr dann hinaufzubringen.

Das Wartezimmer beim Arzt ist ziemlich voll. Marianne studiert die Gesichter, denn ohne Lesebrille kann sie sich keine Zeitschriften ansehen. Vorsichtshalber lässt sie einen Anflug des üblichen Lächelns auf dem Gesicht liegen. Niemand spricht. Wie üblich weichen die Blicke einander elegant aus. Es ist angenehm, wenn die Leute wissen, was sich gehört, und Marianne macht das Warten nichts aus, sie ist ohnehin müde vom Einkaufen. Sie stellen dieses Band an der Kassa bestimmt immer schneller. Ein Junge schlägt ziemlich laut Bauklötze aneinander und fährt mit einem Bagger den Wartenden beinah über die Zehen. Der dicke Mann gegenüber bekommt ein Zucken um die Augen. Die blondierte Frau da, die nach Zigaretten riecht und abgesplitterte Fingernägel hat, ist wohl die Mutter. Der Junge hat ihre unruhigen Augen mit Schlupflidern und ihren Haaransatz. Die Augen sieht sie sich immer besonders genau an, das kommt vom Zeichnen. Marianne ist froh, eine Tochter zu haben. Laut war sie fast nie und allein gespielt hat sie auch, stundenlang. Jetzt baut der Junge einen Turm in der immergleichen Abfolge der drei Farben, rot, blau, gelb, rot, blau, gelb. Sie nickt dem Kind zu, es versteht. Mit den Kindern ist es einfach. Marianne sieht sie gern an. Sie schauen zurück und stellen keine Fragen, oder zumindest solche, die ihr nicht dumm vorkommen und ihr Herzklopfen machen. Und Kinder müssen noch keine Taschen mit Fächern mit sich herumtragen, in denen sich die Dinge verstecken, sie brauchen keine Lesebrillen, Krankenscheine, Einkaufszettel, Tablettenschachteln, Schlüsselbunde, Abholscheine. Die Kinder haben ja noch nicht viel. Aber eine Zukunft. Marianne erinnert sich noch ganz genau daran, wie es war, eine Zukunft zu haben. Sie schließt die Augen, damit sie sich noch besser erinnert. Es ist ein bestimmtes Gefühl im

Körper, für das es keine Wörter gibt. Je näher die Zukunft kam, desto verschwommener wurde sie. Man wird weitsichtig mit der Zeit. Nicht nur die Augen, das ganze Gehirn wird weitsichtig. Das muss sie dem Arzt sagen. Wenn er sie fragt, wie es ihr geht, weiß sie nämlich meistens nicht, was sie sagen soll. Marianne kramt den Einkaufszettel hervor und schreibt auf die Rückseite: *Das Gehirn wird weitsichtig.* Und: *Die Kinder haben noch keine Taschen.* Sie faltet den Zettel ganz klein und schiebt ihn unter ihr Uhrband, damit sie es nicht vergisst, wenn sie zum Arzt hinein darf. Und da ist die leere Schachtel für die hellblauen Tabletten. Damit sie sich besser konzentrieren kann, hat der Arzt gesagt. Doch, sie erinnert sich ja. Was haben die nur. An alles, was wichtig ist, erinnert sie sich. Der Junge schaut interessiert und zeigt auf ihr Handgelenk. Der Turm mit den Bauklötzen fällt um, der Junge achtet gar nicht darauf. Marianne sagt: »Damit ich es nicht vergesse. Soll ich dir bauen helfen?« Der Junge lächelt und nickt. Mit den Kindern ist es einfach, wenn es nicht die eigenen sind. Marianne rückt mit ihrem Sessel ein Stück näher an ihn heran. Sie bauen zwei Türme nebeneinander, rot, blau, gelb, rot, blau, gelb. Der Junge bemüht sich, die Bauklötze genau im gleichen Tempo wie Marianne aufeinanderzustapeln. Sie zeigt ihm, wie er es machen muss, damit die Türme nicht umfallen. Das Wort fällt ihr gerade nicht ein, so ähnlich wie Naht. Naht an Naht. Kante, denkt Marianne einen Moment später, Kante heißt es. Es macht nichts. Der Junge hat schon verstanden. Die Wörter sind nicht immer so wichtig. Zu viele Spielsachen haben die Kinder heute, die sie dann verlieren oder verschenken wie die Kleine. Einzelkinder werden egoistisch, heißt es doch. Die Kleine hat aber so vieles verschenkt, und Marianne musste die Sachen dann zurückholen. Peinlich war das und Marianne wurde wütend, besonders wenn es um die vielen selbstgemachten Sachen ging, Puppenkleider, Pullover, Stofftiere, die Marianne an langen Abenden für die Kleine genäht und gestrickt hat. Sie hat es nicht verstanden, wenn sie ihr sagte, dass sie das nicht darf. Jetzt fällt es Marianne ein, damals hat die Kleine diesen Blick bekommen, der sie fixierte und gleichzeitig fallen ließ. Vielleicht hätte sie der Kleinen das Herschenken öfter lassen sollen. Vielleicht wäre dann etwas anders geworden. Aber das ging doch nicht. Und alles hat sie verloren, die Kleine, bis in die Schulzeit hinein, eigentlich bis sie ausgezogen ist. Schirme, Taschen, Mützen, Hefte, einfach alles. Sie kann einfach nichts bei sich behalten. Das Gegenteil von Marianne, die alles bei sich behält. Nie hat sie etwas verloren. Vielleicht weil sie ja damals alles verloren haben. Die Kleine hat keine Ahnung, immer noch nicht. Gut hatte es die Kleine. Kinder haben es ja meistens gut. Marianne kann leichter denken beim Turmbauen, noch besser als beim Stricken. Sie bauen, bis die Bauklötze aus sind. Der Junge baut jetzt etwas anderes und Marianne sieht zu, nickt manchmal ein wenig. Für die Kinder sind die Gegenstände noch keine Feinde, die sich gegen sie verbünden, Hindernisse vielleicht schon, aber die machen meistens nur neugierig oder ungeduldig. Die Kinder haben noch keine fremden Gesichter im Spiegel. Und die Zeit?

Marianne denkt, dass sich die Zeit in den Köpfen der Kinder so ähnlich verhält wie in dem ihren. Sie ist kein gleichmäßiger und regulierter Fluss, über den man den Überblick behält, sondern besteht aus vielen Armen von unterschiedlicher Breite und Tiefe, aus stillstehenden und undurchsichtigen Tümpeln, Wasserfällen, Schnellen, aus einem ganzen Geflecht verschiedener Gewässer, die sich manchmal verfestigen, und man steht still und wie außerhalb, bis sie sich, wer weiß warum, wieder erwärmen und einen mitziehen, und man weiß nicht wohin. Marianne schließt wieder die Augen, es flackert für einen Moment und dann sieht sie die Zeit hinter den Lidern strömen. Heute leuchten die Gewässer ein wenig und sind deutlich zu erkennen. Sie hat gar keine Lust, die Augen wieder zu öffnen. In den Kindern muss die Zeit ähnlich aussehen, nur umgekehrt: Das meiste fließt in die eine Richtung und nur ganz wenig in die andere. Sie ist im Kopf, nicht draußen. Alles ist im Kopf. Draußen ist gar nichts. Deshalb gibt es auch keinen Grund, die Augen zu öffnen. In den Ohren rauscht es: Das ist die Zeit. Marianne streckt die Hand nach dem Kind aus. »Komm her«, sagt sie, und der Körper des Jungen ist ganz weich und nachgiebig. Sein feines blondes Haar kitzelt Mariannes Gesicht. Sie legt die Stirn an die des Kindes. So müsste es gehen. Die Gewässer in ihrem Kopf und in seinem gleichen einander. Sie fließen spiegelverkehrt. So kommt es vielleicht zu einem Ausgleich. Mariannes Herz klopft. Dass ihr das eingefallen ist! Die Stirn des Jungen ist kühl. Lange braucht es ja nicht zu dauern.

Mit einem Mal zerrt etwas an dem Kind und Marianne spürt einen Schubs an der Schulter, der ihr die Augen aufreißt. »Was fällt Ihnen denn ein«, herrscht die Blondierte mit den Schlupflidern sie an. Auch die anderen drehen die Hälse. Marianne drückt den Rücken gerade. Sie packt die Henkel ihrer Handtasche und dreht die Schuhspitzen zueinander. Lächeln, ganz leicht lächeln. Es wird schon gehen. Vielleicht hätte es geholfen. Aber was wissen die. »Entschuldigung«, sagt Marianne. Die Wörter kratzen im Hals. Marianne räuspert sich und hustet, bis sie weg sind. Sie nimmt eine Zeitschrift und blättert, konzentriert sich auf die Überschriften. In den Fingern spürt sie, wie sich die Spannung im Raum wieder verliert. Nur die Blondierte bleibt wachsam und flüstert beruhigend auf den Jungen ein. Dabei war es doch sie, die ihn erschreckt hat, nicht Marianne.

Nein, Marianne fühlt sich gar nicht schlecht. Die Zeitschrift langweilt sie, weil sie nur die Überschriften lesen kann, und die glänzenden Gesichter auf den Bildern knistern so seltsam. Aber schlecht fühlt sie sich nicht. Sie befindet sich in einer unsichtbaren Hülle, wie ein feiner Wassernebel ist das oder eine hauchdünne, kugelförmig aufgeblasene Folie um sie herum, die sie beschützt. Es kommt aus dem Kopf, wie alles andere auch. Wenn man sie in Ruhe ließe, ginge es ihr gut. Und wenn sie immer wüsste, wie man den Nebel macht. Der Junge schaut her und lächelt ein wenig. Na also. Die Mutter streicht ihm mechanisch über den Kopf. Marianne tut, als sähe sie nicht hin. Zwei Leute sind noch vor ihr, darunter die Blonde, dann ist sie dran.

Marianne tastet nach dem Zettel, der unter dem Uhrband klemmt, und sieht die gerahmten Diplome an der Wand an, die Geräte. Es ist eng da drinnen. Der Arzt lächelt. Während Marianne die leere Tablettenschachtel hervorkramt, spürt sie seinen Blick über sie wandern. »Die hellblauen Tabletten sind aus«, beeilt sich Marianne zu sagen. Dann er: Die Patientin, die vor ihr da war, die mit dem blonden Jungen, habe sich ein wenig besorgt über sie geäußert. Ob es ihr gut gehe? Ob sie sich vielleicht unwohl fühle?

Marianne merkt, wie er den Wörtern die Kanten abzuschleifen versucht. »Nein, gerade heute geht es mir sehr gut«, antwortet sie sofort. Der Doktor nickt, als glaube er ihr nicht, und spielt mit dem Kugelschreiber. Sein Ton ist anders als sonst, weich, aber lauernd, und die Zeit dehnt sich wieder, das gefällt Marianne gar nicht. Sie streicht sich über den Mantel. Es fehlt kein Knopf, sie hat die richtigen Schuhe an und keine Laufmasche. Sonst dauert es nie lange. Er schreibt ihr ein Rezept und sie kann gehen. Wenn sie manchmal Wörter gesucht hat für das, was mit ihr los ist, hat er immer schnell genickt und ihr ein Rezept geschrieben. Das war meistens gut so, denn das Erklären strengt sie ohnehin immer mehr an. Und diesen Geruch hier mag sie auch nicht. Die Ärzte, die einen in Puls und Cholesterinspiegel und wer weiß was zerlegen. Ob er ihr ein paar Fragen stellen dürfe. Ob sie gut schlafe. Marianne nickt. Sehr gut sogar. Jetzt muss sie aufpassen. Sie spürt, dass sich auf ihrer Oberlippe Schweiß bildet. Ob sie genug trinke. Ja, natürlich. Marianne zählt auf, was sie trinkt, obwohl es nicht stimmt. Aber darauf kommt es jetzt nicht an. Ob sie sich täglich etwas Warmes koche. Was sie heute gegessen habe. Was sie gestern gegessen habe. Ob sie abends fernsehe, welche Sendungen sie gern sehe. Marianne redet und lächelt und redet. Er wolle sich nur ein Bild machen, ob sie gut zurechtkomme, so allein, sagt er. Seine Augen sagen Marianne, dass er lügt. Das macht nichts, solange Marianne mitlügen kann. Sie bemüht sich, nicht zu schnell zu sprechen, aber ihre Zunge fährt gegen ihren Willen zu hastig über den Gaumen. Der Arzt hat eine Mappe vor sich liegen, die vorhin noch nicht da war. Er blättert, stellt weitere Fragen, ohne sie anzusehen. So geht es leichter. Was will er denn nur? Es sind doch so viele Leute im Wartezimmer. Aber das kann sie nicht sagen. Marianne spürt, dass sie es gleich sagen wird, wenn sie nicht aufpasst. Sie zieht den kleinen Zettel unter dem Uhrband hervor und steckt ihn schnell in die Manteltasche. Wie der Bundespräsident heiße. Marianne überlegt. Nicht Jonas, nicht der, der wie ein Pfarrer gesprochen hat. Sie schüttelt den Kopf. Nein, im Augenblick. Sie höre zwar täglich Nachrichten, aber – Welches Jahr gerade sei und welcher Monat. Welcher Wochentag. Marianne muss jetzt Zeit gewinnen. Das ist schwer, weil sich die Zeit gerade wieder heftig zusammenzieht, aber sie darf nicht zappeln, dann wird es noch schlimmer. Marianne tupft sich den Mund ab. Die Zeit krampft, aber Marianne schafft es tief Luft zu holen. Ob er denn glaube, dass sie nicht ganz richtig im Kopf sei. Allein sei sie eben, und das sei schwer. Sie sei immerhin über dreißig Jahre verheiratet gewesen. Ja, das Alleinsein ist schwer, wiederholt sie und sie ist froh, dass ihr das eingefallen ist. Das glauben sie immer. Der Herr Doktor nickt, der Idiot. Marianne entspannt sich. Dann sagt sie in einem Zug: Und wir haben das Jahr neunzehnhundertzweiundneunzig, es ist September, und heute ist ein Mittwoch. Das Jahr und den Monat weiß sie, den Wochentag hat sie geraten. Der Arzt nickt, er scheint zufrieden. Dem Idiot fällt nicht auf, dass sie nicht weiß, der Wievielte heute ist. Wozu muss man das auch wissen. Die Tage sind doch alle gleich. Heute ist nicht der Putztag und nicht der Waschtag. Ein Einkaufstag ist, das genügt, und ein Tag, an dem die Kleine wieder nicht anrufen wird. Marianne ist wütend, aber sie drückt die Wut zwischen den Fingern zusammen. Gleich werden ihr wieder die Schultern wehtun. Sie lächelt. Wie gut, dass sie meistens lächelt. So geht es beinahe von selbst. Jetzt legt der Doktor die Mappe weg. Er würde ihr die Tabletten wieder aufschreiben und noch etwas, dass sie soundso oft einnehmen müsse. Marianne nickt und hört nicht hin. Und eine Überweisung, sie solle vielleicht einmal zu einem Neurologen. Marianne zwingt sich, die Zettel, die er ihr mit seinem ruckartigen Lächeln über den Tisch reicht, langsam zusammenzufalten und steckt sie ordentlich in die Geldtasche. Damit er es nur sieht.

Zuhause wirft sie die Überweisung in den Zusatzofen, wo schon leere und halbvolle Tablettenschachteln und anderer Papierkram liegen. Ein Neurologe. Was soll sie bei dem. Sie darf sich nur nicht gehen lassen. Zum Schlafen helfen die Tabletten schon manchmal. Aber dann ist sie am nächsten Tag verklebt und bleischwer.

Marianne setzt sich an den Küchentisch. Die Einkaufstasche vor ihr am Boden hat eine komische Form und wirft einen Schatten wie eine bucklige Katze, die gleich fauchen wird. Marianne zittert ein wenig. Sie ist immer noch wütend. Die Tasche war schwer. Vielleicht muss sie diese Woche ja gar nicht mehr einkaufen gehen, wenn sie es sich gut einteilt. Die Tabletten helfen nicht dagegen, dass die Kleine nicht anruft, und nicht dagegen, dass die Zeit ihr Feind geworden ist. Sie helfen nicht gegen die Weitsichtigkeit in ihrem Kopf und nicht dagegen, dass sie die Zukunft irgendwie versäumt hat und da gelandet ist, wo nicht recht etwas wächst. Alles ist falsch geworden, und sie kann nichts dagegen tun. Jetzt stellen sie alle diese unverschämten Fragen. Jetzt, da sie nicht mehr gefragt werden will. Hermann ist tot, jetzt weiß sie es wieder ganz genau. Und sie hat erst einmal aufgeräumt, gleich nachdem er mit verdrehten Gliedern da unten gelegen ist. Aus seinem Ohr ist ein dünner Faden Blut gesickert. Nein, vor dem Aufräumen hat sie noch die Rettung angerufen: Mein Mann ist die Treppe hinuntergestürzt. Gruber, Theresienstraße 19. Bitte schnell.

Sie war ganz klar, so wie jetzt. Sie hat aufgelegt, ist ins Bad gegangen und hat sich lange die Hände gewaschen. Die Luft war durchsichtiger als sonst, die Gegenstände hatten klare, scharfe Konturen, wie gezeichnet. Er hat nicht mehr geatmet, das hat sie gleich bemerkt. Sie hört ja gut. An seinem Herz zu horchen hat sie sich nicht getraut, obwohl sie wusste, dass er tot war. Seine Augen standen weit offen und das schwere Nachttischkästchen lag quer über seinen Beinen und seinem Bauch. Der

Kopf lag in einem unnatürlichen Winkel zum Körper. Sie hat die Poren seiner Haut gesehen, die Leberflecke auf der Glatze und den Speichelfaden im linken Mundwinkel. Seine breiten, immer noch kräftigen Schultern. Lange schon hat sie ihn nicht mehr aus so großer Nähe betrachtet. Die Stille machte sie klar im Kopf, so wie jetzt. Sie weint. Die Tränen tropfen auf das Wachstischtuch. Sie weint, weil sie weiß, dass es zu spät ist, obwohl er tot ist.

2 Was man nicht wissen kann

Ich glaube nicht, dass es ein Unfall war. Als sie anriefen, bereitete ich gerade ein Seminar für angehende Bibliothekare vor und hoffte, Jakob würde ans Telefon gehen, hörte kurz darauf seine neutrale Telefonstimme und dann langes Schweigen. Als der Name meiner Mutter fiel, wurde ich aufmerksam. Jakob sah mich aus dem Zimmer kommen und machte eine abwehrende Geste. Mit dem Satz, der dann kam, konnte ich nichts anfangen. Wahrscheinlich ist dies nichts Ungewöhnliches in einer solchen Situation. Man vernimmt die Nachricht und versteht sie kein bisschen. Das hatte sein Gutes: Ich konnte mich anziehen, achtete darauf, Geld, Schlüssel, Taschentücher, Brille und Ausweis einzustecken. Ich fühlte nichts, und auch das war wohl ganz gewöhnlich. Ich lehnte es ab, dass Jakob fuhr. Nein, ich sei ganz sicher. Er gab nach. Wir gingen Hand in Hand zum Auto. Es war richtig so, es gab nichts zu sagen. Marianne sei im Krankenhaus und habe eine Beruhigungsspritze bekommen, es gehe ihr soweit gut. Ich sagte mir, dass ich beim Autofahren achtgeben müsse, weil ich in einem Ausnahmezustand sei. Ich dachte in klaren ganzen Sätzen wie sonst selten. Während mein Körper, mein Atem, meine Hände einfach weiter taten, was zu tun war, hockte ich tief in mir und wartete ab, ob und auf welche Weise mich die Nachricht erreichen würde. Meine ganze Anstrengung war auf dieses Warten gerichtet. Ich hatte nicht einmal einen beschleunigten Herzschlag. Ich fuhr nicht schnell. Es war ein klarer Maitag, später Vormittag, warm und fast wolkenlos. Die Luft roch nach dem kommenden Sommer, satt und süß, aber noch frisch, nach Gras oder Blüten. Es kam mir ein wenig grell vor. Kein Schmerz. Ich fühlte die Vibrationen des Lenkrads in meinen Händen, meinen Atem und den Jakobs deutlicher als sonst. Das Am-Leben-Sein. Die Stimme meines Vaters, seine Bewegungen. Ich hörte sie nicht, noch sah ich sie vor mir, aber sie waren in mir eingeschlossen und auf eine Weise präsent, dass sein Tod absolut unmöglich schien. Wenn ich ihn nun gleich sähe, würde mir sein Anblick diese Gewissheit bestätigen: Obwohl er tot war, konnte er unmöglich tot sein.

Jakob wusste, wohin wir fahren mussten, und ließ mich ansonsten in Ruhe. Ich wollte nicht umarmt werden, seine Hand war mir aber recht. In der Prosektur erklärte uns der Arzt, mein Vater sei beim Tragen eines Möbelstücks unglücklich die Treppe hinuntergestürzt und habe sich Schädelbasis und Genick gebrochen. Sein Beileid und ein Händedruck. Der Arzt war angenehm routiniert. Ich dachte einen Moment über die Formulierung *unglücklicher Sturz* nach und über die seltsame Möglichkeit glücklicher Stürze. Ich wollte meinen Vater sofort sehen. Der Arzt meinte noch, dass keine äußeren

Verletzungen sichtbar seien, als sei dies ein Trost. Ich brauchte noch immer keinen Trost.

Im Raum, in dem der Tote lag, war das Licht bläulich gedämpft, und erst jetzt nahm ich meine Sonnenbrille ab. Jakobs Hand war ein Anhaltspunkt, und obwohl ich weiterhin völlig ruhig war, fürchtete ich, diese Ruhe und Unberührtheit würden zusammenbrechen, wenn er meine Hand losließe. Ich war sicher, dann würde ich innerlich einen ähnlichen Sturz erleben wie mein Vater: Etwas Schweres, Hartes würde auf mich prallen und ein heftiger Schlag von hinten, begleitet von einem scharfen Brennen und einem Geräusch, mit dem von innen und außen etwas zerbrechen und meinen Blick löschen würde wie das Kippen eines Schalters. Ich musste jetzt Jakobs Hand loslassen und es ausprobieren. Ich sah auf den olivfarben glänzenden Linoleumboden. Weit würde ich nicht fallen. Die wenigen Schritte bis zum Metallgestell, auf dem die Bahre mit meinem Vater lag, hatten genügt, um die Vorstellung des Sturzes mehrere Male ablaufen zu lassen. Der Arzt zog das Tuch vom Gesicht meines Vaters bis zum Ansatz des Brustbeins hinunter und trat ein paar Schritte zurück. Ich hatte nicht bemerkt, dass Jakob meine Hand wieder ergriffen hatte. Mein Vater sah erstaunt aus, obwohl seine Augen geschlossen waren. Bestimmt hat ein Rettungsmann oder Arzt sie zugedrückt, dachte ich und ärgerte mich darüber, als ob jemand meinem Vater seinen letzten Blick genommen hätte. Trotzdem nahm ich sein Erstaunen deutlich wahr. Meine Augen waren wie scharf gestellt, das war ich ihm schuldig, jetzt, da er tot war und dalag mit geschlossenen Lidern. Ich sah die grauen Kästen mit den Schubfächern, die ellipsenförmigen Schlieren des Lichts auf dem Boden, die weiße Uhr mit dem etwas nachzitternden Sekundenzeiger an der Wand unmittelbar vor mir, ich hörte ihr beleidigendes Ticken beharrlich in die Stille hacken. Um den Mund meines Vaters lag eine harte, schmerzliche Spannung, die mir fremd war. Sie sagte etwas über das Sterben, über dieses Jähe, das ihn von hinten erwischt hatte. Ich musste genau hinsehen, es in mir bewahren wie seine Stimme, seinen Gang und alles andere.

Außer der Angst, etwas zu übersehen, fühlte ich nichts und plötzlich begriff ich, dass dies das einzig Richtige war, die einzig mögliche Verbindung: Auch er fühlte nichts und wartete irgendwo da drinnen auf irgendetwas, das nicht kommen würde. Das verband uns, das hielt uns zusammen. Ich zog das Tuch weiter hinunter und berührte seinen Arm, sein Handgelenk.

An der Innenseite hatte er auseinanderlaufende bläuliche Flecke. Mein Vater lag da und war grenzenlos erstaunt. Ich wollte noch eine Weile hierbleiben und mit ihm dieses Erstaunen teilen. Es war hart und kalt und durfte nicht gestört werden.

Er trug ein Unterhemd und seine blaue Arbeitshose. Ich dachte mit Widerwillen daran, dass wir einen Anzug holen müssten. Wenn sie die Toten schön anziehen, zwingen sie sie endgültig mit dem Totsein einverstanden zu sein, und das passte nicht zu meinem Vater. Er war keiner, der sich zu etwas zwingen ließ. Ich hoffte, er würde die blaue Arbeitshose und das Staunen noch eine Weile behalten können. An Marianne dachte ich nicht.

Jakob berührte mich an der Schulter, der Arzt hatte inzwischen den Raum verlassen. Mir wurde allmählich kalt. Meinem Vater machte die Kälte nichts aus, das Staunen nahm ihn ganz ein. Auch das war völlig richtig und so, wie es immer gewesen war. Allmählich begriff ich, dass ich umsonst wartete. Mein Vater würde mir nicht erklären können, wie es geschehen war. Gleichzeitig wurde mir klar, dass ich genau das die ganze Zeit erwartet hatte: Er würde es wissen und mir erzählen. Nun wusste ich, dass er es nicht wusste und mir nicht mitteilen würde. Meine Überzeugung war lächerlich gewesen, und die Scham darüber brach die Wand weg, die Kälte, Erschöpfung von mir ferngehalten hatte. Die Nachricht hatte die absurde sprachlose Hoffnung in mir geweckt, dass jetzt der Augenblick für eine nunmehr unaufschiebbare Erklärung gekommen war. Jetzt begriff ich: Dass sie nicht kam und nicht kommen würde, das war das Totsein. Jetzt konnte ich gehen, weil es nichts mehr gab, das wir teilen konnten.

Wir sahen meine Mutter am Ende des Gangs in einem Rollstuhl sitzen, eine Krankenschwester stand bei ihr und redete beruhigend auf sie ein. Marianne sah uns schon von Weitem und wollte sich aus dem Stuhl hochdrücken, was die Schwester mit etwas erhobener, bemüht freundlicher Stimme und schließlich mit einem entschiedenen Griff verhinderte. »Die haben mir irgendwas gegeben«, sagte Marianne, als sich Jakob zu ihr hinunterbeugte, um sie zu umarmen. Sie nuschelte, und wir verstanden es erst beim zweiten Mal. »Etwas zur Beruhigung«, beeilte sich die Schwester einzuwerfen, und meine Mutter schüttelte abwehrend den Kopf und wies auf ihre Zunge. Sie könne nicht richtig sprechen. Die Wirkung des Medikaments werde gleich nachlassen, meinte die Schwester und bat uns dann einige Formalitäten zu erledigen. Sie sah dabei Jakob an, als sei es selbstverständlich, dass ich, die Tochter, nichts anderes im Sinn haben kann, als bei meiner Mutter zu bleiben, die mich jetzt verwirrt und dennoch zugreifend von unten ansah.

»Er war so laut, er hat so einen fürchterlichen Lärm gemacht«, murmelte sie. »Das macht meine Frau«, sagte Jakob zur Schwester, ohne dass ich erst etwas einwenden hätte müssen. Ich liebte ihn in diesem Moment und war erleichtert, dass ich überhaupt wieder etwas fühlte. Es habe eine ganze Weile gedauert, bis meine Mutter unsere Namen und unsere Telefonnummer habe nennen können, das sei aber verständlich nach dem Schock. Ich nickte, und die passenden Phrasen gingen mir mühelos über die Lippen. Ich unterschrieb dies und das, während meine Gedanken diffus um die Dinge kreisten, die nun zu erledigen sein würden. Es war das erste Mal, dass ich ein Begräbnis und alles rundherum organisieren musste. Das Gefühl von vorhin hatte sich auf Stecknadelgröße irgendwohin zurückgezogen. Das Erstaunen machte sich wieder breit, und damit die seltsame Nähe zu meinem Vater, die die Nähe zu meiner Mutter immer schon verunmöglicht hatte. Während ich die Papiere zusammenschob und auf einem Zettel eine Liste mit ersten Erledigungen notierte, auf die mich die Schwester aufmerksam machte, wurde mir klar, wie selbstverständlich dies immer gewesen war: sie oder er.

Im Auto fragte ich Marianne nach Frau Lerch und erfuhr, dass sie gerade in München bei ihrem Sohn war. »Bleibt ihr denn nicht?«, fragte sie. Der Gedanke, dass ich nun mein Seminar absagen würde müssen, bedrückte mich im Augenblick mehr als alles andere. Mein Vater wollte an seinem Heimatort dreißig Kilometer südlich der Stadt beerdigt werden. Wir würden morgen hinfahren müssen, der Sarg, die Überstellung, das Sterbebild, der Partezettel, das Meldeamt, das Bestattungsinstitut, Überführung, Beerdigung, der Pfarrer, die Verwandten, der Grabstein, wer und was noch? Alles besser als der grenzenlos erstaunte Blick meines Vaters hinter geschlossenen Lidern und Marianne hinter mir, hilflos und verschlossen zugleich, die Hände in Handschuhen fest um die Griffe ihrer Tasche geklammert. Der leichte Geruch nach ihrem Rosenwasser, ohne den ich sie gar nicht kannte. Als Kind hatte ich immer gemeint, sie selber würde eben so riechen. Ich wurde unruhig, weil ich mir die kommenden Tage und Wochen nicht vorstellen konnte. Ich hatte mich eingerichtet mit meinen Eltern, unser Kontakt folgte gewissen Ritualen, denen ich mich zumeist ohne größere Aufregung und mit akzeptabler Mühe, manchmal auch mit lauer Liebe unterzog, und ich hatte seit Langem auf die Abstände geachtet. Ich war Mitte dreißig und die Zeiten der Kämpfe mit meinen

Eltern waren vorbei. Dass wir noch viel voneinander wollten, glaubte ich nicht. Keiner von uns dreien setzte noch nennenswerte Hoffnungen in die beiden anderen. Die letzten Jahre waren ruhig gewesen, besonders seit Jakob da war. Mein Vater hatte ihn oft in Beschlag genommen, war begierig, Jakobs Aufmerksamkeit zu erringen, und redete und lachte in seiner Gegenwart ungewöhnlich viel. Jakob hatte die zu frivol-amüsanten Anekdoten geronnenen Erinnerungen meines Vaters beinah immer freundlich über sich ergehen lassen, und meine Mutter fütterte Jakob mit Kuchen und liebevoll dekorierten, farblich beeindruckenden Brötchen, bisweilen garniert mit bitteren Bemerkungen über mich, Hermann und das Leben im Allgemeinen, die Jakob klarerweise leichter ertrug als ich. Jakob war meist freundlich zu Menschen, und man kam nicht leicht darauf, dass er kaum jemandem vertraute. Ich verdächtigte ihn oft im Scherz, entgegen dem, was er von sich sagte, im Grunde ein großer Menschenfreund zu sein, worauf er meist nur mit den Schultern zuckte und meinte: Reine Bequemlichkeit, es ist einfacher so. Auch wenn ich allein mit den beiden war, was ich, wenn möglich, vermied, geschah nichts Besonderes mehr. Wir hatten gelernt, den zahlreichen Gefahrenstellen auszuweichen. Der Preis war der übliche: ein gewisses resigniertes Verstummen, das mich nach den Besuchen immer umso stärker einholte, je aufgedrehter wir darüber hinweggeplaudert hatten. Marianne versuchte kaum noch, mich beiseite zu ziehen und mir von einer der verlässlich wiederkehrenden Jähzornsattacken Hermanns oder anderen Unarten zu erzählen. Ich hatte mir all das mit zusammengepressten Lippen und endlich schweigend angehört. Die jahrelangen Appelle an meine Mutter, dies oder jenes zu unternehmen, Vorschläge bis hin zur Scheidung und immer wieder: Scheidung, endlich, lass dich doch scheiden, hatten mich ungefähr mit Mitte zwanzig so erschöpft, dass ich endlich die Kraft aufbrachte, sie nicht mehr zu wiederholen. Oder war es umgekehrt, konnte und wollte ich die Kraft dazu nicht mehr aufbringen? Ich hatte meinen Eltern beim Altwerden und beim Aufgeben zugesehen. Das war nicht schön gewesen, aber durchaus üblich, und ich hielt die Distanz. So schien alles ein gewisses Gleichgewicht zu wahren. Auch die auf meine Besuche stets folgenden Entlastungsgespräche mit Jakob über den schön geordneten Wahnsinn meiner Eltern mit ihren in Putz-, Wasch- Einkaufs- und Gartentage eingeteilten Wochen, mit ihrem sich an Gewohnheiten, Kirchgänge und Essenszeiten klammernden Leben, waren Teil davon. Durch den Rückspiegel warf ich einen Blick auf Marianne, die scheinbar interessiert aus dem Fenster sah. Egal, was nun kommen würde, mit diesem Gleichgewicht war es vorbei.

Mariannes Stimme war jetzt wieder klarer, ihr Gesicht zwar gelblich-grau, ihre Augen aber wachsam und beweglich. Im Krankenhaus hatte sie noch ein paar Mal von diesem Geräusch gesprochen, das der Sturz meines Vaters verursacht habe, und wie sehr sie erschrocken sei. Ich kannte ihre Wiederholungen, die einen mit jedem Mal mehr bedrängten, die Energie, mit der sie einen von ihren Gefühlen überzeugen, einen überschwemmen wollte, als hätten sie nur dann Geltung. Als der Arzt kam, schüttelte sie den Kopf und schlug die Hände vors Gesicht. Sie weinte nicht, verknotete aber dauernd ihr Taschentuch zwischen den Fingern. »Ich habe es ihm ja gesagt.« Jakob streichelte ihre Hand, bis sie damit aufhörte. Jetzt im Auto saß sie ganz ruhig da und sah aus dem Fenster.

Es war nicht so, dass ich mir ihr Leben ohne ihn nicht vorstellen konnte. Ich hatte mir eher sie beide miteinander nie recht vorstellen können, was absurd war, weil sie über dreißig Jahre verheiratet gewesen waren und ich achtzehn Jahre lang mit ihnen zusammengelebt hatte. Das also würde mich in der nächsten Zeit begleiten: ein Kreisen um die einander überlagernden Leerstellen, die meine Eltern geschaffen, und denen sie mit dem Tod Hermanns eine weitere hinzugefügt hatten. Irgendetwas war falsch daran, dass wir jetzt mit meiner Mutter nach Hause fuhren. Am Schweigen war etwas falsch und am Reden auch.

»Was hast du ihm gesagt, Mama?«, fragte ich. Sie wandte jäh den Kopf zu mir.

»Was hast du Papa gesagt? Du hast doch immer wieder davon gesprochen, dass du es ihm ja gesagt hättest?«

Marianne schüttelte den Kopf: »Habe ich das?«

Jakob warf ein: »Komm, lass sie. Später vielleicht.« Marianne knotete wieder an ihrem Taschentuch herum. Sie tat mir nicht leid, und ich kam mir grausam vor.

Im Haus meiner Eltern machte ich Kaffee. Die Wohnung war stumm und aufgeräumt. Ich hatte schon wieder etwas Falsches erwartet: Dass Türen offen ständen, irgendetwas achtlos am Boden liegen geblieben wäre. Der Steinboden unten im Stiegenhaus war sauber. Ich stand da, suchte etwas, einen Knopf vielleicht, irgendetwas, eine Spur. In den farbig gemaserten Steinen hatte ich als Kind stundenlang Gesichter, Tiergestalten und Landschaften gesehen, die ich auch jetzt noch mühelos wiederfand. Mein Liebling war ein Bärenkopf, über den ich mir lange Zeit Geschichten ausgedacht hatte, in denen ich in verschiedenen Heldentaten seinen verlorenen Körper wiederbeschaffte, zum Dank blieb der Bär mein ewiger Retter und Begleiter in allen Lebenslagen.

Die Leute von der Rettung hatten das Nachtkästchen, mit dem mein Vater gestürzt war, im Stiegenhaus aufgestellt. Jakob und ich schafften es in den Keller. Ich rechnete nach, dass erst sechseinhalb Stunden vergangen waren, seit mein Vater es hinuntertragen hatte wollen. Ich registrierte die vertrauten Geräusche der verschiedenen Türen, die ich mir als Kind eingeprägt hatte, sah, dass eine neue Topfpflanze auf dem Couchtisch stand und ungewohnt viel Staub am Bücherfach im Wohnzimmerschrank lag. Weder Marianne noch Jakob schienen mir erreichbar, und obwohl ich redete und nichts Ungewöhnlicheres tat, als den Tisch zu decken und Kaffee einzuschenken, hatte ich das Gefühl, ich hätte irgendetwas Entscheidendes verlernt, das man braucht, um sich mit anderen verständigen zu können. Jakob, der einen Sinn für altmodische Rituale hatte, stellte die Uhr im Wohnzimmer ab, wie man es früher getan hatte, wenn jemand starb. »Man muss sie eigentlich gleich nach Eintritt des Todes anhalten«, sagte er, »aber wir waren ja nicht hier.«

Einige Augenblicke standen wir alle drei da, ich mit zwei Kaffeetassen in der Hand, Jakob mit den Händen in den Hosentaschen, Marianne nahm das Strickzeug, an dem sie gerade arbeitete, aus dem Korb und rollte es sorgfältig auf, ein gestreifter Schal aus Wollresten. Die Farben waren gut aufeinander abgestimmt wie bei allem, was Marianne machte und um sich duldete, Stricksachen, gedeckte Tische, Blumenbeete, Wohnzimmereinrichtungen, Hüte und Handschuhe. Wir sollten einander wenigstens an den Händen nehmen, dachte ich. Jakob stand zufällig da, wo mein Vater oft gestanden war, er hatte täglich die Kalenderblätter abgerissen und einmal wöchentlich die Küchenuhr aufgezogen, die sie als Hochzeitsgeschenk bekommen hatten. Aber wir nahmen einander nicht an den Händen, weil jeder irgendetwas anderes zu tun hatte.

Marianne holte eine Kerze und zündete sie an. In gewisser Weise war es ähnlich wie beim Einchecken am Flughafen: Man wird in ein bestimmtes Prozedere hineingezogen, das man kaum mehr verlassen kann, und vollzieht völlig vorhersehbare Bewegungen mit geringfügigen Variationsmöglichkeiten. Wir setzten uns und ich legte die Liste mit den unaufschiebbaren Erledigungen auf den Tisch, Marianne starrte entsetzt darauf, und ich sagte: »Wir machen das schon, Mama.«

Wir rührten in unseren Tassen. Kaum saßen wir, stand Marianne auf und murmelte, sie habe die Servietten vergessen. Sie faltete sie und schob uns ungefragt Teller mit Marmorkuchen hin. Sie aß schnell. Der Tisch sah beinahe festlich aus. Man hörte die Vögel draußen, das Klappern der Tassen und das Schaben der Dessertgabeln. In die Stille hinein sagte Marianne: »Ich habe es ihm ja gesagt«, – sie holte hörbar Luft – »dass das Nachtkästchen zu schwer ist. Ja, das habe ich ihm gesagt. Viel zu schwer. Die Beine, das Kreuz. Zu schwer, das war klar. Das hat doch ein Blinder gesehen. Ihr wisst ja, wie er dann manchmal war, wenn ihm etwas nicht gepasst hat.« Jetzt sah sie Jakob an, nicht mich: »Aber ihr wisst ja, wie er war.« Etwas Triumphierendes lag in ihrem Blick, als habe sie jetzt endgültig recht behalten.

»Und du hast ja immer gesagt, ich soll ihn in Ruhe lassen«, sagte sie zu mir, leise und sehr entschieden. Ich verstand nicht recht, was sie meinte, ich sagte nichts. So war ich Hermann nahe, so nahe ihm jetzt jemand sein konnte, und es war unmöglich ihn jetzt zu verlassen.

Marianne warf die Gabel neben den Teller, dass es klirrte. Ich erschrak. Die Geste war völlig fremd an ihr. Sie gehörte Hermann, und sie nahm sie sich einfach.

»Auf mich hören, das konnte er ja nie.« Mariannes Blick flatterte. Plötzlich lachte sie auf, schüttelte den Kopf. Ihr Hals war fleckig rot und in ihrem Gesicht sah ich die Freude darüber, dass sie recht behalten hatte.

Ich schob jäh den Teller zurück. Es stimmte, mein Vater hatte körperliche Schwäche nicht hinnehmen können. Er war noch fast täglich und bei jedem Wetter mit dem Fahrrad gefahren und hatte meine Mutter mit Lust, so hoffte ich jetzt, und wenigstens nicht nur aus Gleichgültigkeit, damit erschreckt, dass er auf dem Dach herumgeklettert war, wenn angeblich etwas zu reparieren war. Er war auf Bäume und Mauern geklettert, er hatte gestemmt und getischlert, Schubkarren gefahren, Zementsäcke geschleppt und Möbelstücke. Das Ruhigsitzen hatte ihn böse gemacht. Ich hatte ihn selten längere Zeit sitzen gesehen, außer beim Schach mit den bosnischen Gastarbeitern, die eine Weile in einem Kellerzimmer bei uns gewohnt hatten. Nach dem Essen war er immer sofort vom Tisch aufgestanden, hatte mit immer derselben Bewegung das Besteck weggelegt und den Teller ein Stück Richtung Tischmitte geschoben. Wie er die Arme beugte, die Schultern fallen ließ, sich bedächtig und entschlossen setzte, ruckartig aufstand, der in die Hand gestützte Kopf beim Schachspiel, die unter dem Tisch verschlungenen Beine. Jede dieser Gesten erzeugte in meiner Vorstellungswelt eine Art lautlosen Tanz. Ich bot meine Erinnerungen auf wie eine unzulängliche Gabe gegen die Ungeheuerlichkeit des Totseins. Sie richteten sich gegen das Rechtbehalten meiner Mutter, gegen ihren sichtbaren Triumph. Der Körper meines Vaters hatte stets gesagt, dass er, mein Vater, wisse, was zu tun sei. Der Körper meines Vaters schien keinen Zweifel zu kennen, nichts Überflüssiges, keine Ambivalenz. Für einige Augenblicke war Hermann wieder der Held, den ich als sechsjähriges Kind an der Hand meiner Mutter bewundert hatte, als sie ihn auf dem Dach eines Bankgebäudes entdeckt hatte, wo die Firma, bei der er beschäftigt war, an einem Umbau arbeitete. Wir waren zum Markt unterwegs gewesen, standen am Gehsteig direkt vor dem Zebrastreifen und die Menschen strömten an uns vorbei. Mein Vater stand da oben in blauer Arbeitskleidung, die Hände in die Hüften gestemmt. Ich winkte und schrie, aber es war viel zu laut, als dass er mich hätte hören können. Meine Mutter wollte mich weiterziehen, aber ich blieb stehen, und sie gab nach. Wir schauten und blieben, bis mein Vater verschwunden war. Alle, die keinen Vater hatten, der dort oben am Dach stand, taten mir leid. Ich musste lächeln über diese Erinnerung. Jakob und Marianne sahen mich fragend an. Ich mochte und konnte nichts erzählen. Wenigstens hatte ich damit das Triumphierende aus ihrem Gesicht fortgewischt.

Jakob frage Marianne ein paar praktische Dinge. Ob wir etwas einkaufen sollten. Wer aller verständigt werden müsse. Welchen Anzug wir zum Bestatter mitnehmen sollten. Marianne holte das Adressbuch und suchte mit Jakob die Namen und Telefonnummern heraus, dann ging sie ins Schlafzimmer und legte Hermanns Anzug auf seine Bettseite.

Ich rief die beiden noch lebenden Schwestern meines Vaters an, machte es so kurz wie möglich. Wir hatten kaum Kontakt gehabt, seit ich erwachsen war. Die jüngste Schwester meines Vaters, Luise, mittlerweile auch schon über siebzig, eine hysterische und rechthaberische Person, die mit obsessiver Liebe an ihren Katzen hing, weinte und schluchzte augenblicklich laut ins Telefon. Ich nahm den Hörer einige Sekunden vom Ohr,

Marianne sah mich vom Schlafzimmer aus fragend an, ich formte Luises Namen mit den Lippen. Marianne, die gerade Hermanns Krawatte auf das Hemd legte und glatt strich, verdrehte die Augen, ich nickte, lächelte. Für einen winzigen Moment waren wir wieder Komplizinnen wie immer gegenüber der Verwandtschaft Hermanns, eine weitläufige, zerstrittene Sippe, die Marianne verachtete und über die sie kaum je einen Satz verlor, der mehr gesagt hatte als: »Was verstehen denn diese Bauern schon.« Als Kind war ich stets eifrig bemüht gewesen, Mariannes diesbezügliche Einschätzung zu teilen. Die tödlich langweiligen Sonntagnachmittage im Haus von Hermanns unverheirateten Schwestern, wo es immer nach feuchter Wäsche, eingelagerten Kartoffeln und Katzenpisse roch, verbrachte ich Kuchen zerkrümelnd an Marianne geschmiegt. Dort zog sie mich meistens neben sich, legte den Arm um meine Schultern und ermahnte mich nicht einmal, wenn ich mit dem Essen spielte, was sonst zu den schwereren Vergehen zählte. Sie duldete meine Anhänglichkeit wohl nur, um klarzumachen, dass ich zu ihr und nicht zu denen gehörte, auch nicht zu Hermann, aber das war mir egal, und wenn sie diesen Verrat forderte, beging ich ihn gern und ohne Zögern.

Nach dem Telefonat holte ich Hermanns Dokumentenmappe und drängte das kleine Mädchen weg, so gut es ging. Etwas saß mir in der Kehle, aber weinen schien mir unangebracht. Wann denn sonst, fragte ich mich, aber die andere, die Stumme, die Wachsame behielt die Oberhand. Sie machte es nicht schlecht fürs Erste. Ich öffnete das Fenster, lehnte mich hinaus und zündete mir eine Zigarette an. Es war das erste Mal, dass ich zuhause rauchte. Marianne sagte nichts. Sie wollte nur nicht, dass ich die Asche auf die Kellerstiege unter dem Fenster hinunterschnippte. Vor Hermann zu rauchen, war zu mühsam, als dass ich es versucht hätte, obwohl ich über dreißig war und verheiratet. Ich hatte Männer geliebt und verlassen, war schwanger geworden, hatte das Kind verloren, ich hatte Nächte irgendwo verbracht, war Auto gefahren, hatte Dutzende Nebenjobs gemacht, war ins Berufsleben eingestiegen. Nichts Spektakuläres, aber immerhin erwachsen. Ich hatte über mich nachgedacht, meine Eltern in den üblichen Phasen, die ich auch von anderen kannte, kritisiert, ideologisch demontiert und dann wieder hingenommen. Oft war ich dankbar, kein Kind mehr zu sein. Jakob, dessen Eltern aus einem anderen Milieu stammten, um das ich ihn manchmal beneidete, stimmte darin aber mit mir überein. Mein Vater konnte und wollte sich nichts unter meiner oder Jakobs Arbeit vorstellen und Jakobs Eltern gegenüber benahm er sich unterwürfig. So lange war mein Vater schon kein Held mehr gewesen, dass ich vergessen hatte, dass er je einer gewesen war. Doch vor ihm zu rauchen, hätte ich nicht gewagt. Es war idiotisch, aber ich verbiss mich eine ganze Weile in den Gedanken, dass das wichtig gewesen wäre, und bereute, es nicht getan zu haben. Diese peinliche Bravheit unter all den Schichten des Erwachsenenlebens, unter der Patina gedämpften Gleichmuts gegenüber alternden Eltern, die ich auch von Freunden kannte. Mir war schwindlig, die Zigarette hatte mir nicht geschmeckt, aber wenigstens war das kleine Mädchen wieder verschwunden, und das war gut so.

Ich beobachte Marianne, die in der Küche herumräumte, obwohl es nicht viel zu tun gab. In ihren Bewegungen und Gesten lag eine Spur von Verhaltenheit, vielleicht von Zögern. Sie hatte einen schönen Gang, aber so, als würde sie damit rechnen, dass der Boden unter ihr nachgeben könnte. Sie war leicht ablenkbar. In ihren guten Zeiten konnte sie sich an einem schönen Schatten, am Fallen des Lichts oder an aufgeschnittenem Rotkohl entzücken. Ich liebte es, mit ihr in die Stadt oder spazieren zu gehen, sicher auch, weil sie sich selten dazu überreden ließ. Schau dieses, schau jenes. Ich bemühte mich, ihren Blick nachzuahmen, der alles zu erfassen schien. Von ihrer Blindheit ahnte ich noch nichts. *Schau doch.* Die Wolken. Siehst du den Elefanten, das Krokodil, das Schiff? Schau, ein vierblättriger Klee. Schau, das Kind da hat den Schnuller verloren. Schau, drei rote Autos hintereinander. Aber auch, halblaut hingeworfen, wenn Hermann gerade aus dem Zimmer ging: Schau, hast du gesehen, wie er wieder gepatzt hat. Schau, wie das Hemd schmierig ist. Schau, das Waschbecken. Schau, deine Schuhe. Schau, die Schuhe von Tante Hermi haben kaputte Absätze. Tante Luises Kamm neben dem Herd, schau dir das an. Später auch: Schau dich bloß an! Wie er!

Mariannes heimliche Rettung und heimliche Waffe. Aber es brauchte einen Zeugen für das, was sie sah. Der Zeuge war ich gewesen, lange Zeit. Ihr entgeht nichts, dachte ich immer. Immer hatte ich Angst, ihr nichts verbergen zu können, und war lange überzeugt, wenn ich lügen würde, sähe sie es sofort.

Jetzt war ich es, die schaute und schwieg. Marianne bewegte sich flink, fast munter. Ihr Gesicht war starr. Jakob legte mir die Hand auf den Arm und fragte mit den Augen. Ich schüttelte den Kopf. Er trocknete das Geschirr ab, das Marianne ihm reichte. Sie redeten gedämpft miteinander. Ich setzte mich ins Wohnzimmer, gerne hätte ich die Tür hinter mir geschlossen.

Marianne schien stets dorthin zu schauen, wo Hermann nicht hinsah. Mit berückender Präzision tastete sie mit ihren Augen die Leerstellen ab. Ich drehte mich um, sah ihren Rücken vor der Abwasch. Ihre flinken, fast flotten Bewegungen nahmen den Raum ein, den er jetzt nicht mehr besetzen konnte.

Wenn Hermann seine Jähzornsausbrüche hatte, schrumpfte Marianne, verschwand beinah. Das hatte mich noch mehr zur Verzweiflung gebracht als Hermanns Toben. Als Erstes verschwand ihr Blick: Er klappte nach innen, zog sich an einen Ort zurück, den ich mir nie anders als weit vorstellen konnte. Marianne hatte niemals zugelassen, dass ihr jemand dorthin folgte. Ich wusste oft nicht, ob sein Zorn, der sich fast immer gegen Marianne und selten gegen mich gerichtet hatte, die Ursache für Mariannes Verschwinden war oder dessen Folge. Manchmal dachte ich, er hatte geschrien, weil sie nie wirklich da gewesen war. Wenn Hermann seine Beschuldigungen in die Küche schrie, von Schimpfwörtern durchsetzte Vorwürfe, und mit großen Schritten wie ein gefangenes Tier in der Küche auf und ab rannte, Türen zuschlug und nicht selten irgendeinen Gegenstand, den er erwischte, durch den Raum schleuderte, verschwand Marianne, obwohl sie sich nicht rührte. Sie stand nicht auf, sie sagte niemals ein Wort. Sie verfiel in eine Starre, die sich in den folgenden Stunden und Tagen nur allmählich löste. Immer war sie es gewesen, die dann die Scherben zusammengekehrt und die schöne Ordnung, die sie so liebte, wieder hergestellt hatte. Obwohl sie immer sofort aufräumte, wenn Hermann Türen schlagend gegangen war, blieb etwas von dem Vorgefallenen in ihrem Körper zurück. Das Zögern, Abschweifen, die Vorsicht, beinahe Zärtlichkeit, mit der sie die Dinge anfasste, ihre stete Bereitschaft zum Ausweichen, all das, was Hermann offenbar verabscheute, wurde nur noch stärker von seinem Zorn.

Sie behalfen sich mit einer stillschweigenden Trennung der Zuständigkeiten und Räume: Die Blumen gehörten ihr, das Obst ihm. Im Haushalt rührte Hermann, der beinahe jede handwerkliche Arbeit geschickt verrichtete und sich selbst vieles beigebracht hatte, keinen Finger. Nicht einmal dieselben Gerichte schmeckten ihnen. Und besonders Marianne achtete darauf, dass es bei den Trennungen blieb. So hatte in ihrer Küche niemand etwas anzufassen. Ihre Ordnung, vor der jeder andere nur kapitulieren konnte, weil seine bloße Anwesenheit sie unzulässig störte, war unantastbar, und sie war kaum mit etwas anderem beschäftigt, als sie ständig wiederherzustellen und wenn möglich zu perfektionieren. Ich zwang mich, die Augen offen zu halten, um das groteske innere Ballett abzuwürgen, das meine Eltern in meiner Erinnerung vollführten. Hermanns Schritte über die Kellerstiege, die ich als Kind immer sehnsüchtig erwartet hatte. Zwischen sechs und sieben am Abend, je nach Entfernung zur Baustelle, auf der er gerade arbeitete. Ich hatte immer gewusst, wer von beiden die Tür öffnete, wessen Schritte sich näherten.

Ich sah sie vor mir im Auto sitzen. Am Steuer natürlich er. Marianne hatte zwar den Führerschein, fuhr aber schon lange nicht mehr. Wie sie meist aus dem Fenster sah und mich unwillig abwimmelte, wenn ich sie dabei störte und dann heimlich mit den Fingerspitzen über ihren weichen Pelzkragen strich. Da waren sie also, die beiden, die nie mehr nebeneinander im Auto sitzen würden. Es war gleichgültig, ob ich die Augen schloss oder nicht. Mich selbst konnte ich weder sehen noch hören. Das Kind, das ich gewesen war, war im Betrachten der Eltern gänzlich aufgesogen und aufgelöst. Ich hatte sie auswendig gelernt, sie und ihn, wie zwei Geschichten, die von einer unheimlichen und bösen Macht zu einer zusammengezwungen worden waren. Lange war ich den Verdacht nicht losgeworden, dass ich diese Macht war.

Du stehst unter Schock, sagte ich mir. Steh auf, geh auf den Balkon, rauch noch eine Zigarette. Du denkst zu schnell, zu viel, zu ungeordnet. Ich hatte heute außer Mariannes Marmorkuchen kaum etwas gegessen und so jagte mir das Nikotin einen angenehm sanften Schwindel in den Kopf. Ich sah in den Garten hinunter. Der Rasen war frisch gemäht. Hermanns Arbeit. Bald würden Mariannes Rosen blühen. Die violette Magnolie, die ein wenig nach den weißen kam, stand in voller Pracht. Mariannes schmales, blasses Gesicht in der Küche mit den tanzenden Augen. Du hast ja immer gesagt, ich soll still sein. Ich war aber nicht still. Ich nicht. Ich. Habe. Habe es ihm ja gesagt. Ich drehte ihre Worte hin und her, sie liefen vor und zurück, was aber nichts ergab. Es waren simple, zornige und aufgeregte Sätze gewesen, wie ich sie von Marianne sicher schon tausend Mal gehört hatte.

Ich habe es ihm ja gesagt. Wie oft habe ich es ihm gesagt. Und dann? Dann war es auf einmal vorbei mit den Worten. Ein für alle Mal. Marianne hatte Schluss gemacht mit dem Reden. Mariannes verzogener, enttäuschter oder zorniger Mund. Wieder er. Wieder hört er nicht. Und hat nie. Nie. Und würde nie, mein Gott, jetzt erst begriff sie es. Es ist zu spät, und genau deshalb ist es nicht zu spät. Er, der immer und immer weiß, was zu tun ist. Und nie das tut, was Marianne sich wünscht. Der sie starr und stumm schreit. Der nicht will, dass sie redet. Der sich umdreht und sich mit einer wegwerfenden Handbewegung in ihre Richtung dem zuwendet, was jetzt wichtig und sinnvoll ist: das Nachtkästchen in den Keller tragen, sonst gar nichts. Zum Beispiel. Nichts Besonderes, nur ein weiteres von Tausenden Malen. Und wie einfach es jetzt plötzlich ist: Man muss nicht reden. Nicht bitten, nicht erklären. Keine tanzenden Hände über den Wörtern, die er ohnehin wegwischen würde. Dieser eine Schritt. Und ausholen, ganz weit ausholen. Und kein einziges Wort.

Mein Herz schlug schnell. Dann erschrak ich noch einmal, über die Sicherheit, dass es genauso gewesen sein musste. Es konnte aber auch nicht wahr sein: Dass sie ihn gestoßen hatte. Dass sie ihn nicht nur töten hatte wollen – bestimmt hatte sie es sich manchmal vorgestellt – sondern dass sie es auch getan hatte.

3 Das Gehirn wird weitsichtig

Warum ist es noch so dunkel? Es ist doch Frühling, fast Sommer, das weiß sie. Und dass man sich nicht gehen lassen darf. Obwohl das Dunkel verlockend ist, so samtig und warm, tastet Marianne nach der Nachttischlampe. Sie sollte aufstehen, sofort. Sie befiehlt es sich in mehreren Sprachen, *steh auf*, *alzati*, *dai*, *subito*, aber wenn sie sich im Bett aufrichtet, verzerren sich die silbergrauen Blumenranken auf der Bettwäsche zu beweglichen Schlingen, die ihr den Atem eng machen.

Der Blick auf die Uhr ergibt zunächst keinen Sinn, auch nicht die Nacht da draußen. Viertel nach neun. Sie hat den Wecker zu stellen vergessen, als sie sich hingelegt hat im Unterrock, irgendwann gestern, nein, heute Nachmittag. Weil sie dauernd so müde ist seit Hermanns Begräbnis. Ihr Blick fällt auf seine abgezogene Bettseite, auf das glatt gespannte, blütenweiße Leintuch. Das leere Nachtkästchen, wo seine Brille lag. Dabei geht es ihr gut. Danke, den Umständen entsprechend, sagt sie, wenn jemand fragt. Und sie fragen dauernd, das ist normal. Marianne ist froh, dass ihr das eingefallen ist. Sie hat sich einen Zettel geschrieben, den sie immer in der Manteltasche hat: den Umständen entsprechend, steht darauf. Es ist ganz leicht und hilft gegen die Angst, dass sie den richtigen Satz nicht findet. Danke, sagt sie in die Dunkelheit hinein, danke, den Umständen entsprechend. Danke, gut, das wäre jetzt nicht das Richtige. Vielleicht hat sie das ja ein, zwei Mal gesagt, versehentlich. Vielleicht hat sie jemand komisch angeschaut. Aber jetzt nicht mehr. Danke, gut, murmelt Marianne vor sich hin. Hier darf sie es ja sagen. Jetzt ist also Nacht, die Nacht desselben Tages, sagt Marianne laut. Sie wird sich anziehen, etwas kochen. Marianne beschließt, die Zeit einfach nicht mehr zu beachten, sie tut ohnehin, was sie will. Die Bettwäsche riecht frisch. Friederike war da. Sie hat geputzt und die Betten bezogen. Fast zu oft kommen sie und Jakob, räumen herum und machen ihr Vorschläge, die sie am liebsten vergessen möchte, aber nicht vergessen darf. Trotzdem. Es ist so still jetzt. All die Geräusche, die auf einmal fehlen, das Zuklappen von Schubladen, das harte Plätschern des Wassers, das Aufreißen und Zuschlagen von Türen, das Suppe Schlürfen und das Schleifen des Messers auf dem Teller, sein Fahrrad auf dem Kies im Garten. Marianne steht auf und öffnet Hermanns leeren Kasten. Schnell war die Kleine mit dem Ausräumen. Mehrere Koffer und Schachteln mit seinen Kleidern hat sie schon fortgeschafft. Sie setzt sich auf die Bettkante und schaut in den braunen leeren Raum. Zwei Kleiderbügel, sonst nichts mehr. Ein paar Sachen hat sich die Kleine behalten. Ihr genügt die grünbraune Strickjacke, die draußen in der Garderobe hängt. Marianne hebt prüfend die Nase. Es riecht nur nach der frischen Bettwäsche, nicht nach Hermann.

Das Schlafzimmer war ohnehin immer ihr Reich. In die Werkstatt, in den Keller oder in das Kabinett, in dem sein Schreibtisch mit den überquellend vollen Schubladen steht, geht sie nicht. Die Kleine jammert immer darüber, was sie alles aufheben. Ihr könnt wirklich nichts wegwerfen, sagt sie. Das mag Marianne nicht, dieses Ihr. Wieder einmal begreift die Kleine den Unterschied nicht: Hermanns Schubladen und Schränke sind voller kaputter Geräteteile, Dichtungsringe, vertrockneter Filzstifte, bezahlter Rechnungen, Knöpfe, Sterbebildchen, abgelaufener Ausweise, alter Baupläne, weiß der Teufel. Marianne aber hält Ordnung. Das ist etwas ganz anderes, hat sie der Kleinen gesagt. Ich hebe nichts Kaputtes auf.

Kaputt bin ich selber, denkt Marianne. Wie aus dem Nichts kommt so ein Gedanke daher. Mitten im Gespräch oder auch wenn sie alleine ist, manchmal auf Deutsch, manchmal Italienisch, das spielt keine Rolle. Die Kleine, sie hat geradezu ein Talent entwickelt, eine Witterung für solche Sätze, sie zieht sie an, wünscht sie herbei, ist geradezu süchtig danach. Die hat gut reden. Fortschaffen muss diese Gedanken aber dann Marianne: stunden-, manchmal tagelange Stillhaltearbeit. Und dabei immer in Bewegung bleiben.

So, jetzt macht sie es umgekehrt. Wer weiß, vielleicht weil es Nacht ist und die Zeit in ihrem Körper ohnehin alles verdreht. Sie bleibt einfach sitzen und schaut, was es in der Leere von Hermanns Kasten zu sehen gibt. Lass mich, ich denke nach, könnte sie sagen, wenn wieder jemand käme und sie fragte. Aber es kommt ja niemand.

Nicht einmal die Kleine, nicht einmal der Jakob. So einen hätte man heiraten müssen, wenn es einen gegeben hätte. Lasst mich, ich denke nur nach. Das ist gut, das muss sie sich aufschreiben. Marianne lächelt verächtlich. Wie leicht die doch alle zu täuschen sind. Nie kämen sie darauf, dass sie keineswegs nachdenkt, sondern nur hinschaut: Sie muss nur Hermanns leer geräumten Kasten öffnen, dann sieht sie alles. Es muss dazu nicht Nacht sein, aber besser ist es schon. Es ist dann, als bekäme sie alles aus dem leeren Kasten zurück, all die Zeit und das, womit sie sich angefüllt hat. Das ist natürlich ein Geheimnis. Aber damit hat Marianne kein Problem. Sie kann Geheimnisse hüten.

Sie denkt nicht an Hermann, sondern an seine Kleider. Der weinrote Pullunder mit dem Waffelmuster. Die Norwegerjacke. Der anthrazitfarbene Anzug, den hatte er bestimmt gut fünfundzwanzig Jahre. Schlank war er ja. Muskulös und kräftig bis zum Schluss. Sie kannte seine Sachen viel besser als er, so oft hat sie sie geflickt, gewaschen, gebügelt, gebürstet, in den Kasten gehängt oder gestapelt. Hermanns Kleider hat sie wunderbar in Ordnung gehalten. Mit ihm ist es ihr nicht gelungen.

Der Kasten hat innen genau das gleiche Braun wie der Ledermantel, mit dem er damals über den Brenner gekommen ist. Marianne überlegt: Tabakbraun oder eher haselnussbraun? Siena nicht, das ist rötlicher. Marianne liebt Farben und die Wörter dafür. Sie kennt mehr als die meisten und belächelt Leute, die königs-, preußisch- und ultramarinblau nicht unterscheiden können. Sie atmet tief durch. Die Nacht ist so still und wohlwollend.

Die Nacht weiß, dass sie doch alles weiß, was wichtig ist: kastanienbraun, kaffeebraun. Terracottabraun. Sepia, siena, umbra. Ocker, sattelbraun. Alles ist noch da. Man muss nur hinsehen. Nur hinsehen, das hat sie auch der Kleinen immer gesagt. Die Kleine hat dann manchmal aus purem Trotz das ganze Zeichenblatt verkritzelt. Erst nach außen und dann nach innen sehen, hat sie der Kleinen gesagt. Das war eine gute Zeit, damals hat die Kleine manchmal noch etwas verstanden.

Mit dem Motorrad ist Hermann damals nach Bozen gekommen. Deshalb der tabakbraune Ledermantel und die gleichfarbige Kappe mit den Ohrenklappen. Als sie die Tür öffnete und er im Gegenlicht im engen Stiegenhaus stand, erkannte sie ihn im ersten Moment gar nicht. Er wirkte breiter und größer, als sie ihn in Erinnerung hatte. Er roch nach Benzin und Staub, schwankte ein wenig und seine Hand griff nach dem Türstock. Geküsst, hat er sie geküsst? Fast den ganzen Tag war er durchgefahren. Wegen ihr. Weil er den Plan endlich hatte und den Baugrund. Sie hatte ihm ja gesagt, dass sie kein Geld hat. Weiß ich, hat er geantwortet. Und: Da kann man nix machen. Wird schon. Wirst schon sehen. Dass Geld nicht das Wichtigste sei, hat er nicht gesagt. Aber so hat sie es verstanden. Am Abend bürstete Marianne den Mantel aus, schmierte die rissigen Stellen mit Lederfett ein. Das war besser als ja sagen. Sein Mund war ein bisschen schief, wenn er lächelte. In der Nacht darauf schlief sie schlecht. Sie erinnert sich, dass sie die Mutter leise schnarchen hörte. Ihr langes graues Haar fiel wie eine Wasserwelle über den Bettrand bis auf den Boden.

Marianne schließt die Augen. Silbergrau, graphitgrau, steingrau? Das Haar der Mutter hatte viele Farbtöne. Wirst schon sehen. Das waren die drei Wörter, auf die Marianne baute. Wie er zusammengezogen auf dem zu kurzen Diwan in der Wohnküche lag. Die Lichtkaros, die der Mond auf den welligen Linoleumboden warf. Sie könnte sie nachzeichnen, mit dem Finger, ganz genau. So etwas merkt sie sich. Für alle Ewigkeit. So etwas hat die Kleine verstanden. Früher.

Der Bauplan, den Hermann selbst gezeichnet hatte, lag auf dem Küchentisch. Den ganzen Abend waren sie dagesessen, Hermann, die Mutter, die fortwährend lächelte und das Weinglas des Mannes hin und her schob, bis Marianne es wegstellte. Das Papier war transparent, leicht gelblich wie Backpapier und exakt gefaltet. Er glättete die Falzkanten mit dem Daumennagel. Marianne sah die Umgrenzungslinien in schwarzer Tusche, die spitzen, leicht geneigten Buchstaben, die feine Bleistiftlinie darunter. Traufenhöhe, Firstneigung, Winkel, Höhe, Tiefe, Breite. Marianne sah sich die e an, die m, die t. Sie waren alle gleich. Eine schöne Schrift hatte er, wie gedruckt. Der Stempel der Bauaufsichtsbehörde, die entschlossenen, eckigen Linien seiner Unterschrift. Neben der Frontalansicht hatte er zwei Nadelbäume in Tusche skizziert. Zeichnen konnte er auch. Und schöner schreiben als reden. Den Dialekt von draußen mochte sie nicht. Für sie klang er nach Armut, nach Holzschuhen, nach Liegen auf Strohsäcken. Aber das war ungerecht. So redeten sie dort eben im Salzburger Land, wo sie, ihre Eltern und eine Schwester nach der Flucht gestrandet waren und über zwei Jahre auf diesen graugelben Strohsäcken geschlafen hatten.

Die Möbel passten nicht zusammen in der kleinen Wohnung, die sie mit der Mutter teilte, seitdem sie zu zweit wieder zurück nach Bozen gegangen waren. Im Halbdunkel sah man das zwar nicht, aber es war schlimm genug, es zu wissen. In dieser Nacht hob Marianne das lange Haar der Mutter vorsichtig auf das Kopfkissen zurück. Neben dem Bett lag immer das Strickzeug. Socken für die Kaserne im Nachbarort, sechs bis acht Stunden am Tag, olivgrün oder grau. Der Karton mit dem Monatspensum war zur Hälfte leer, es war aber schon der zwanzigste August, das weiß sie genau. Welchen Monat haben wir jetzt? Marianne scharrt mit den kalten Füßen auf dem Parkett. Jetzt, jetzt, jetzt, sagt sie laut. Sag es laut, damit es wieder etwas bedeutet: Jetzt ist Juli, und Marianne ist erleichtert. Hermann ist seit zwei Monaten tot. Wie ein verdrehter großer Vogel hat er damals auf dem Diwan ausgesehen. Ein Lichtstreifen auf seiner Brust und auf den nackten Oberarmen. Wie er zuhause am Bauernhof Heuballen auf den Wagen gewuchtet hat, Stunde um Stunde, ohne Pause zu machen. Dass der ein Haus bauen konnte, war keine Frage. Marianne erinnert sich an den süßlich fauligen Geruch nach Engelstrompeten, die auf der Außenstiege standen, und nach Hühnermist. Im Sommer stank es sogar nachts. Der Stall war genau unter ihrem Fenster. Und da auf dem Tisch der Bauplan. Wirst schon sehen und das schiefe Lächeln und die zehn Stunden auf dem Motorrad. Dreißig bist du bald, hatte die Mutter in das klappernde Strickzeug hinein gesagt. Er sah nicht schlecht aus.

Schnell würde es nicht gehen, hatte er gesagt, er könne ja nur am Wochenende bauen. Marianne dachte an das Wasserwellenhaar der Mutter, das dann niemand mehr vom Boden aufheben würde, und sagte: Das macht doch nichts, ich kann warten.

Sie wickelt sich in die Tuchent und sieht im tabakbraunen Kasten die Schotterstraße mit der Staubspur, die das Motorrad hinterließ, als er am nächsten Morgen wieder fuhr. Sie schaut ihm nach, bis ein anderes Fahrzeug sie verwischt. Ein Jausenpaket mit Schinkenspeck, Brot und Weintrauben hat sie ihm gemacht und sein Hemd am Kragen ausgebessert. Die Mutter hat ihm noch einen Umschlag zugesteckt. Marianne steht auf der Straße und sieht die Mutter die hölzerne Außenstiege hinaufgehen, ihre Hände, die nach dem Geländer tasten, ihr müde gewordener Gang. Sie wird sich wieder einen Schiefer einziehen, denkt Marianne. Wenn sie die Mutter ansieht, ohne dass sie es bemerkt, spürt sie den Vater in ihrer Nähe, ganz deutlich und doch weniger als ein Schatten. Er ist dort geblieben, draußen, wo Hermann lebt, im Lager gestorben, nach dem Mittagessen. Zu dritt saßen sie am Tisch, der Bruder und die Schwester waren in der Arbeit. Marianne erinnert sich an den Geruch nach Krautwicklern, nach Holzfeuer und Feuchtigkeit. Der Vater steht auf, fasst sich an den Kopf und gibt einen Laut von sich wie eine getretene Katze. Schon bevor er fällt, in den zwei oder drei Sekunden, bevor er zu Boden fällt und den Sessel mit sich reißt, weiß Marianne, dass es jetzt ernst ist. Die Stille dann, gegen die der prasselnde Regen da draußen nichts zu sagen hatte. Diese halbe Minute vielleicht, bevor sie den Vater auf das Bettsofa hoben und zudeckten, die klar machte, dass nichts mehr so sein würde wie vorher. Wie all die vergangenen Jahre, seit dem 1. August 1941, an dem sie in Bozen alle sechs mit dreiundachtzig anderen Auswanderern in den Zug gestiegen waren, der sie in den Reichsgau Ostsudeten bringen sollte. Zuerst hatte es niemand bemerkt. Aber vom ersten Tag an reihte sich ein Verlust an den anderen, und keiner hatte dem etwas entgegenzusetzen. Der Tod des Vaters im Lager vier Jahre nach Kriegsende war einer dieser Verluste gewesen, und damit war es immer noch nicht zu Ende. Sie konnten nichts tun. Aufräumen, stricken, weitermachen. Formulare ausfüllen, Briefe an Ämter schreiben. Wieder und wieder die Stiege kehren und hinaufgehen. Zusammenpacken und wieder aufräumen. Stricken. Wieder die Stiegen hinauf. Vielleicht würde es doch aufhören. Vielleicht würde sie da draußen dann bleiben können. Ein Haus, das ihr gehörte, ein Kind. Nichts und niemand mehr, der ihre Ordnung wieder zerstören würde. Und eine einzige Sprache. Das war ebenso gut wie ein Haus, mehr als ein Haus, hatte sie gedacht. Lange steht sie da und dann ist da nur mehr der tabakbraune Kasten, der lautlos ihren Blick frisst und nichts mehr zurückgibt.

Sie geht in die Küche und isst kalte Grießschnitten mit Apfelkompott. Der Boden müsste wieder einmal gewischt werden. Marianne tappt in die Speisekammer und holt Putzkübel und Wischmopp. Das warme Wasser ist gut an den Händen. Sie kniet sich hin und wischt, bis in alle Ecken hinein. Obwohl sie immer müde ist, sind ihre Hände stärker, als sie geglaubt hätte. Man muss sich nur entscheiden, es zu tun. Alles andere geht dann wie von selbst. Sie wischt und wischt und dann sitzt sie am Küchentisch, bis der Boden trocken ist. Es ist Nacht, und da ist niemand, der sie fragt, was sie denn um Gottes willen um diese Zeit und ob sie jetzt endgültig verrückt und um Gottes willen. Marianne wischt und wischt. Was weiß der von Gottes Wille, was wissen die überhaupt. Was weiß denn Gott von Gottes Wille. Niemand. Keine Seele. Ihr ist schwindlig. Jetzt könnte sie weinen. Sie wird schlafen gehen. Den Kasten im Schlafzimmer lässt sie offen, für morgen. Sie kann sich nichts vorstellen unter morgen, aber das macht nichts. Der Boden ist gewischt. Sie fühlt sich, als wäre damit alles getan. Besser schlafen als weinen, wenn man die Wahl hat.

Beim Aufwachen die leere Bettseite. Das offene Fenster. Liegen bleiben und die Lichtstreifen ansehen, die durch die Jalousien auf den Parkett fallen. Die tanzenden Staubkörner. Die Träume, die sich darin auflösen. Sie muss warten, bis die Brust leicht genug ist zum Aufstehen. Der Partezettel hängt über der Nachttischlampe auf Hermanns Seite.

Das Begräbnis. Von morgens bis abends wird sie von Jakob und Friederike langsam durch den Tag geschoben. Die flackernden Gesichter sind viel zu viele. Rotbackig kommen sie ihr alle vor und fettig glänzend. Sie nickt und drückt Hände. Die Handschuhe anbehalten, befiehlt sie sich. Auf dem Sarg ein polierter Stahlhelm auf der Landesfahne. Sie konzentriert sich auf diesen Helm. Sie erinnert sich an die jungen Gesichter darunter. Vor der Kirche wird mit einem Böller geschossen, sie zuckt jedes Mal zusammen und Friederike auch. Die Männer vom Schützenverein bewegen sich wie Marionetten. Beim Ruf *Vortreten zum Gebet* sieht sie, dass Friederike ein Grinsen zu verbergen versucht. Hermanns Gott ist ein General. Jeder hat den Gott, den er verdient, denkt Marianne. Wenn sie an Gott denkt, sieht sie kreisrunde, einander überlagernde Flächen in Grautönen, die sich bedächtig übereinander schieben, bis nur mehr eine übrig ist.

Die Beine tun ihr weh. Sie steht auf und setzt sich mit den anderen. Die Musik zieht lange, verknotete Schleifen in ihr. Dann ist es auch schon vorbei. Hermanns Schwestern schwätzen auf sie ein und Marianne achtet darauf, an den richtigen Stellen zu nicken, und ein paar Wörter gelingen ihr auch. Da sind ein paar Kinder, die sie nicht kennt. Die darf sie anlächeln, endlich. Denn sie möchte lächeln und fährt sich immer wieder übers Gesicht, damit das Lächeln nicht einfriert. Friederike drückt ihren Arm so fest, dass sie Angst hat, davon blaue Flecken zu bekommen. Die Würstel werden hier mit den Fingern aus der Suppe gegessen. Das kommt für Marianne nicht infrage. Jakob bringt ihr Besteck. Wenn Jakob da ist, fühlt sie sich nicht ganz so verwitwet. So einen hätte man heiraten müssen, denkt sie die ganze Würstelsuppe über. Am Friedhof die Männer vom Eisschützenverein und vom Kameradschaftsbund. Marianne kennt keinen von ihnen. Sie sehen alle ähnlich aus mit den speckigen grünen Krägen, darüber die rötlichbraunen oder fahlgelben Halsstreifen mit den Gitterfalten. Sie sucht nach einem, der Hermann sein könnte, und findet drei. Sie schaut, bis sich die Männer irgendwann umdrehen und sie sicher sein kann, dass keiner von ihnen Hermann ist. Sie hat damit zu tun, ihre Handschuhe und ihren Hut nicht zu verlieren. Nur warten, dass es so still wird, wie es sein soll.

Liegen bleiben und in der Stille schaukeln. Ihr Körper hat es manchmal noch nicht begriffen. Manchmal nimmt sie einen zweiten Teller und Hermanns Tasse. Manchmal horcht sie nach der Kellertür und nach den Maschinen in der Werkstatt. Dann legt sie den Stapel mit der Post vor sich hin, die für Hermann noch kommt. Jakob hat sie mit dem Vermerk *verstorben* beschriftet. Sie wollte, dass er es tut, und er fragt nicht mit diesen Blicken wie die Kleine. Ihrer eigenen Schrift hätte Marianne vielleicht dann manchmal nicht getraut. Jeden Tag findet sie ihre Schrift irgendwo auf kleinen Notizzetteln. In der Brotdose, hinter dem Spiegel. In allen Taschen und Kleidern. Manchmal weiß sie dann wieder, warum sie etwas aufgeschrieben hat, aber meistens wirft sie sie schnell weg, wenn sie wieder einen findet. Mit den Zeichnungen ist es anders. An die erinnert sie sich immer. Sie weiß, welche sie als Letzte gemacht hat und wo sie sie findet. Wenn sie an die Zeichnungen denkt, wird ihr leichter. Jetzt kann sie aufstehen. Marianne geht in die Küche und zieht die Lade mit den

Etiketten und Gummiringen auf. Unter die Tischsets hat sie die Zeichnungen gesteckt. Wenn der Stapel zu dick wird, schiebt sie sie zwischen die Seiten eines Kochbuchs, das sie nicht verwendet. Marianne zieht das oberste Blatt hervor, glättet es sorgfältig auf dem Tisch. Gestern hat sie wieder Augen gezeichnet, ungefähr so groß, wie sie in Wirklichkeit sind. Meistens zeichnet sie auf Backpapier oder auf dem etwas dünneren Papier für Schnittmuster. Sie näht ja nicht mehr, es sind aber noch einige Rollen übrig. Die Augen waren richtig, aber es wurde kein Paar, egal wie viel sie daran herumradierte, es blieben Augen, die nicht zusammengehörten. Deshalb wurde kein Blick daraus, und Marianne war es recht. Sie blieb in der Küche sitzen, bis es dunkel wurde und die Augen verschwanden. Eines gehörte Friederike und das andere einem Kind, einem Knaben, sie weiß nicht mehr, wo sie ihn gesehen hatte, beim Begräbnis vielleicht oder beim Arzt, aber sie weiß, dass es ein wirkliches Auge war. Wenn du nicht nachdenkst, geht es am einfachsten, hatte die Lehrerin gesagt. Die Augen denken und die Hände. Wenn du denkst, ich will es richtig machen, denkst du nicht an die Zeichnung. Die Lehrerin hat den anderen immer Mariannes Zeichnungen gezeigt und ihr einen Blick zugeworfen, der auf ihrer Haut rieselte. Während sie zeichneten, las die Maestra aus dem Lesebuch vor. Marianne erinnert sich an den Text über das Augenlicht, der auf der ersten Seite stand:

Dagli occhi entra la luce del mondo; dagli occhi esce la luce dell'anima. Gli occhi ci sono cari. Li difendiamo con ogni cura e con grande attenzione.

In die Augen dringt das Licht der Welt ein, aus den Augen dringt das Licht der Seele. Die Augen sind uns lieb. Wir verteidigen sie mit aller Sorgfalt und großer Achtsamkeit.

Jetzt geht das Zeichnen leichter. Manchmal hat sie es jahrelang nicht getan. Die Hände und die Augen durften nicht denken. Sie hat es vergessen. Ein paar Zeichnungen hat sie sogar auf die Flucht mitgenommen, winzig zusammengefaltet in den breiten Rocksaum geschoben. Die Hügelketten rund um Freiberg. Marianne liebte die weichen, einander überlagernden Formen der Kuppen und wie das Licht etwas vorrückte oder zur Seite schob. Sie machte winzige Zeichnungen davon, die in ihre Handfläche passten, schnitt sie aus und sammelte sie. Die Hügelketten waren ein Trost, sie waren fern genug. Keine Berge mehr, die einen in den Schatten tauchten wie in kaltes Wasser. Trotzdem war es kalt dort oben, achthundert Kilometer nordöstlich, in Ostsudeten, nicht weit von der polnischen Grenze. In den vier Wintern pfiff der Wind über den riesigen rechteckigen Platz unter die Laubengänge hinein, in denen sie jeden Morgen um drei viertel sechs zum Geschäft ging. Marianne hört ihre Stöckelschuhe, den Widerhall, den das harte Klappern in der kalten Morgenstille erzeugt und spürt den Schlüsselbund an ihrem linken Hüftknochen. Über den Platz mochte sie nicht gehen, sie bekam Herzklopfen davon. Er war zu groß, und sie konnte ihn nicht richtig zeichnen, die Perspektive stimmte einfach nie. Marianne mied die Orte, die sie nicht zeichnen konnte. Daran hätte ich mich halten sollen, denkt sie.

Als Kind und auch später zeichnete sie Blumenfeen, Vögel, geflügelte Kobolde, Faune, Engel. Alles, was leicht war und schwebte. Als Kind war Marianne dick. Sie aß das Weißbrot aus der Bäckerei der Eltern mit Butter und Marmelade. Sie aß Tomaten in Zuckersirup. Sie aß den Teig aus der Schüssel. Sie aß beim Kochen und beim Zeichnen. Sie aß, wenn gerade keine Kundschaft im Laden war, sie aß, bevor die Kunden kamen und nachher.

Marianne ist hungrig, aber sie denkt an die hellblauen Tabletten. Auf nüchternen Magen mit Wasser, da steht es. Wie froh sie war, als sie alle zusammen endlich aus Südtirol weggefahren sind! Damals war sie nicht mehr dick, sie war achtzehn und hatte gerade eine Zitronenkur gemacht: Täglich den Saft von fünf Zitronen. Kein Brot mehr, keine Butter, keine Marmelade. Keine Suppe. Nur Zitronensaft, Wasser und fast nichts. Der Magen tat immer weh, aber sie wurde schlank. Der Magen tat ihr auch von den Abenden weh, an denen der Onkel Franz daheim mit dem Vater in der Küche saß. Zuerst redeten sie beide schnell und leise, dann der Onkel Franz immer lauter, der Vater immer leiser.

Der Franz: Wo wollts ihr denn wohnen? In Galizien? In Hütten, aus denen sie die Leut vorher vertrieben haben? Glaubst im Ernst, die scheren sich um uns da draußen im Reich? Der Führer hats versprochen? Nach Sizilien? Uns alle, wenn wir nicht gehen? Und das glaubst du? Die Heimat verlassen? Hast nicht gehört, wie es da oben zugeht? Ihr werdets aufgeteilt, überall ins Reich. Dann gibts keine Südtiroler mehr und kein Südtirol.

Und Franz' hartes, trauriges Lachen. Er hat nicht schnell aufgegeben. Immer wieder ist er gekommen, hat Flugblätter aus der Tasche gezogen und dem Vater vorgelesen. Die Mutter wollte nicht mehr, dass er kommt. Der Vater schüttelte den Kopf: Er ist doch mein einziger Bruder! Kinder, gehts schlafen, hieß es dann, obwohl Marianne und ihre Schwester keine Kinder mehr waren. Die Buben waren noch klein und spielten die ganze Zeit Krieg. Die Schwester, sechzehn war sie, die Röcke hat sie kurzerhand einfach abgeschnitten bis auf eine Handbreit unter dem Knie, obwohl es die Mutter verboten hatte: Mir ists egal, ich will weg. Es ist eh so fad da. Wenn Marianne das Bett ordentlich machte: Mir egal, machs nur, wenns dich stört. Wenn Marianne nach der Kirchenuhr schielte und drängte, dass sie heimmüssten, als sie mit den Battisti-Buben hinter dem Heustadl herumlungerten: Mir egal, geh halt vor. Das sagte sie immer, nahm alles leicht und war leicht. Ihr Achselzucken dazu, und das gleichmütige Grinsen. Marianne hätte sie schlagen können. Aber das ging nicht mehr. Einmal hat die Schwester zurückgeschlagen, mit elf oder zwölf vielleicht, so fest und lang, dass Marianne blaue Flecken und eine blutende Lippe hatte. Die Schwester wurde bestraft und schwieg. Das Leichtsein und Leichtnehmen hat ihr Marianne aber nicht verziehen, bis heute nicht. Marianne war die Schönere, aber das half nicht, wenn das Fett die Schönheit erstickte.

Wenn der Franz kam, machte sich Marianne in der Vorratskammer zu schaffen. Von dort aus hörte man gut in die Küche hinein, und der Franz redete ohnehin immer laut. Wenn der Franz da war, saß Marianne in der Vorratskammer und aß. Meistens Marmelade aus dem großen grauen Tontopf, das fiel nicht so auf. Gott sei Dank kam er nicht allzu oft. Sonst wäre sie wieder dick geworden. Am Schluss redete der Franz meistens vom Herrgott. Und vom Kanonikus Gamper, der für Franz gleich nach dem Herrgott kam. Wenn Franz vorlas, stockte er immer ein wenig und hob die Stimme, die den Vater regelmäßig niederdrückte. Einmal hieß es: Unser Herr Jesus Christus war auch ein Jud! Das hat Marianne erschreckt, weil es wahr sein könnte. Als der Vater dem Franz sagte, er solle doch um Gottes willen leiser sein, schrie der, was er, der Vater, denn überhaupt noch wisse von Gottes Wille, Gottes Wille könne das da draußen doch nicht sein, das nicht, die einen wie die anderen eine gottlose Bagage, eine dreckige, und das habe mit dem Walschwerden doch nichts zu tun. Bis eines Abends ein Stuhl umfiel und eine Tür zugeschlagen wurde: Euch ist nicht zu helfen.

Er ist dann nicht mehr gekommen, die Tante und die Cousinen auch nicht. Nicht an den Abenden, nicht an den Sonntagnachmittagen und nicht ins Geschäft. In der Kirche haben sie einander zugenickt, mehr nicht, und die Tante Rosa hat die Töchter um die Schulter genommen und zurechtgerückt, wenn sie zu ihnen zurückgeschaut haben. Mit Gottes Willen war es nie einfach, denkt Marianne. Man kann ihn nicht erkennen. Es waren einfach zu viele, die ihn im Mund führten.

Euch ist nicht zu helfen. Danach saß der Vater in der Küche und strich die Zeitung glatt. Der Onkel hatte wieder ein Flugblatt und ein Gedicht mitgebracht. Dass Marianne es in den Ofen wirft, wollte der Vater aber nicht. Sie setzte sich neben ihn und streifte vorsichtig über seinen Unterarm. Sie wollte nicht, dass jemand ihn anschreit. Sie wollte nicht, dass er blass und kopfschüttelnd dasitzen und die Zeitung glattstreichen muss. Sie wollte nicht, dass er sich schämt und das Rechnungsbuch zuschlägt, in das Marianne in lateinischen Buchstaben schrieb, weil sie die Kurrentschrift nicht richtig konnte. Sie wollte nicht jedes Formular für die Eltern ausfüllen, jeden Lieferschein vorlesen müssen, weil die Eltern nicht italienisch sprachen und die Schwester zu viele Fehler machte. Sie wollte nicht mehr an Chiara und Lorenzo denken. Der Vater nahm ihre Hand. Ewig wollte sie so dasitzen, mit der Hand des Vaters in der ihren. Marianne saß da, wo die Schwester sonst immer saß, die dem Vater den Kopf auf die Schulter legte und ihn bittend anschaute, bis er wieder zur Mutter sagte: Lass sie doch. Jetzt sollte sie schauen, wo sie bleibt, wenn ihr immer alles egal ist. Jetzt war sie nicht da, um dem Vater über den Unterarm zu streichen. Hauptsache, wir bleiben zusammen, sagte Marianne zum Vater. Meinst du, flüsterte er, und Marianne hielt die Luft an. Ja, sagte sie und ja, weil es wahr war und weil es keinen besseren Platz gab als neben dem Vater und nichts Schöneres als dazusitzen und seine Hand und jung zu sein. Hätte ich das nicht sagen sollen? Wären wir nicht. Und dann? Wer hat denn das wissen können, das alles. Marianne zieht das oberste der Backpapierblätter vom Stapel, zeichnet eine Blume neben die Augen, die nicht zusammenpassten. Eine brennende Lieb. Die hat sie auf dem Balkon. Hermann hat die schweren Blumenkistchen jeden Herbst in den Keller hinuntergetragen. Der Mann von der Kleinen wird es schon tun, sein Name fällt ihr gerade nicht ein. Aber die Gedichte, die weiß sie. Es waren zwei, eines von den Dableibern und das andere von den Optanten:

Am Erker blühet wie immer
Die leuchtende brennende Lieb
Die Treue zur Heimat war stärker
Wie jauchzen wir, dass sie uns blieb
O blühe und leuchte du Blume –
– da weiß sie nicht mehr weiter.

Und das andere:

So reißet vom sonnigen Erker die letzte brennende Lieb
Die Treue zu Deutschland war stärker, das Heiligste, was uns blieb
Wir nehmen sie mit uns im Herzen, für andere dereinst Symbol
So stille des Heimweh Schmerzen, leb wohl, du mein Südtirol.

Die Worte kreisen, bedeuten aber nichts. Marianne sagt zur Kleinen: Siehst du, alles weiß ich noch. Zum Doktor sagt sie es auch, zu Frau Lerch und zu ihrer Schwester. Also.

Unter Deutschland hatte sich Marianne nichts vorstellen können. Aber nach dem Schattenort zwischen den endlosen Berghängen hatte sie kein Heimweh gehabt. Die vierte Pacht, seit Marianne auf der Welt war. Sie erinnert sich an das leer geräumte Haus. Die Möbel blieben da, so war es vereinbart.

Marianne spürt die Kerben und Linien im weichen Fichtenholz der Tischplatte unter den Fingerkuppen. An ihrem Platz war ein rundes, dunkleres Astloch, eine ganz glatte Stelle, um die sich die Baumringe in lang gezogenen, elliptischen Linien legten. Wo der Vater saß, war ein Riss im Holz, einige Millimeter breit, in das sie immer hineinblies, wenn sie den Tisch abwischte, weil sich Brösel darin ansammelten. Marianne tastet über das glatte Wachstischtuch in der Küche und spürt es nicht. Die Finger weigern sich, sich vom ockerbraunen Fichtenholztisch zu lösen, an dem sie mit dem Vater sitzt. Wenn sie die Augen schließt, spürt sie, wie sich der Raum langsam weiter dreht wie eines dieser Ringelspiele auf den Spielplätzen, nachdem die Kinder abgesprungen sind. Marianne sucht den Mittelpunkt, von dem die Drehung ausgeht, und findet ihn nicht. Er rutscht hin und her, sodass der Raum ein wenig eiert. Franz' Stimme und das Türenschlagen hat ihn in Bewegung versetzt und die Verbindung zu den anderen Räumen unterbrochen. Es ist unmöglich, aufzustehen, die Tür zu öffnen und in den Gang hinauszutreten. Alles ist an seinem Platz, schweigsam und vertraut. Aber es ist unmöglich, Marianne weiß es, und der Vater weiß es auch. Sechsundachtzig Prozent sind für das Auswandern, hat der Vater geflüstert. Für Deutschland. Was haben wir mit der Politik zu schaffen?

Brot brauchen sie doch überall, sagt Marianne, das

meint die Mama auch. Und wenigstens wären wir von den Walschen weg, sagt der Vater.

Lorenzo und Chiara. Seit sie schlank ist, schauen und pfeifen sie ihr nach, die Walschen und die eigenen. Seit sie schlank ist, kommen sie immer näher mit ihren kitzelnden Blicken. Bis in die Träume schauen sie ihr nach. Dagegen hilft der Geruch nach Brot. Das ist das Daheimsein. Ein Bäcker kann überall daheim sein, wenn er Brot machen kann, sagt der Vater. Der Raum hört aber trotzdem nicht auf, sich zu drehen.

Marianne hat Herzklopfen. Sie muss endlich eine von den hellblauen Tabletten nehmen. Die Gedanken überholen die Finger, die an der Packung herumdrücken. Wir haben nicht bemerkt, dass das Drehen nicht aufgehört hat, daheim nicht, und dort oben erst recht nicht. Und jetzt ist es wieder zu ihr zurückgekommen. Marianne schiebt sich hoch, zieht die Vorhänge zur Seite. Wenn das Drehen kommt, hilft die Stille auch nichts. Sie muss sich aber anziehen, denn wenn Friederike und ihr Mann da sind und sie liegt noch im Bett, dann fangen sie wieder an zu fragen, die Kleine schwirrt in der Küche herum, macht den Kühlschrank auf und kocht und räumt und bringt alles durcheinander, schlimmer als Hermann. Sein Durcheinanderbringen kannte sie wenigstens. Über dreißig Jahre hat er alles durcheinandergebracht. Das braucht sie nicht, dass sich jetzt schon wieder jemand einmischt. Zuerst der Franz und die Politik, der Hermann und weiß Gott wer. Aber die schon gar nicht, die Kleine. Der Jakob mit seinen sanften Augen, der versteht schon etwas. Aber die, die verstehen, haben selten etwas zu sagen. Geht's doch zum Teufel, alle miteinander, sagt Marianne in den sich drehenden Raum hinein und lacht. Ihre Stimme scheppert komisch und es kratzt im Hals, aber sie kann gar nicht mehr aufhören. Allmählich duckt sich der Raum vor ihrem Lachen und hält an. Das Lachen und die Tabletten, das hilft. Aber das Lachen ist zu selten da. Ist ausgewandert. Jetzt lacht sie noch einmal. Heute kommen Friederike und Jakob, da steht es auf dem Zettel, den sie sich gestern oder wann immer geschrieben hat. Sie wird angezogen sein. Aufgeräumt ist ja. Zum Fragen werden sie nichts finden. Was wissen denn die, was sie alles noch weiß: Alles. Heute ist sie bereit.

4 Konturen

Der Kleiderschrank im Schlafzimmer stand offen. Das passte nicht zu Marianne. Die Leere verursachte mir Übelkeit. Am Tag zuvor hatte sie mich gedrängt, Hermanns Kleider zur Caritas zu bringen. Da ich ihr ohnehin nicht zusehen mochte, wie sie hin und her huschte, ständig etwas anfasste, wieder hinlegte, stimmte ich zu und machte mich an die Arbeit. Es war weniger ermüdend, als sie andauernd zu beobachten und Schlüsse aus ihrem Verhalten zu ziehen, die ich dann wieder verwarf. Marianne fragte andauernd etwas und schien vor allem davor Angst zu haben, dass der Haushalt ohne Hermann nun kollabieren würde. Sie konnte nicht einmal eine Sicherung wechseln oder die Zentralheizung einstellen. Obwohl sie mir auswich, nahm sie mir den Atem. Obwohl ich nicht kommen wollte, kam ich fast jeden Tag.

Hermanns Kleider rochen gar nicht nach ihm, denn sie fielen in Mariannes Hoheitsgebiet: Zwischen den Lagen der Hemden und der Unterwäsche lagen Seifenstückchen, zwischen den Pullovern Mottenkugeln. Nicht einmal ein Socken oder ein Unterhemd hatte auch nur das kleinste Loch, da ließ Marianne nichts durchgehen.

Überall ihre feinen Stiche, Flicken an den Ellbogen, ausgebesserte Krägen, mit passendem Garn reparierte Löcher. Vielleicht hätte mich das rühren sollen: eine zusehends verloren gehende Tugend, in der Logik der Wegwerfgesellschaft unnötig geworden, gerade deshalb wertvoll und so weiter. Es widerte mich trotzdem an. Obwohl ich wusste, dass in der Kleidersammelstelle alles zusammen in eine große Kiste geworfen würde, packte ich die Stricksachen, die Anzüge, Hemden und Wäsche in jeweils eigene Schachteln. Marianne stand unten bei den Beeten und schnitt verwelkte Rosenköpfe ab. Die voll aufgeblühten sammelte sie in einer Schüssel. Sie würde dann eine Glasschale mit Wasser auf den Wohnzimmertisch stellen, die Rosenblüten um schwimmende Kerzen legen und um die Glasschale eine Efeuranke oder andere Blätter aus dem Garten. Es hatte etwas Zärtliches, wie sie die Pflanzen anfasste, die Stängel zurückbog und sorgfältig nach der richtigen Stelle für den Anschnitt suchte. Sie trug ihre Lesebrille. Ich rief hinunter, ob alles in Ordnung sei, sie blickte verwirrt und halbblind auf. »Was tust du denn da?«, rief sie zurück.

»Du hast doch gesagt, ich soll Papas Gewand einräumen.«

Nach einem kurzen Zögern antwortete sie: »Du siehst doch, ich habe zu tun.«

Ich wandte mich ab und machte weiter, wie Hermann es getan hätte. Die meisten von seinen Sachen kannte ich. Eine abgetragene schafwollgefütterte Lederweste legte ich beiseite. Hermann war ziemlich mager gewesen und im Alter fror er ständig. Oft trug er unter der Weste noch eine Strickjacke und ein langärmeliges Unterhemd. Meine Finger erinnerten sich an das naturweiße gelockte Schaffell. Man konnte die Weste nicht waschen, deshalb haftete etwas von Hermanns Geruch an ihr, nach Holz und Metall, nach Herbst und feuchter Luft, ein wenig nach Bier und Keller. Ich bekam Angst, dass ich ihn vergessen würde und vergrub das Gesicht in dem Fell. Als Kind hatte ich Hermann gern berührt, immerzu an seinen Kleidern herumgezupft und seine Haare gekämmt wie bei meinen Puppen, mich an seinen Rücken geschmiegt. Er hatte es sich meist gutmütig gefallen lassen, wie ein großes, warmes Haustier, bis er mich dann abschüttelte. Vier große Schachteln waren bereits voll, trotzdem lag immer noch einiges im Kasten. Was man einmal hatte, ließ man nicht mehr los, darin hatten die Eltern stumme Einigkeit gezeigt. Natürlich gehörte ich nicht mehr hierher, was war mir da eingefallen. Vor siebzehn Jahren, gleich nach der Matura, war ich gegen den Widerstand meiner Eltern von zuhause ausgezogen. Sie waren am Balkon gestanden, während einige Freunde und ich meine Umzugskartons hinuntertrugen. Marianne hatte geweint, und sogar Hermann hatte etwas gesagt, dass ich ihnen etwas nicht wieder Gutzumachendes antun würde. In meiner Erinnerung rannte ich auf und ab, räumte und schleppte, ähnlich maschinenhaft, wie ich jetzt Hermanns Kleider einpackte. Wir würden einander doch besser verstehen, wenn ich ausgezogen sei, sagte und hoffte ich. Doch gab es Momente der Sanftheit zwischen uns, ich wusste es, wollte mich im Augenblick aber an keinen davon erinnern. Wir verstehen uns jetzt viel besser, hatte ich Freunden, Bekannten und auch mir selbst gesagt, weil es das war, was man hören wollte. Anzuerkennen, dass es für manche keinen Weg zueinander gibt, war für die meisten Menschen kaum möglich, wenn es um Eltern und Kinder ging. Anders als bei den Scheidungen. Aber die eigenen Eltern! Die eigenen Kinder! Das eigene Blut!

Nach meinem Auszug hatte drei oder vier Monate Funkstille geherrscht. Ich begann mir Sogen zu machen, wie ich die Miete bezahlen sollte, verbrachte mehr Zeit mit Nachhilfestunden und anderen Gelegenheitsjobs als an der Uni. Eines Nachmittags hatte es insistierend geklingelt, Hermann stand vor der Tür. Wir wussten kaum etwas zu sagen, er mochte sich nicht recht umsehen. Er wollte sich nicht setzen. Er wollte keinen Kaffee. Das Glas Wasser, das ich ihm brachte, stürzte er stehend hinunter. Die vertraute Geste, mit der er sich über den Mund gewischt hatte, tat mir weh. Er sagte nichts über den Aschenbecher, die am Boden verstreuten Bücher und Kleider, deutete auf die Matratze, auf der ich schlief: »Du hast kein Bett?« Dann nahm er den Meterstab und notierte am Boden kniend die Länge und Breite auf einem Zettel, den er umständlich aus der Hosentasche gezogen hatte. »Ich bau dir eines, in welcher Farbe soll ich es streichen?« In einem Anflug von Trotz sagte ich: »Das Bett soll aber eins zwanzig breit sein.« Er verzog keine Miene. Hermann wusste, wenn er keine Chance hatte. Vor Kurzem hatte ich Beate diese Geschichte erzählt. Sie hatte Hermanns Benehmen skurril und vereinnahmend gefunden, eine verquere Form der Liebe. Ich stimmte ihr zu, aber ich spürte es nicht. Ich erinnerte mich, dass ich mich über die Maßen über seinen Besuch gefreut hatte. Es zu zeigen, war mir nicht möglich. Hermanns Bett behielt ich, bis ich mit dem Studium fertig war. Ich schlief mit einigen Männern darin, aber nur einer hatte es gebaut.

Ich stapelte Hemd auf Hemd und Gedanke auf Gedanke. Irgendein sprachloser Rest, den keine Geschichte erfasste, blieb zurück und schmerzte. Ich holte eine letzte Schachtel aus dem Auto. Der Rest schwieg und konnte warten, bis ich die Kleider bei der Sammelstelle abgegeben hatte. In letzter Sekunde fischte ich die Schaffellweste wieder aus dem Haufen, saß dann damit im Auto auf dem Parkplatz und weinte. Dieser Moment, als Hermanns Sachen sich mit all den anderen fremden Kleidern vermengt hatten.

Meine Eltern hatten nichts hergeben, nichts wegwerfen können. *Nichts* war das wichtigste Wort in ihren Erzählungen gewesen, sowohl in den ausführlichen und immer gleichen Geschichten Mariannes als auch in Hermanns spärlichen. Sie war mit nichts als einem Koffer 1945 aus Ostsudeten nach Wien gekommen. Er hatte mit nichts zehn Jahre später ein Haus für sie und die erhofften Kinder gebaut. Alles, auch ich, schien aus diesem Nichts zu stammen, das meine Eltern mit endloser Arbeit bezwungen hatten. Mein Kinderzimmer war mit Puppen, Stofftieren und anderem Spielzeug vollgestopft gegen das Nichts. Auch ich hatte eine wichtige Aufgabe gegen das Nichts zu erfüllen und durfte nicht versagen.

Ich saß da, die Hände am Lenkrad, Hermanns Weste auf den Knien und konnte nicht mit dem Weinen aufhören. Der Kampf gegen das Nichts war nicht zu gewinnen.

Zuhause stand die Schale mit den Rosen und den Schwimmkerzen am Wohnzimmertisch. Marianne strickte, ich ging die Liste mit den Erledigungen durch. Jakob und ich hatten eine Putzfrau für Marianne organisiert. Als ich nachfragte, hatte sie es vergessen. Sie zuckte gleichmütig mit den Schultern, was mich mehr irritierte als die erwartete Abwehr. Ich würde dabei sein müssen, dachte ich mit Unbehagen. Sie wäre imstande, von nichts zu wissen und der Frau die Tür vor der Nase zuzuschlagen. Als ich in die Küche kam, saß sie auf ihrem gewohnten Platz und ließ die Nadeln klappern. Die Lesebrille vergrößerte ihre Augen ins Groteske. Man konnte sehen, dass sie schön gewesen war mit ihren hohen Wangenknochen und dem großen geschwungenen Mund. Die ausgeprägten Furchen zwischen Nase und Mundwinkeln hatte ich von ihr geerbt, im Ansatz waren sie schon mit zwanzig zu sehen gewesen. Auch ihre recht schmalen Schultern fand ich an mir wieder und die runden Hüften, die sie ihr Leben lang beklagt hatte.

Mich beschäftigte, was mit Hermanns Körper in der Zwischenzeit geschehen sein mochte. Das Aufweichen der Züge. Oder war es eher Erstarren oder Schrumpfen? Ich wusste nicht viel über den Verwesungsvorgang. Hermanns Augen waren klein, grau und sehr beweglich gewesen. Die Welt war für ihn eine völlig andere gewesen als für Marianne und mich, davon war ich immer überzeugt. Er sah das Ineinandergreifen von Holzbalken, er sah Schrauben, Scharniere, Gewinde, Hebel, Winkel und Zahnräder. Er wusste, wie man Mauern baute. Er fand das Auto wieder in fremden Städten. Er studierte meine Schularbeiten und Zeugnisse mit zusammengekniffenen Augen. Er nahm sich meine Mathematikbücher, löste Aufgaben und demonstrierte mir, wie einfach sie waren. Er fuhr mit den Fingern über die Zeilen, die ich geschrieben hatte. Er sah abblätternden Putz, schadhafte Stellen und leicht zu übersehende Abzweigungen in fremden Gegenden. Wenn er zornig wurde, sah er aus, als ob er ins verhasste Nichts starrte. Als Kind meinte ich, die Farbe seiner Augen würde sich dann verändern. Vor fünf oder sechs Jahren war er gegen den grauen Star operiert worden. Als ich ihn im Krankenhaus besuchte, meinten die Männer, die mit ihm im Zimmer lagen, ich wäre seine Enkelin. Er lachte, strahlte sogar ohne Grund, wie mir schien, und legte mir überraschenderweise den Arm um die Schultern, was er sonst nie tat, und schon gar nicht, wenn wir alleine waren. Ich verstand zwar nicht warum, aber ich sah den Stolz in seinen Augen über den von der Operation verschwollenen Tränensäcken. Vielleicht darauf, dass ich so jung war. Als ich geboren wurde, war er schon über vierzig gewesen.

»Doch, doch es ist mir schon recht. Wenn sie ordentlich ist«, sagte Marianne plötzlich.

»Wer?«

»Na, die Reinigungsfrau«, sagte Marianne kopfschüttelnd und ließ die Stricknadeln weiterklappern.

Mein Nacken schmerzte. Wenn sie ordentlich ist. »So ordentlich wie du kann sie gar nicht sein«, fuhr ich Marianne an, im selben Moment tat es mir leid. Sie konnte ja nicht wissen, dass sie meine Erinnerungen an Hermann gestört hatte. Sie machte erwartungsgemäß den Mund schmal und ließ die Stricknadeln weiterklappern. Das war mir lieber als die überraschenden Reaktionen, die sie neuerdings an den Tag legte, und die das verlorene Gleichgewicht der vergangenen sechs Wochen seit Hermanns Tod noch zusätzlich störten. Ich unterstellte ihr eine gewisse Absicht dabei, fand aber keinen Anhaltspunkt. Marianne war alt und bedauernswert. Sie hatte ihren Mann verloren und brauchte Unterstützung. Sie war verloren ohne uns. Sie tat ihr Bestes. Sie konnte nicht anders. Alle Schuld lag bei mir. Ich räumte und machte, ich schuftete an gegen diese Schuld und mit einem einzigen groben Satz hatte ich den Schuldberg schon wieder aufgetürmt. Ich stand auf und sah auf die Uhr. Beate, ich hatte Sehnsucht nach Beate. Was für eine Augenfarbe hatte Beate? Mariannes Vergesslichkeit machte mir Angst, als sei sie ansteckend. »Ich werde da sein, wenn die Putzfrau kommt«, sagte ich. Als ich ging, sah ich noch, dass Marianne einen Notizzettel aus der Lade kramte.

Beate umarmte mich und zog mich in die Wohnung. Ihre Lippen schmeckten salzig und nach einem herben Gewürz, Koriander vielleicht. Sie habe sich gerade etwas zu essen gemacht, genug für zwei. Im Gegensatz zu mir kochte Beate auch für sich allein und deckte den Tisch mit allem, was dazugehörte. Ihre Augen waren braun mit grünlichen Einsprengseln. Ich hielt sie einen kleinen Moment auf Distanz, um sie anzusehen. »Hast du geraucht?«, fragte sie. Was sollte man auf eine Frage antworten, die keine war. Es hätte mir an diesem Nachmittag eigentlich genügt zu sehen, dass sie da war, eine Weile in ihrer kleinen, voll geräumten Wohnung zu sitzen, ein Glas zu trinken und meinen Blick über die Bücherstapel, Gläschen, Fläschchen, Murmeln, die da und dort befestigten Postkarten und die wuchernden Pflanzen streifen zu lassen und nicht reden zu müssen. Auf den ersten Blick war es chaotisch hier, aber der erste Blick trügte gekonnt: Beate arrangierte die scheinbare Unordnung um sich sehr sorgfältig. Die Farbe Blau dominierte. Es gab jede Menge Hand-, Geschirr- und Tischtücher in verschiedenen Blautönen, ausschließlich blaue Ordner und Stifte, blaue Teppiche, Kissen, Sessel, einen blauen Tisch, eine mit blauem Sand gefüllte Eieruhr, ein blaues Nudelsieb. Sogar die Zündholzschachteln neben dem Telefon waren blau. Bei meinem ersten Besuch hatte ich mich von dem Blau fast überschwemmt gefühlt. Beate schob mir einen Teller hin, aber ich mochte nichts essen, obwohl ich hungrig war. Meine Eltern kreisten in mir, Hermann und Marianne, ohne Unterschied zwischen tot und lebendig. Auch sie waren hungrig, alle beide, und wenn ich erst einmal zu essen anfinge, würde ich nicht so schnell aufhören können, und so trank ich nur ein Glas Wein. Es war angenehm, Beate beim Essen zuzusehen. Sie konnte mit einfacher Selbstverständlichkeit genießen. »Wie war es denn?«, fragte sie. Ich dachte an die Lederweste meines Vaters, die auf dem Rücksitz im Auto lag. Dem Impuls, sie mit heraufzunehmen, hatte ich widerstanden, es wäre mir theatralisch erschienen. »Erzähl mir lieber von deinem Projekt«, sagte ich. »Wie waren die letzten Interviews?«

Beate arbeitete an einer Untersuchung über die Lebensentwürfe von Mädchen aus Immigrantenfamilien. Sie zögerte, ließ sich dann aber gerne verleiten zu erzählen. Sie berichtete von einer anatolischen Musikerfamilie, die neunzehnjährige Tochter arbeite mit ihrem Verlobten im Büro einer türkischen Import-Export-Firma und singe auf türkischen Hochzeiten und anderen Festen in Österreich und Bayern, und nun solle sie verheiratet werden, sie freue sich darauf und könne es kaum erwarten. »Aber sie soll auch mit dem Singen aufhören, stell dir das vor! Dabei ist sie wirklich gut.«

»Wieso, hast du sie gehört?«, fragte ich, einerseits, weil es mich wirklich interessierte, und auch weil ich noch nicht über Marianne reden wollte.

Sie beugte sich vor, legte die Gabel weg. »Es war unglaublich. Mitten in einer U-Bahn-Station, in Kagran irgendwo war das, da hat sie uns vorgesungen. Ihr Verlobter hat zu einem Einwand angesetzt, allerdings nicht sehr energisch. Sie hat sich nicht widersetzt, sie hat es nicht einmal bemerkt. Es war nichts mehr übrig, verstehst du.«

Ich sah die Begeisterung in Beates Gesicht. Hinter ihr hingen zwei blaue Plakate. Das eine zeigte den Dichter Imre Kertesz vor nebelblauem Hintergrund, darauf stand: *Alles ist mir fremd, aber am fremdesten bin ich mir selbst.* Beate hatte gemeint, ihr gefiele der Satz, weil er das Gegenteil von dem besagte, was sie von sich selbst behauptete. Sie selbst kenne sich recht gut, und sie meine auch andere zu kennen, Frauen und Männer und die meisten der üblichen Spielchen dieser Angsthasen, die wir alle seien. Der Satz von Kertesz erinnere sie aber immer daran, dass sie sich irren könne. Das andere Plakat war die schlichte, bilderlose Ankündigung einer Ausstellung mit dem Titel *weniger ist meer* in Ultramarinblau.

Ich kannte Beate seit ungefähr einem Jahr. Als sie an ihrer Dissertation schrieb, sah ich sie oft an meinen Arbeitsplatz in der Universitätsbibliothek, und mir war aufgefallen, wie lange und konzentriert sie vor dem Bildschirm oder über ihren Unterlagen saß. Sie blätterte, notierte, strich sich die Haare aus der Stirn, kaute manchmal an ihren Fingerknöcheln, bewegte die Lippen, blieb beharrlich sitzen. Ich konnte ihre Nackenmuskulatur sehen, ihren festen, geraden Rücken, ihre langen Beine, die sie um die Sesselbeine geschlungen hatte. Ihr hellblondes Haar war etwas ausgebleicht und sie war braun, als wäre sie viel im Freien. Ein oder zwei Mal sah ich, wie sie mit jemandem sprach. Zuerst das zögernde Auftauchen und dann eine freundliche Sanftheit im Gesicht und in den Gesten, die einen deutlichen Gegensatz zu ihrer fast verbissenen Konzentration darstellte. Beates Gesicht war beweglicher und lesbarer als das der meisten Menschen, es zeigte viel, aber ich wusste nicht viel von ihr und hätte es dabei belassen. Wenn ich mit irgendeiner Routinearbeit beschäftigt war, fantasierte ich bisweilen über die möglichen Leben von Menschen, die hierherkamen. Ich stellte mir ihre Wohnungen, ihre Familien oder einfach Situationen vor, in denen sie sich bewegten. Ich selbst kam in diesen Geschichten nicht vor und ich dachte sie eigentlich auch nie zu Ende. Manches davon hätte wohl einen guten Stoff für eine Kurzgeschichte oder einen Film abgegeben, aber ich machte mir nie die Mühe, etwas niederzuschreiben. Beate war anfangs nicht mehr als eine der vielen auswechselbaren Gestalten in meinen gedanklichen Skizzen gewesen: Ich stellte mir sie mit einer Zwillingsschwester vor, Autistin vielleicht, die beiden wohnen zusammen, die Schwester sitzt nebenan, kaut auf den Fingerknöcheln und wiegt sich immerzu hin und her. Das gleiche Gesicht, aber eines, das nichts aufnehmen und nichts hergeben will, gewissermaßen der Gegenentwurf mit denselben Mitteln. Mit der Schwester spricht Beate leise und verhalten. Von draußen dringen Geräusche durch das offene Fenster, das enervierende Signal eines rückwärts fahrenden LKWs, Autolärm, das Geschrei irgendwelcher Vögel. Die Schwester verzieht ein wenig den Mund, Beate schließt das Fenster. Im Gesicht der Schwester eine winzige Bewegung, die der Beobachter gar nicht wahrnimmt. Nur Beates Reaktion ist zu sehen: Lächeln,

Nicken, zwei, drei leise Worte, nicht zu viel, denn die Schwester erschrickt über alles Plötzliche und Unvertraute. Was Beate von der Schwester gelernt hat, erstreckt sich auf alle Bereiche des Lebens, auf alle Tätigkeiten. Sie hat gelernt aufmerksam zu sein. Das war etwas, was mir nicht oft gelang, und meine Arbeit verstärkte diese Unfähigkeit noch mehr. Ich achtete darauf, mir nicht anmerken zu lassen, dass ich mich gerne und bereitwillig ablenken ließ, hin zu diesen beliebigen, aber doch zwingenden Bilderfolgen, die mein Gehirn produzierte, zu Klängen und Farben von draußen, irgendwohin. Das Mittagsläuten der Domglocke zum Beispiel, dieses kreisende, an den Rändern heller summende Tönen, das ich hier in der Bibliothek immer gespannt erwartete und das die erfundenen Geschichten zumeist wieder auslöschte. Beates Namen hatte ich auf ihrer Ausleihkarte gesehen. Er passte zu ihr, fand ich. Da sein zu können, wo man ist, ist zweifellos eine Form von Glück. Was aber nicht bedeutet, dass mein Hang zur Abwesenheit eine Form von Unglück ist.

Ich hätte nichts unternommen, um Beate näher kennen zu lernen, obwohl ich begonnen hatte auf sie zu warten. Warum auf dem Unterschied zwischen Fiktion und Wirklichkeit beharren, ein menschlicher Drang, den ich im Grunde nicht akzeptierte. Als ich Beate all dies zu erklären versuchte hatte, hatte sie mit Vehemenz Gegenargumente vorgebracht, die mich keineswegs überzeugten, aber ich liebte sie dafür. Einmal hatte ich ihr unvorsichtigerweise von meiner Geschichte über sie und ihre Zwillingsschwester erzählt, und sie hatte mich gedrängt weiterzuerzählen. Über Menschen, die ich kennen würde, könne ich nichts erfinden, sagte ich. Sie fand sich nur widerstrebend mit meiner Erklärung ab und merkte scharfsinnig an, wenn ich wie Kertesz davon überzeugt sei, dass wir alle einander und jeder sich selbst letztlich fremd bleiben, dürfe das doch keine Rolle spielen und ich solle die Geschichte wenigstens aufschreiben. Aber mir lag nichts daran und ich mochte sie mit niemandem teilen, auch mit ihr nicht. Ich verbrachte meine Arbeitszeit in einer riesigen Sprachmaschine, die unaufhörlich speicherte. Beim Funktionieren dieses komplexen Apparats mitzuwirken, ohne selbst direkt daran beteiligt sein zu müssen, war angenehm, mehr wünschte ich mir nicht.

Beate war mit dem Essen fertig, für ein paar Minuten war Stille. Sie knäuelte die blaue Papierserviette zusammen und warf sie nach mir, aber die beabsichtigte Leichtigkeit wollte sich nicht einstellen. Ich streichelte ihre Hand, zerstreut erwiderte sie meine Berührung und kam wieder auf ihr Interview zurück:

»Ich verstehe diese unglaubliche Bravheit nicht, mit der sich die meisten fügen. Tradition, Familienzusammenhalt, gut. Aber warum dieser fraglose Verzicht auf etwas, das man doch so liebt? Was ist denn in Wahrheit dabei zu gewinnen?«

»Das erinnert mich an etwas«, sagte ich. »Unter uns hat einmal eine Familie mit einer um zwei Jahre jüngeren Tochter gewohnt. Ich war vielleicht elf oder zwölf. Irgendwann beim Spielen im Garten wollte ich sie zu etwas Verbotenem überreden, keine Ahnung mehr, was es war. Vielleicht auf den Spielplatz gehen, wo wir nicht hin durften, oder in den Keller, eine geklaute Zigarette rauchen. Aber an ihre Reaktion erinnere ich mich sehr genau: Sie war empört und sagte mit Vehemenz: *Aber ich will ein braves Kind sein!*«

Beate schaute mich verblüfft an, dann lachte sie, hielt meine Hand fest und spielte mit meinen Fingern.

»Und du? Warum wolltest du kein braves Kind sein?«

Ich zuckte mit den Achseln: »Ich weiß nicht. Vielleicht wollte ich es ja, es hat aber einfach nichts genutzt. Es war letztlich egal, ob ich brav war oder nicht. Da konnte ich doch genauso gut nicht brav sein.«

Beate zog mich hoch. Wir ließen uns auf ihre Couch fallen. Die Weichheit ihrer Lippen verwirrte und überraschte mich noch immer. Ihr Körper war wie das schöne Spiegelbild meines eigenen. Immer noch fühlte ich mich ein wenig hölzern und ungeschickt, wenn wir uns berührten. Ich versuchte erst gar nicht, ihre Selbstverständlichkeit zu imitieren. »Hast du dich nie in Frauen verliebt?«, hatte sie mich einmal gefragt. »Nie«, hatte ich geantwortet, im Nachhinein war ich mir aber nicht mehr sicher. Die Körper anderer Frauen waren mir fremd und vertraut wie mein eigener gewesen, ich sah sie gerne an, machte sie zu Objekten meiner Fantasie. Aber das war eines der kleinen erotischen Geheimnisse, die wohl jeder hat und die fest im Kopf eingeschlossen bleiben. Beate strich meine Konturen entlang, was meine Unruhe besänftigte. Alle Initiative war von ihr ausgegangen. Sie hatte mich angesprochen, mich zum Essen eingeladen. Sie war es, die mich umarmt hatte, mit der intuitiven Sicherheit für den richtigen Augenblick über diese Grenze gegangen war, die freundschaftliche Zärtlichkeit in etwas anderes übergehen ließ. Sie war es gewesen, die mir Fragen stellte, mich erforschte. Ich war diejenige gewesen, die es geschehen ließ. Ich fühlte mich beschenkt und in Sicherheit.

Was hättest du getan, wenn ich dich zurückgewiesen hätte? Woher wusstest du, dass – ? Was war es, das dich – ? Warum bin ich dir aufgefallen? Was war das Erste, was du über mich gedacht hast?

Warum stelle ich plötzlich diese Fragen? Ich spürte etwas Dringliches daran, das mir nicht gefiel.

»Denk nicht so viel«, sagte Beate. Ich überließ mich ihr. Ihre Hände lösten mich auf und setzten mich wieder zusammen, auf andere Weise als Jakob. Es machte mich unruhig, dass ich es nicht verstand, und genau das war die größte Verlockung. Ich beruhigte mich mit dem Gedanken, dass wir einfach weiter Freundinnen sein würden, wenn das hier vorbei wäre, obwohl ich mich hütete, es auszusprechen. Das Wissen um bestimmte Tabus hielt sich verlässlich, auch in diesem verwirrenden Gemisch aus Freundschaft und Begehren, das ich mit Beate teilte und das mir immer noch als etwas Verbotenes erschien. Beates Finger strichen über meine Brüste und meine Hüften. Marianne und Hermann trieben weit fort, viel weiter, als wenn ich zu Jakob nach Hause gefahren wäre.

Beate küsste meine Blinddarmnarbe, meinen Nabel, murmelte etwas in meinen Bauch. »Lass das«, sagte ich.

Das Blau um mich herum wurde leicht. Ich hob Beates Busen an und drückte ihn, strich mit den Fingerkuppen über ihre versteiften Brustwarzen und wartete gierig auf ihr Seufzen. Wenn wir uns küssten, hatte ich viel mehr das Gefühl, etwas Verbotenes zu tun, als wenn wir einander zum Orgasmus brachten. Ab einem gewissen Punkt der Erregung war es mir egal, wer es tat, ich stürzte ganz in mich hinein, war unerreichbar, fühlte niemand anderen mehr, keine Nähe, schon gar keine Liebe. Vielleicht war das bei allen so, dass das Sexuelle letztendlich alle anderen feineren Gefühle wegschwemmte, versuchte ich mich zu trösten. Vielleicht liebte ich aber nur nicht genug, weder Jakob noch Beate noch sonst jemanden.

»Du grübelst ja schon wieder«, sagte Beate, ihr Ton war weich und leicht. Ich küsste ihre linke Brust, fuhr mit der Zunge über die zarte Haut über dem Schlüsselbein.

Oft spürte ich ihren fröhlichen und unverkrampften Ehrgeiz, meine Unberührbarkeit zu überwinden, die Insel in meinem Inneren zu besuchen, wie sie es nannte. Bis vor Kurzem war klar, dass es auch ihr nicht gelingen würde. Flüchtig dachte ich an Hermann und Marianne. Sie waren es, die das Gleichgewicht der Dinge durcheinanderbrachten.

»Ich frage mich, warum du keinen Speckring um den Bauch bekommst«, sagte sie, und zeigte auf ihren glatten, leicht gerundeten Bauch.

»Das ist einfach, ich habe einen dickeren Hintern«, sagte ich. Wir kicherten albern. Sie setzte sich auf, küsste meinen Nacken, suchend und saugend, flüsterte mir wohltuende Unsinnigkeiten über meine Schönheit ins Ohr, die ich keineswegs glaubte.

Martin, ihr Freund, wusste, dass wir befreundet waren, nicht mehr. Einmal waren wir einander zufällig in der Stadt begegnet. Beate überredete mich, sie beide ins Kino zu begleiten. Mir war unbehaglich, aber ich hatte nicht schnell genug eine Ausrede parat. Wir verbrachten schließlich einen heiteren Abend zu dritt und unterhielten uns lange und mit einem intellektuellen Eifer über den Film, der vielleicht ein wenig forciert war. Dass Beate und Martin im Kino neben mir Händchen gehalten hatten, weckte keinerlei Eifersucht in mir, im Gegenteil, es erleichterte mich. Ich war eine Spur offener und freundlicher zu Martin, als ich es sonst gewesen wäre, meine diffusen Schuldgefühle schob ich so weit weg, dass sie nicht mehr störten. Als Martin auf der Toilette war, griff Beate nach meinem Handgelenk und streichelte die Innenseite meines Unterarms. Ihr Blick war fest, fast zwingend. Ich sagte: »Tu das bitte nicht.« Ansonsten hielten wir uns beide an die unausgesprochenen Regeln: Wenn ich wusste, dass Martin da war, rief ich nicht an. Ein oder zwei Mal ergab es sich doch, und ich merkte sofort an ihrer Stimme, dass sie nicht allein war. Kein Problem, sagte ich mir. Die Wochenenden gehörten generell den Männern. Jakob neigte ohnehin nicht dazu, mir nachzuspionieren. In der Öffentlichkeit gab es keine über Beiläufiges hinausgehenden Berührungen. Ein paar Mal hatte sie diese Grenze übertreten. Sie schien es erregend zu finden, ihre

Hand etwas zu lange auf meinem Rücken liegen zu lassen, mich nach der Begrüßungsumarmung auf den Hals zu küssen oder Ähnliches. Wahrscheinlich fiel es niemandem auf, aber ich erstarrte jedes Mal. Beate nahm meine Abwehr gelassen: »Wie du meinst.« Falls sie doch verletzt oder auch nur amüsiert war, zeigte sie es nicht. Es funktioniert bestens, sagte ich mir und ihr. Und warum Martin und Jakob mit etwas belasten, das ihnen nichts nahm, sie nicht bedrohte und schließlich keinem weh tat, wenn man es nicht zerredete. Sie saß da, ein Leintuch locker um den Körper geschlungen, satt und sicher. Sie saß da, als könnte der ganze Körper lächeln. Alles war gut und würde so bleiben, sagte er. Ich stand auf, schenkte mir Wein nach. Mit einer Frau zu schlafen, etwas, von dem ich nicht geglaubt hatte, dass ich es je tun würde, war einfacher als Beate anzusehen, wie sie jetzt da saß. Dem Körper kann man immer glauben, das war einer von Beates unumstößlichen Glaubenssätzen, etwas, das sie immer wieder sagte, und das ich immer wieder skeptisch oder zumindest ironisch kommentierte. Wenn unsere Gespräche darüber auch etwas Spielerisches hatten, schien es ihr doch ein Anliegen zu sein, mich zu überzeugen. Wenn wir miteinander unterwegs waren, sprachen wir gern darüber, was uns an anderen Menschen auffiel. Die Liebe zum Beobachten teilten wir. Schau doch: Wie diese Frau den Rücken kerzengerade hält, als müsste sie ständig eine Last abwehren. Schau, die ist auch gerade, aber ganz anders. Schau, den dünnen Mann da, wie er geht, wie er den Blick auf einen imaginären Punkt richtet, schau, wie er die Lippen zusammenpresst, als ob er verzweifelt wäre, weil er ihn nie erreicht. Und das weiß er auch, siehst du? Schau, wie die ihr Kind hinter sich herschleift. Das Kind schaut ganz ergeben drein wie ein alter Hund, nicht? Schau mal, die sind verliebt, aber sie gestehen es sich noch nicht ein. Schau, das blonde Kind da mit dem blauen Fleck am Knie, das ist ganz Kind. Siehst du, wie sein Blick fliegt? Und dieses da, das sieht aus, als wüsste es schon viel zu viel, schau. Manchmal erfand ich den Anfang einer Geschichte dazu, und Beate sah mich so gespielt bewundernd dabei an, dass ich lachen musste. Nein, wirklich, beteuerte sie dann, du erzählst großartig, das könnte ich nie!

»Ich weiß, dass meine Geschichten erfunden sind, aber du tust so, als wüsstest du wirklich Bescheid«, hatte ich einmal streitlustig gesagt. Aber Beate hatte nur gutmütig mit den Schultern gezuckt. »Wem schadet es denn? Ein schönes Spiel, mehr nicht. Und schau doch, ich habe sicher manchmal recht. Verdirb es doch nicht.« Sie hatte *manchmal* gesagt, aber ich hatte gedacht, das sagt sie nur, auch wenn sie *immer* meint, doch ich hatte den Mund gehalten. Warum sollte ich es verderben. »Unsere Insel«, sagte Beate, »ist doch schön so.«

Sie hob ihren zerzausten Haarschopf hoch und streifte die langen Strähnen von den Schultern nach hinten. Mir fiel Mariannes Termin mit der Putzfrau ein, den ich mir nicht aufgeschrieben hatte. Ich wollte sitzen bleiben und Beate ansehen, sonst nichts, den Ort nicht mehr verlassen, an dem dies genug war. Diesen Ort gab es aber nicht, beschloss ich. Beate tippte mit den Zehen auf den Lichtschalter der blauen Stehlampe auf dem Beistelltischchen. Das kleine Wort *doch* lag quer, bildete einen blinden Fleck im schönen Bild von der schönen Insel. »Ich muss jetzt gehen«, sagte ich. »Jakob macht sich sonst Sorgen.« Das war Unsinn, und Beate wusste das.

»Du machst dir Sorgen«, sagte sie. Sie stand auf und legte mir den Arm um die Taille. Einen Moment, bevor sie mich berührte, wusste ich, wie es sein würde. »Du hast gar nicht erzählt, wie es bei deiner Mutter war«, sagte sie.

Ich versteifte mich. Was immer ich erzählen und was immer Beate dazu sagen würde, würde nicht Teil einer möglichen Lösung, sondern ein weiterer Teil des Problems werden. Ich schob sie ein wenig zur Seite und brachte ein freundlich klingendes *Sei mir nicht böse, aber ich mag jetzt nicht darüber reden* zustande. Ich war es gewöhnt, mich in meinem Leben auszukennen und über meine Beweggründe Bescheid zu wissen. Jetzt bemühte ich mich so zu tun, als wäre das immer noch so. Dass ich gehen musste und Sehnsucht nach Jakob hatte, am meisten nach seiner Fähigkeit, die Dinge wieder an die richtige Stelle zu rücken, war eine dieser überfallsartigen neuen Gewissheiten, die im Körper saßen und die ich nicht verstand. Beate ließ mich los, blieb gelassen, und ich zog mich an. Für ein paar Sekunden hasste ich sie.

Als ich im Auto saß, verdichtete sich der ganze Tag zu einem unangenehmen Klumpen und ich sehnte mich nach der Badewanne und nach Jakobs Klavierspiel aus dem Nebenzimmer. Ein heftiger Regen trommelte aufs Auto und ich zwang mich, vom Gas zu steigen. Die Windschutzscheibe war voller Wasserschlieren. Es sah aus, als würde sich das Licht der entgegenkommenden Fahrzeuge darauf verschmieren. Ich darf das Gleichgewicht nicht verlieren, dachte ich, aber die Worte klangen leer und hatten keinerlei Bedeutung. Es war ja nichts geschehen. Ich war bei meiner Mutter gewesen, ich hatte mit meiner Geliebten geredet, getrunken, geschlafen, ich fuhr heim zu meinem Mann, den ich liebte. Der Regen ließ nach, ich fuhr trotzdem nicht schneller, geriet ein wenig zu weit nach rechts. Für einen Augenblick meinte ich, ich stünde still, und die Landschaft, von mir abgetrennt durch den hellen metallischen Streifen der Leitplanke, floss nach hinten weg. So abrupt hätte ich nicht gehen müssen. Ich hätte nicht trinken sollen, das war alles. Die beruhigenden Formeln taten ihre Wirkung. Ich sah auf die Uhr. Jakob würde daheim sein, saß wahrscheinlich am Klavier. Ich musste ihm nicht vorlügen, wo ich gewesen war. Meine Beziehung zu Beate beunruhigte ihn kaum. Väter starben irgendwann, Mütter wurden alt. Das Alter radikalisiert alle unsere Sonderbarkeiten. Es ging mir doch gut.

Ich hatte nicht vorgehabt es ihm zu erzählen. An einem Samstag waren wir wie üblich nach dem Frühstück auf der Couch gelegen und hatten uns die Zeitung geteilt. Jakob liest mir etwas aus einem witzigen Kommentar vor. Wir lachen. Eines dieser vertrauten Gespräche mit Schweigepausen dazwischen, kein Gewicht in der Luft und keines in den Sätzen oder Gesten, die heitere Leichtigkeit des Gewohnten. Er liegt da, müßig ausgestreckt, die Brille ein wenig Richtung Nasenspitze verrutscht, sein Gesicht ist das eines etwas gealterten Jungen, die Zeitung halb auf dem Bauch, bedächtig löst er die Seiten voneinander und lässt sie auf den Teppich gleiten, auf die Klaviernoten von Chopins *Préludes*, die er zurzeit spielt. Ich bin glücklich, dass er da ist, glücklich auf eine unspektakuläre Weise. »Mathias Goerne singt die Winterreise, magst du mir hingehen?«, fragt er. Wenn er Zeitung liest, ist sein Blick anders als beim Lesen von Noten: Dieses konzentrierte Vor und Zurück auf den Zeilen, die eckigen Armbewegungen, wenn er etwas notiert, die schnelle Vibration des Bleistifts zwischen Daumen und Zeigefinger, manchmal summt er unvermittelt ein paar Takte, ohne es zu merken. »Beate hat angerufen«, sagt er über den Rand der Zeitung hinweg, schläfrig ist seine Stimme, er sieht mich nicht an, es ist ihm wohl gerade eingefallen und er sagt es, um es nicht wieder zu vergessen. »Du sollst sie zurückrufen«. Der Kater streckt sich und gähnt, zerstreut lässt Jakob seinen Arm hinuntergleiten und krault ihn, ich kann ihn schnurren hören.

»Ich schlafe mit ihr«, sage ich. Jakob hört nicht auf den Kater zu kraulen. Ich sage diesen Satz, Jakob krault den Kater, die angespannte Stille, die zu erwarten gewesen wäre, tritt nicht ein. Jakobs Gesicht nimmt den Ausdruck gespannter Konzentration an, die Augen fixieren in schnellem Wechsel unterschiedliche Punkte am Boden, an den Wänden, im Garten. Sein Blick tastet den Raum ab wie nach einer möglichen, nicht unmittelbar akuten Gefahr. Mich spart er aus. Schließlich sagt er: »Mir ist schon aufgefallen, dass du viel von ihr sprichst.« Er rückt die Brille zurecht, schüttelt ein wenig den Kopf, fährt fort: »Und dein Ton: Sehr weich und irgendwie begeistert. Aber auch nicht anders, als wenn du von einem Buch sehr angetan bist. Wie über Pessoa, in Lissabon, zu Ostern, weißt du noch?«

Es irritiert mich, dass er jetzt davon spricht, dennoch sehe ich uns augenblicklich auf der kleinen Terrasse mit dem schmiedeeisernen Gitter sitzen, spüre dessen Verstrebungen an den Fußsohlen, die von der Sonne warmen Steinfliesen, wir sitzen da, schauen auf die verschachtelten, weiß-grau gefleckten Dächer und lesen einander Stellen aus dem *Buch der Unruhe* vor, wir blättern abwechselnd vor und zurück, reichen das Buch hin und her, den ganzen Abend lang, mehrere Abende. Es riecht nach Meer und Abgasen, wir stellen fest, dass die Gerüche variieren, dass sich jeden Tag eine etwas andere Mischung ergibt, gebratener Fisch, Öl, die aufgeschnittenen Früchte, die am Tisch liegen, warmer Asphalt, irgendetwas. Wir reden darüber, wie ein Text die Wahrnehmung verschiebt, den Blick da und dorthin zieht und uns als Ganze. Wir reden darüber, wie es ist, zwischen mehreren Identitäten zu wechseln, und wie fern dies bei Pessoa jeder schmerzhaften Psychose zu sein scheint, wie leicht, wie erstaunlich leicht. Und ob nicht gerade das krank und schlicht unmöglich sei: Ein Einziger zu sein. Diese allergewöhnlichste Lüge, sagt Jakob.

»Ich dachte, ich erzähle es dir besser. Wenn ich es nicht gesagt hätte, dann – es bekäme mehr Bedeutung, als es hat. Sie hat ja Martin, und eigentlich wollte ich nie, eine Frau, weißt du, manchmal habe ich daran gedacht, ganz beiläufig, aber ich habe eigentlich nie, und sie hat ja Martin.«

Falsch, ganz falsch. Ich verrate Beate mit jedem Wort. Aber. »Ich habe sie sehr gern. Es ist schön. Aber es ändert nichts.«

Jakob nickt. Er faltet die Zeitung zusammen. »Kommst du mit zur Winterreise, ich würde die Karten online bestellen.«

»Natürlich komme ich mit. Hör mal, bist du nicht böse?«

Jakob schüttelt den Kopf. »Lass mir ein wenig Zeit«, sagt er. Er greift nach dem Stapel Noten und ich denke, am liebsten würde er jetzt einfach aufstehen und spielen gehen, und ich Idiotin, ich tue ihm das an und jetzt lasse ich ihn nicht einmal in Ruhe. Aber er schiebt die Blätter zusammen und sieht mich an: »Weißt du, ich bin zunächst einmal froh, dass es kein Mann ist.« Er zögert wieder ein paar Sekunden und fragt dann: »Könnte ein Entweder-oder daraus werden, du weißt schon, wie wichtig ist sie dir?«

»Nein, keinesfalls«, sage ich sofort.

»Bis du verliebt in sie?« Jakobs Fragen beschleunigten sich jetzt etwas.

»Ich weiß es nicht. Nicht so, wie ich in dich verliebt war.«

Auf das Wort *war* konzentriert sich das ganze Gewicht dieses Gesprächs. Unser Zusammensein war von Anfang an selbstverständlich. Kein Zweifel, niemals. Dass Verliebtheit vergeht, diese grandiose hellsichtige Verblendung, das war so klar und unumkehrbar wie die Gesetze der Schwerkraft. Das wussten wir doch. Das wusste jeder.

»Seit wann?«

Ich überlege, sage: »Seit zwei Monaten.«

Das stimmt nicht, es ist ein halbes Jahr. Ich habe nicht den Mut, diese lächerliche Lüge zu korrigieren. »Ich gehe jetzt üben«, sagt Jakob, und ich möchte zwar, dass er bleibt, aber ich traue mich nicht, es ihm zu sagen, also nicke ich, und er sagt: »Wir reden später weiter.«

Als er aufsteht, sagt er noch einmal: »Ich bin wirklich froh, dass es kein Mann ist. Das ist doch etwas anderes.«

In den Lichtkegeln der Autos leuchtete ein Reh auf, das ziemlich nahe an den Leitplanken stand und ratlos auf die vorbeirasenden blendenden Geschosse zu blicken schien. Mein Körper war weich, schwer und satt von Beates Berührungen, und die erzwungene Konzentration beim Autofahren machte mich noch müder. Als Kind hatte ich mir oft vorzustellen versucht, wie Tiere die Welt wahrnehmen. Was empfand der Kater, wenn er Musik hörte, oder die Rehe, wenn sie Autos sahen? Irgendwann, vielleicht mit zehn oder zwölf, war mir mit einem Mal klar geworden, dass auch kein anderer Mensch die Welt genau wahrnahm und erlebte wie ich. Schockartig war mir klar geworden, dass ich ich war und niemals jemand anderer sein würde. Ich hatte diese Tatsache als unsagbar ausweglose Gefangenschaft empfunden, obwohl ich insgesamt kein unglückliches Kind war. Während ich fuhr, stellte sich die Erinnerung an diese Erkenntnis wieder ein als Körpergefühl, vielleicht dasselbe, das ich damals hatte: Ich umschloss mich selbst wie etwas Festes, das mich beengte, wollte etwas berühren da draußen und war von einer sehnsüchtigen Wachheit erfüllt wie von Hunger oder Durst. Es würde vorbeigehen, das alles. Wie Hermann, wie wir alle. Ich dachte an diese Kippbilder aus dem Barock, auf denen man entweder eine schöne junge Frau mit üppigem Federhut oder eine zahnlose Alte sah, aber nicht beides zugleich. Ich fuhr von der Autobahn ab, die toten Winkel und Wiesenstücke um die engen Kurven der Auf- und Abfahrten kippten in weiten Spiralen aus meinem Blickfeld. Die Vagheit der Umgebung gab den Blick frei auf das Kind, das damals vor dem Spiegel gestanden war und sich über sein Bild gewundert hatte: Das sollte ich sein, das war mein Körper. Ich, nirgends sonst. Ich hatte meine Konturen nachgezogen, die Form meines Gesichts und meines Körpers betrachtet wie etwas Fremdes. Die Erinnerung an meine eigenen Hände auf meinem Körper verschmolz mit den Spuren, die Beate vor Kurzem gezogen hatte. Ihre wie meine eigene Berührung damals täuschten vor, etwas gut oder ganz zu machen. Ich durfte dieser Täuschung nicht erliegen, nie mehr. Am ersten Kreisverkehr nach der Abfahrt bog ich zum Supermarkt ab. Wenn ich von Beate nach Hause fuhr, machte ich zumeist noch ein paar Erledigungen, um den Abstand zwischen ihr und Jakob zu vergrößern. Überhaupt fuhr ich gern Auto. Ich liebte die Distanz, die man zur Landschaft bewahrte und den kurzen diffusen Zustand des Nicht-mehr-Dort und Noch-nicht-Hier. Im Supermarkt besorgte ich die Zutaten für einen Rinderbraten mit Chianti, den Jakob besonders mochte. Kochen tat mir gut, ich liebte es, Gemüse zu schneiden, Teig anzurühren, zu kneten, zu würzen, jeden Arbeitsschritt nach dem anderen sorgfältig auszuführen. Wenn ich kochte, tat ich etwas gegen den Drang, einfach nur dazusitzen, überwältigt von allem: von Hermanns Tod, von Jakob, der da war und blieb, der Klavier spielte und sich von allem Schmerz wegspielte, der an wenig glaubte, aber doch an Lissabon, von Marianne, die sich verlor und gleichzeitig Kraft aus Hermanns Tod gewann, von mir selbst, die funktionierte und funktionierte, von Beate, von der ich manchmal meinte, dass sie alles begriff, und manchmal, dass es ihr nur darum ging, mein sicheres Geflecht aus Distanzen allmählich zu verwirren.

Als ich meinen Einkaufswagen vorsichtig durch den Supermarkt steuerte, atmete ich ein wenig freier. Zuhause fütterte ich den Kater, goss die Topfpflanzen, wusch und würzte das Fleisch, schnitt das Gemüse und trank den Rest aus der Weinflasche, der vom Chianti für die Sauce noch übrig geblieben war. Ich freute mich, als ich Jakob an der Tür hörte. Ich hatte Hermanns Lederweste auf die Stiege gelegt. Während ich kochte und im Haus herumräumte, hatte ich sie hier-

und dorthin gelegt, wusste nicht recht, wohin damit. »Ich habe seine Kleider weggebracht«, sagte ich. Jakob nahm mich in die Arme. An Beate dachte ich erst wieder, als wir später im Bett lagen. Ich wollte mit ihm schlafen.

5 Heute ist ein guter Tag

Bevor Marianne aufsteht, greift sie nach dem Zettel auf dem Nachtkästchen. Ihr Herz klopft. Eigentlich müsste sie den Zettel gar nicht lesen, sie ist stolz auf sich, ja, sie weiß genau, was da steht, angelt aber trotzdem nach der Brille, es ist ja einerlei, heute ist ein guter Tag, und da steht es auch, also ja und noch einmal ja. Marianne atmet durch bis tief in die weiche Bauchhöhle. Weiter oben rasselt es ein wenig, aber wen stört das, denn heute ist ein guter Tag, da steht es. Und: *Niemand kommt.*

Im Fernsehen hat sie gestern oder vorgestern eine Sendung gesehen über die Probleme alter Menschen, Jammergestalten waren das mit lappigen Pullovern und schlurfenden Schritten und traurigen Triefaugen, beim Entenfüttern haben sie sie gefilmt und beim Herumblättern in Fotoalben, vor grässlichen Tapeten und geschmacklosen Kuckucksuhren, und irgendwelche abgelegenen Waldwege sind sie entlanggeschlichen mit verfetteten Hunden, und auf Parkbänken sind sie gesessen, und als wäre das nicht schon erbärmlich genug, dieses sinnlose Vorsichhinglotzen und Umherschleichen, nein, dann mussten sie die auch noch jammern und klagen lassen über die Einsamkeit, ja, das größte Problem sei die Einsamkeit, und Marianne ärgert sich, dass sie hocken geblieben ist und ihnen zugehört hat bei ihrem erbärmlichen Gejammer, beim Tränendrücken und beim Zupfen an den scheußlichen Pullovern und schmierigen Krägen und beim Klagen, als hätte das überhaupt irgendeinen Sinn, und als wäre das nicht das Letzte, wirklich das Allerletzte, was ihr, Marianne, je einfiele: jammern und klagen, jammern darüber, dass niemand kommt.

Das Herz klopft jetzt bis in die Fingerspitzen. Marianne schließt die Augen. Es ist kein schlechtes Gefühl, gar nicht. Wenn sie noch eine Weile still ist, wird sie das Blut in den Ohren rauschen hören. Schade, dass sie die Muschel von Tante Juliane nicht mehr hat, die war am Meer damals, in Forte dei Marmi, 1935 oder 36, sogar den Namen des Ortes weiß Marianne noch, mit dem Verlobten und dessen Eltern, und alle haben sich das Maul zerrissen damals, denn das hat man nicht getan, das hat man damals einfach nicht getan: Da runterfahren zu den Walschen, als wäre nichts. Marianne war da noch ein Kind, ein dummes. Das hat man nicht getan, und deshalb hat sie auch das Meer nicht gesehen, nie. War ja Krieg dann und das Meer war weit weg, weiter als der Mond jetzt.

Sie setzt sich auf. Niemand kommt. Heute nicht. Was ist sie froh. Wirklich schade, dass sie die Muschel nicht mehr hat. Sie erinnert sich genau an die rosafarbene Sprenkelung, ein intensives Lachsrosa, nach innen immer dunkler und außen fast weiß, und an das Gewicht in der Hand und die gerippte Struktur außen, an einer Stelle war eine scharfe Unebenheit, an der man sich schneiden konnte, und das war gut, die konnte sie den Brüdern zeigen, die ja nie etwas in Ruhe lassen konnten, was ihr gehörte. Mein Gott, sie könnte diese Muschel aus dem Gedächtnis zeichnen, so gut erinnert sie sich, sie wird aufstehen und es versuchen, wenn sie gefrühstückt hat, denn heute kommt ja niemand und der Tag gehört ihr. Höchstens Frau Lerch wird klopfen, aber das macht nichts, ist ja gut, wenn man nicht immer allein ist, immerzu allein, die haben ja alle was Besseres zu tun, und die Kleine hat ja auch immer diesen Blick, als wünsche sie sich wer weiß wohin, als würde sie am liebsten umdrehen in der Tür und wer weiß wohin, am liebsten auf den Mond. Ja, heute, heute kommt niemand, und sie hat Zeit und wird zeichnen und den Kasten, Hermanns wunderbar leeren Kasten offen stehen lassen, den ganzen lieben, langen Tag, und den Mond anschauen am Abend, weil ja niemand kommt und weil heute ein guter Tag ist, da steht es: *Heute, ein guter Tag.*

Kaffee macht sie sich. Soll das Herz doch klopfen. Jakob hat ihr Tee gebracht, lieb war das von ihm. Sie muss lächeln, wenn sie an Jakob denkt. Danke, hat sie gesagt, aber weißt du, in meinem Alter ändert man seine Gewohnheiten nicht mehr, aber danke, für nachmittags vielleicht, und als er und Friederike gegangen waren, hat sie die Teepackung aufgerissen, der Tee ist herausgerieselt, feine braungrüne Krümelchen, wie Heu riecht das. Erschrocken ist sie darüber, wie sie die Packung aufgerissen hat, grob, wie es überhaupt nicht ihre Art ist, grob und gierig, als wäre wer weiß was darin, ist nur Tee, ein komischer Tee, den sie nicht trinken wird, so sicher, wie sie das Meer nicht sehen wird, und da reißt sie die Packung auf, kaum, dass sie gegangen sind, Jakob, der Sanfte, und seine Frau, da reißt sie die Packung auf wie ein gieriges Kind, als wäre das Meer darin, mindestens das Meer oder der Mond, ein Stückchen nur.

Den Zettel hat sie in den Ärmel des Nachthemds geschoben. Sie streicht ihn glatt und überprüft ihre Handschrift mit zusammengekniffenen Augen. Sie kann an der Schrift ablesen, ob sie sich heute wieder auf sich verlassen kann oder nicht: Dann werden die Wörter flach und laufen auseinander wie zu flüssiger Kuchenteig. Wenn sie die Tabletten vergisst oder eine zu viel nimmt. Wenn sie sie nicht in Ruhe lassen. Wenn Hermann schreit und in der Küche auf und ab geht wie ein eingesperrtes wütendes Tier und ihr diese schnellen Fragen stellt, zackzack, eine nach der anderen, sodass ihr die Luft wegbleibt. Marianne horcht in die Stille. Die Küchenuhr tickt freundlich. Nie mehr wird die Uhr zu laut ticken. Wenn er dann irgendwann endlich hinausstürzt, die Tür hinter sich zuschlägt, dass die Glasscheibe klirrt. Und sie dann still, stiller als still unter dieser Küchenuhr, die dann immer so laut war, dass sie das Ticken wie ein Hämmern hinter der Stirn gespürt hat. Den Zeitzünder. Tick-tack. Die Uhr schneidet ihr die Zeit ab, unerbittlich, mit präzisen, scharfen Klingen. Zwischen Tick und Tack ist keine Zeit für ein einziges Wort. Und keine Bewegung.

Damals, jung war sie, und ihr war, als hätten sie ganze Jahre herausgesäbelt aus ihrem Kopf, zack und weg. Die Schritte der Bewacher auf dem Hof, regelmäßig wie tickende Uhren. Der Gewehrlauf zwischen den Schulterblättern. Keine Bewegung! Das Tropfen des Wasserhahns in der Nacht. Nicht daran denken. Marianne fährt die Karos des klebrig glänzenden Wachstischtuchs im Rhythmus des Tickens auf und ab. Da am Kalender, da steckt Hermanns Sterbebildchen. Sie nimmt es in die Linke, während die Rechte weiter den Karos folgt, mit dem Zeigefinger nicht über die Ecken fahren, sondern genau die Kanten entlang. Ein schönes Lachen hatte er manchmal. Und schöne Zähne bis zum Schluss. Gute Erbanlagen. Alt wäre er geworden mit diesen Genen, über neunzig wahrscheinlich, wie seine Eltern. Marianne liest laut: *Der Herr ist mein Hirte, mir wird nichts mangeln, er weidet mich auf grünen Auen und führet mich* – sie legt das Bild weg. Ein Schaf war Hermann bestimmt nicht. Was wissen die von den Zeitabschneidern, Friederike, Frau Lerch, Hermann, der Doktor. Auch der Jakob nicht.

Marianne geht ins Schlafzimmer, öffnet Hermanns Kasten. Sonst vergisst sie womöglich wieder, dass seine Sachen fort sind. Auch an jedes seiner Kleidungsstücke erinnert sie sich. Sie könnte eine Inventarliste anlegen, eine endlos lange Liste all der verschwundenen Dinge.

Sie räumt die Marmelade und den Teller weg. Dies ist eines der letzten Gläser mit Ringlottenmarmelade aus dem vorigen Jahr. Heuer hat sie das ganze Obst an die Nachbarn verschenkt. Wenn sie an die gusseisernen Töpfe voll flüssiger Marmelade denkt, wird ihr übel, obwohl es doch so gut riecht. Aber die Kübel sind zu schwer, die Töpfe, die Einkaufstaschen mit dem Gelierzucker, das Rühren mit den langen Holzkochlöffeln. Jetzt steht ihr der Schweiß auf der Stirn. Marille mochte sie am liebsten. Diese samtige Süße mit der säuerlichen Note darin, wenn sie ganz frisch waren, daheim in Südtirol. Keine Marmelade mehr. Marianne schaut nach draußen. Die eingerollten braunen Blätter des Zwetschkenbaums bedecken die Wiese. Unter dem Vogelhäuschen pickt eine ganze Schar von Finken die heruntergefallenen Körner auf. Ein junger will immer wieder gefüttert werden, öffnet gierig den kleinen Schnabel und wirbelt mit den Flügeln, wird aber ignoriert. Du bist doch schon groß genug, sagt Marianne, lass das! Ihre Gedanken sind gläsern und klar wie die Herbstluft. Eine Weile beobachtet sie die Vögel, deren braungrau geflecktes Federkleid perfekt mit dem gefallenen Laub harmoniert. Die Sonne scheint, tut sanft, ist es aber nicht. Heute weiß Marianne Bescheid. Sie sieht die vergangenen Tage vor sich wie unterschiedliche Perlen an einer Schnur. Heute ist rund, geschliffen und vollkommen durchsichtig. Wer weiß, was morgen ist. Sie schenkt sich noch Kaffee nach, stark, süß, wie früher. Eine zweite Liste sollte sie auch noch führen: die Liste der verschwindenden Tätigkeiten. Sie hört ja den besänftigend-wachsamen Ton in den Worten des Doktors und den genervt besorgten in der Stimme der Kleinen. Sie weiß, dass ihr diese Dinge, die jetzt dauernd geschehen, früher nicht passiert sind. Sie weiß auch noch, wie ihre Mutter zu Besuch war, sich angezogen hat eines Morgens und gesagt hat, sie gehe nur schnell die Rosa besuchen. Und die Rosa war tot, mehr als zehn Jahre schon. Und wie sie nicht mehr heimgefunden hat von der Kirche. Eine Nachbarin hat sie heimgebracht. Und wie sie im Pass nachgeschaut hat, wie alt sie ist. Und die Namen: Lena, Marianne, Ella, komm her. Ella. Nein, Marianne.

Sie holt die weinrote Ledermappe mit den Briefbögen, die Rolle Backpapier, Lineal, einen harten Bleistift und die Stoffschere, mit der man kein Papier schneiden darf. Sie näht ja nicht mehr, also ist es egal. Die Kühnheit ihres Entschlusses lässt das Herz wieder schneller schlagen, als gut ist. Also nimmt sie zwei hellblaue Tabletten mit Wasser, spült das Glas sorgfältig, trocknet es und hält es gegen das Licht. Alles ist nicht egal. Dann schneidet sie von der Backpapierrolle Rechtecke ab, drei, vier, fünf Bögen, das dürfte reichen fürs Erste. Beim Schneiden spannt sich der Mund und sie bewegt die Lippen wie früher mit dem Auf- und Zuklappen der Schere mit. Die Kleine hat sich immer lustig darüber gemacht, wenn sie beim Zuschneiden des Kleiderstoffs zugesehen hat, was Marianne nicht mochte, weil sie immer irgendwas durcheinander gebracht hat mit ihren unruhigen Kinderbeinen und den verschwitzten Kinderhänden. Das hat sie damals schon gesehen, als Friederike vier oder fünf war, dass sie ihre Hände bekommt. Die Leute sagten immer, sie sei ihr wie aus dem Gesicht geschnitten, aber das stimmte nicht. Die konnten eben nicht hinsehen. Die ließen sich täuschen von Händen, Haaren, Mund und Hüften. Von den Farben ließen die sich täuschen, vom dunklen, lockigen Haar. Obwohl nicht einmal die Farbe genau stimmte: Friederike war heller. Aber von Farben verstehen ja die wenigsten etwas.

Marianne legt die transparenten Papierflächen exakt auf die Briefpapierbögen und befestigt sie mit Stecknadeln. Einmal sticht sie sich. Sie nimmt die ovale Blechschachtel mit den Nadeln und schüttelt sie. Wie vertraut dieses feine Klirren ist. Die Schachtel hat sie noch aus Bozen, irgendwelche Pillen waren darin. Am Deckel ist die Farbe ein bisschen abgesplittert, da wo die Fingerkuppen die Vertiefung am Rand berühren. Alles gleich wegräumen, was man nicht mehr braucht, wie oft hat sie das der Kleinen gesagt. Aber die Kleine näht nicht, strickt nicht und zeichnet nicht. Dabei hat sie ihre Hände. Was für eine Verschwendung.

Marianne horcht. Heute kommt niemand, niemand kommt. Sie könnte singen. Aber sie singt nicht. Das hat sie nicht nötig. Wenn sie sie in Ruhe lassen, ist alles bestens. Jetzt noch die Füllfeder. Sie muss die Spitze ein wenig anhauchen, sie hat schon lange nicht mehr damit geschrieben. Gut, fangen wir an: *Liste der verschwindenden* – Marianne reißt das Blatt vom Briefpapierblock ab. Sie nimmt ein neues, atmet ein: *Liste der aufgegebenen Tätigkeiten*. Der i-Punkt und über dem a ein Strich. Heute holt sie sich ihre Hände zurück. Sie schreibt: *Hermanns Kleider waschen, flicken, bügeln, Marmelade kochen, bei den Gastarbeitern putzen.*

Hermann hatte ein bosnisches Brüderpaar in einem Kellerzimmer einquartiert, deren Miete ein Viertel ihres Haushaltgeldes *einbrachte.* Einmal im Monat räumte sie dort auf, wischte den Boden, bezog die Betten neu. Der Ältere hatte eine etwas kratzige, aber volle Bassstimme, mit der er melancholische Volkslieder sang, viele Strophen lang, und Marianne hörte gerne zu. Ansonsten ekelte es sie vor den Gerüchen nach altem Fett, eingetrocknetem Rasierschaum, Gewürzen und verschwitzten Kleidern, die auch durch langes Lüften nicht zu vertreiben waren. Marianne hasst putzen. Es ist einfach so, dass sie Dreck nicht erträgt. Ganze Jahrzehnte erscheinen ihr als eine endlose Reihe von Putzarbeiten. Kaum drehte man einem Winkel den Rücken zu, war schon wieder etwas in Unordnung. Mit der Kleinen ist es dann natürlich noch schlimmer geworden. Sie musste immer aufpassen, wenn sie die Kleine geschimpft hat, dass Hermann es nicht hörte. Das kannst du ja wohl tun, wofür bist du denn da, fuhr er sie manchmal an. Dabei hat er doch ein paar Mal Friederikes ganzen Kasten ausgeräumt, alles auf den Boden geworfen, und die Kleine musste unter seiner Aufsicht jedes Kleidungsstück ordentlich zusammenlegen oder aufhängen. Da war sie aber schon fünfzehn oder sechzehn. Eine seiner Launen halt. Streng war er mit ihr, aber erst, als sie größer wurde. Im Prinzip war es schon in Ordnung so. Weil die Kleine auch endlich einmal am eigenen Leib erfuhr, wie er sein konnte. Siehst du, sagte Marianne zu ihr. Mehr nicht. Siehst du, jetzt begreifst du es endlich. Aber die Kleine hat leider nicht begriffen. Es ist dann immer gleich wieder losgegangen mit den Vorwürfen. Marianne hat sich abgewöhnt zuzuhören. Das waren keine guten Jahre. Sie legt die Füllfeder zur Seite, schaut einen Moment aus dem Fenster, sucht nach irgendetwas, woran sich der Blick festhalten könnte. Keine guten Jahre. Marianne stellt sich die Wörter vor wie eine Überschrift. Darunter könnte eine lange Geschichte stehen, die zu erzählen sie aber nicht die Kraft hat. Sie sieht ganz klar. Manchmal leuchtet ein Satz oder auch nur ein paar Wörter, die in diese Geschichte gehörten. Aber sie verlöschen wieder, weil sie nicht die Kraft hat, sie festzuhalten und miteinander zu verknüpfen. Jetzt nicht und später nicht.

Als Friederike noch ein Kind war, hat er sie ja vergöttert. Eine Affenliebe war das. Sie sieht die Kleine, wie sie sich an ihn gehängt hat, wenn er von der Arbeit heimgekommen ist, an ihm geklebt ist sie geradezu, und wie sie ihn beim Essen bestaunt hat mit ihren Kulleraugen in dem runden Kindergesicht, als wäre er ein Weltwunder. Schau, wie viele Zwetschkenknödel der Papa essen kann! Als wäre das eine Leistung, so viel zu fressen. Eine Zeit lang hat sie gefürchtet, die Kleine würde so dick wie sie als Kind. Da hat sie aber schon aufgepasst, und dann später einmal hat die Kleine eine Weile fast überhaupt nichts mehr gegessen. Marianne erinnert sich, wie sie ihre Sachen zusammengelegt hat, diese Jeans, die man ja nicht bügeln durfte, und sich gewundert hat, dass sie da hineinpassen kann. Wo sie doch eigentlich ihre Hüften geerbt hat. Sie erinnert sich an die hervorstehenden Hüftknochen. Einmal ist sie neben ihr vor dem Spiegel gestanden und hat darauf hingedeutet: Meinst du, das ist schön, so was? Seitdem hat die Kleine immer die Badezimmertür zugesperrt. Als ob sie nicht trotzdem gesehen hätte, was zu sehen war. Und irgendwer musste es ihr ja sagen.

Das Haus ist Marianne immer zu groß und zu klein zugleich vorgekommen. Nie hat es die richtige Größe gehabt, da hat alles Putzen nicht geholfen. Überall haben sie ihr Zeug liegen gelassen. Sie versteht das nicht. Sie, sie war ja die meiste Zeit zuhause und hat nie irgendetwas verstreut. Man soll keine Spuren hinterlassen. Die Wohnung wie ein offenes Buch, wo jeder genau sehen konnte, was man in den letzten drei, vier Stunden getan hat. Aber sie regt sich auf, das ist nicht gut. Sie soll sich nicht schon wieder aufregen. Dann kann sie wieder nicht schlafen und vergisst, dass es zu spät ist. Aber gerade das ist ja das Gute: Dass es endlich zu spät ist. Soll sich doch der Jakob mit Friederike herumschlagen. Im Grunde verdient sie ihn nicht. Schluss jetzt. Sie muss weiterschreiben. Sonst wird die Liste nicht fertig.

Kreuzworträtsel lösen, schreibt Marianne als Nächstes. Das Lexikon mit der aufgeknackten Nuss auf dem Umschlag liegt schon seit einiger Zeit unbenutzt auf der Anrichte im Wohnzimmer. Erst dachte sie, sie haben an den Rätseln etwas geändert. Die Begriffe sind immer komischer und komplizierter geworden und die Namen der griechischen und römischen Götter, die sie immer alle gewusst hat, entfallen ihr. Diese neuen Schauspieler und Sänger kennt sie ohnehin nicht. Für sie sehen sie alle gleich aus: schlampige Frisuren und Kleider, ein frohgemutes Grinsen im Gesicht, dem man ansieht, dass sie keine Ahnung haben. Sie radiert dann zu viel herum in den Rätseln und das macht wieder Dreck. Das Lexikon und die alten Rätselhefte lässt sie aber dort neben dem Fenster, falls die Kleine danach fragt. Sie hat ihr noch manchmal Hefte gebracht. Löst du keine Kreuzworträtsel mehr, Mama? Was die nicht alles sieht. Immer das, was sie nicht sehen soll. Ihren eigenen Dreck hat sie nie gesehen.

Diäten machen, schreibt sie als Nächstes. Marianne hebt zufrieden das Blatt hoch, bläst auf die feuchte Tinte. Gleichmäßige, nach rechts geneigte, perfekt gerundete Buchstaben. Eine Redisfeder bräuchte sie eigentlich, mit der man je nach Druck dünnere und dickere Striche setzen könnte. Das beherrschte sie bestens, ihre Blätter sahen immer aus wie gedruckt. Aber egal, man muss sich zu helfen wissen, wie ihre Schwester Lena immer sagt. Sie hasst diesen Satz. Wie einfach es ist, das zu denken: Ich hasse diesen Satz. Und den nächsten: Ich hasse Lena. Die es sich immer gerichtet hat. Der so vieles egal war. Die mit einem Lachen und einem Achselzucken alles wegwischen konnte, was eben nicht egal war. Die dicker war als sie, dann dünner, dann wieder dick, und die nie eine Diät gemacht hat. Ich hasse sie. Als Marianne merkt, wie einfach es ist, muss sie lachen. Sie zieht gierig die Luft ein, und beim Ausatmen ist ihr, als sähe sie sie strömen, kleine silbrige Wirbelchen bilden, die sich mit einem lavendelfarbenen Hauch wieder mit der Luft im Raum vermengen. Die Versuchung, weiter zuzusehen, auszuprobieren, ob sich die Farben verändern, je nachdem, wie laut sie lacht oder wie schnell und tief sie ein- und ausatmet. Nicht, dann wird ihr wieder schwindlig werden. Wie bei den Diäten. Semmeln und Milch. Kraut, Reis und Karotten. Keine Suppe, keine Margarine, kein Weißbrot, überhaupt kein Brot. Nichts Süßes. Gekochtes Huhn. Suppe nur mit Wurzelgemüse und einem Spritzer Maggi. Magertopfen auf Knäckebrot. Sechs wachsweiche Eier und vier Äpfel. Dazu Kräutertee. Wasser, Wasser, Wasser, um die Leere zu füllen. Drei gekochte Kartoffeln, zerstampft, ein halber Sellerie. Bis Mittag nur Obst. Davon tat ihr der Magen weh. Langsam kauen. Dreißig Mal kauen, fünfzig Mal. An nichts anderes denken. So etwas konnte sie nie. Sie hat viel zu viel gedacht bei diesem grauenhaften Wiederkäuen. Ganze Jahre hat sie wiedergekäut, bis ihr übel wurde. Was sie da kaute, vergaß sie. Das hatte immerhin sein Gutes. Abgenommen hat sie auch immer. Mit eisernem Willen. Disziplin war kein Problem, die hatte man. Wenn sie nicht jeden Tag kochen hätte müssen, wäre es einfacher gewesen. Die Gerüche schlugen ihr auf den Magen und aufs Gemüt, das ist ja kein Wunder. Das Fett. Hermann mochte es fett, wie er es von zuhause gewohnt war. Buchteln mit zerlassener Butter und Honig. Marianne schüttelt sich. Warum kann man Gerüche nicht vergessen wie Namen, Wege, Erledigungen und Strickmuster? Und das Zusehen beim Essen: Hermann aß tief über den Teller gebeugt und in einem Tempo, als könnte er nicht schnell genug wieder vom Tisch aufstehen. Es war ihm egal, was er aß. Nur pünktlich dastehen musste das Essen. Und heiß sein. Immer dieses Horchen nach seinen Schritten auf der Stiege. Wenn er kam, und das Essen war noch nicht fertig, nein, gesagt hat er nichts. Sie redete dann irgendetwas, damit es nicht so gefährlich still wurde in der Küche. Aber wenn sie etwas tat, während er da saß und auf sein Essen wartete, konnte sie nicht so darauf achtgeben, was sie sagte, und das war nicht gut. Man konnte nie wissen. Doch, manchmal unterhielten sie sich einfach und alles war in Ordnung. Trotzdem verschlug es ihr den Appetit, sie weiß nicht warum. Sie nimmt eben immer alles zu ernst, zu schwer. Es ist nicht jeder wie Lena. Es hat nicht jeder das Gemüt eines Walrosses. Jetzt muss Marianne schon wieder lachen. Walross, ja, das ist es. Wenn Lena dick war, war sie gleichmäßig fett und gerundet, kompakt irgendwie, mit drallen Armen, flaschenförmigen Unterschenkeln und einem gewaltigen Dekolleté, das wie eine schiefe Ebene direkt unter ihrem Doppelkinn ansetzte. Marianne wurde anders dick: Die Arme blieben dünn und die Fesseln schmal. Sie war ja auch deutlich größer als Lena. Die Schlüsselbeine sah man immer und die hohen Wangenknochen. Sie bekam nur einen fetten Arsch und fette Schenkel. Einen fetten Arsch. So etwas denkt sie sonst nicht. Das kommt doch vom vielen Alleinsein. Hermann schlürfte. Manchmal schmatzte er, vielleicht war das ein Zeichen, dass er das Essen mochte. Das hat Marianne nie herausgefunden. Er benutzte nie das Salatbesteck. Am Anfang hat sie zumindest sonntags immer eine gefaltete Papierserviette neben die Teller gelegt, dann nicht mehr. Er aß das Kompott mit dem Suppenlöffel. Er schnitt die Spaghetti mit dem Messer. Er sagte nie, dass es ihm schmeckte. Ihm schmeckte alles. Er aß, als sei das Essen ein Feind, den man erledigen muss: entschieden, ohne Aufwand oder Kommentar. Essen oder scheißen, das war ihm einerlei. Das kommt vom Alleinsein, wie ich daherrede. Ich werde wie Lena, denkt Marianne. Mir wird auch schon alles egal. Zur Beruhigung sieht sie sich ihre schöne, perfekte Schrift an, bis sich die Hitze im Gesicht wieder verflüchtigt. Sie braucht nicht in den Spiegel zu sehen, nicht heute. Sie weiß auch so, dass sie rote Flecken am Hals und auf den Wangen hat. Gut, dass niemand kommt. Marianne ruckt am Stuhl hin und her. Die Hitze hat sich blitzschnell ausgebreitet, ist nach unten in den Bauch gesackt. Als sie jung verheiratet waren, da mochte Hermann ihren Arsch, gerade weil er einigermaßen groß war. Gesagt hat er nichts, aber das war auch nicht nötig. Sie hat seine Blicke gespürt und seine Hände auch. Bis sie zum ersten Mal schwanger geworden ist. Dann war das ziemlich vorbei. Aber sie irrt ab, was ist mit ihrer Disziplin? Warum hat sie immer wieder zugenommen, bis wieder eine neue Diät fällig war? Die ewige Kocherei war es. Das heimliche Essen aus der Speisekammer und aus dem Kühlschrank. Die Besuche bei ihrer Freundin Margret. Ohne Kuchen, das war kein Besuch. Man konnte keinen Besuch ohne Kuchen machen. Man konnte nicht in der Küche stehen und diesen Satz sagen: Ich koche nicht mehr. Nicht für dich. Man konnte nicht sagen, du frisst wie ein Schwein, und für ein Schwein koche ich nicht. Man. Konnte. Nicht. Jetzt schwitzt Marianne, die Tropfen fallen auf das Blatt und verderben noch die Schrift, wenn sie nicht ganz schnell aufpasst. Jetzt muss sie aber! Aufpassen. Aber man konnte die Kleine unter dem Tisch mit dem Fuß anstupsen und ihr einen Blick zuwerfen. Man konnte warten, bis er aufstand, lange dauerte es ja nie, und ihr sagen: Hast du gesehen? Hast du gesehen, wie dein Vater isst? Weißt du, wo er das gelernt hat? Weißt du das? Daheim, bei den Bauern, wo er herkommt. Das konnte man immerhin sagen. Damit wenigstens sie es lernte. Man konnte nicht früh genug anfangen damit. Als die Kleine sechs oder sieben war. Sie war ja schon in der Schule, da musste sie das ja schon verstehen. Damit sie es lernte. Denn was Hänschen nicht lernt, lernt Hans nimmermehr. Das sah man ja an Hermann. Marianne atmet aus. Jetzt geht es wieder. Jetzt könnte sie sich in den Spiegel schauen, und da wären keine roten Flecken mehr, über die sie erschrecken müsste.

Seit Hermann tot ist, ist der Kühlschrank fast leer. In der Speisekammer sind immer noch Vorräte, die er beschafft hat. Wenn es irgendwo ein Sonderangebot gab, hat sie ihn losgeschickt mit dem Fahrrad, und er hat anstandslos zehn Kilo Zucker oder Mehl oder mehrere Trommeln Waschpulver heimgebracht. Das Sparen hat er immer unterstützt, das muss sie schon sagen. Marianne war auch immer sparsam. Auch jetzt: Man braucht nur in den Kühlschrank zu schauen. Du hast ja fast nichts zuhause, Mama! Was kochst du dir denn? Man kann es denen einfach nicht recht machen. Sie braucht ja nicht viel. Sie braucht auch keine Diäten mehr. Die Röcke schlottern um die Mitte und rutschen auf die Hüften hinunter. Wenn sie sich im Spiegel sieht, ist sie erstaunt.

Das bin ich. Das ist mein Körper. Die senkrechten Linien an der Oberlippe. Die Augen in einem Kranz von Fältchen, die Oberlider, die ihren Blick erdrücken. Heute aber hält sie die Augen offen. Ist doch gar nicht so schwer. Es ist nicht schön, wenn einem die eigenen Augen fremd werden. Die Oberschenkel sind mürbe geworden, die Haut wirft sich über dem geschrumpften Fleisch. Man kann sich nicht mehr zumuten und sollte es auch nicht. Sie denkt an Frau Lerch, die mit ihren fünfundsiebzig noch in kurzen Hosen auf das Fahrrad steigt und sich Jerseykleider in schreienden Farben aus dem Katalog bestellt, billige Sachen, aber bunt und gewollt jugendlich. Aber jedem das Seine. Marianne weiß beim Einkaufen gar nicht mehr, welche Kleidergröße sie hat. Deshalb geht sie auch nicht mehr. Jetzt ist sie endlich schlank. Aber es ist nicht das, was sie sich immer erhofft hat. Es ist schlussendlich nie das, was man sich vorgestellt hat.

Jetzt wollen die Finger wieder auf dem Tischtuch spielen. Marianne zieht sie zurück und klopft sich auf den Handrücken, bis die Finger Ruhe geben. Ein bisschen Disziplin hat sie schon noch, das wäre ja gelacht. Überhaupt heute, wo heute doch ein guter Tag ist. Sie umfasst ihre Hüften. Weniger, das kann sie schon spüren, wenn sie das Fleisch mit zwei Fingern zusammendrückt. Sie ertastet die Beckenschalen, die Sitzbeinhöcker, die spitzen Knie, die Rippen unter dem Busen, den der BH in eine akzeptable Höhe zwingt. Auch wenn es zu spät ist, weniger ist trotzdem mehr.

Dabei hat sie im Prinzip gerne gekocht. Schön musste

es vor allem aussehen. Sie liebte es, Kuchen mit dem Spritzbeutel zu verzieren, Spinnwebmuster aus Himbeersauce und Sahne um den Pudding zu legen, Röschen aus Radieschen zu schnitzen, Tomaten mit Zickzackmuster am Rand zu versehen, hauchdünne Zwiebelringe und Spiralen aus Zitronenschalen zu schneiden. Denn man isst auch mit den Augen. Die Kleine, ob sie sich überhaupt etwas von dem gemerkt hat, was sie ihr beigebracht hat? Was nützt die ganze Erziehung, Marianne weiß es wirklich nicht. Wenn das Essen schön war, dann hat sie jedenfalls auch nicht mehr so einen Hunger gehabt. Das Schöne allein macht ja in gewisser Weise schon satt. Aber auch das begreifen nur die wenigsten. Marianne seufzt. Das Schöne, ja das hat sie immer geliebt. Durch Schönheit wird die Welt gerettet, das hat doch dieser russische Dichter mit dem Vollbart gesagt. Marianne kramt in ihrer Schublade nach dem Kalenderblatt, das sie aufgehoben hat. Dostojewskij heißt er. Das Bild zeigt die zarten Umrisse einer voluminösen Frau. Eine Bleistiftzeichnung. Die Zeichnung ist schön. Ob es die Frau ist, da ist sich Marianne nicht so sicher. Dass die Welt von einer Frau gerettet wird, das kann sie sich wieder nicht vorstellen.

Sie greift nach der Füllfeder und füllt die nächste Zeile aus: *Kleider kaufen*. Auch damit ist jetzt Schluss. Für die paar Jahre wird es schon noch reichen. Marianne kann sich zwar unter dem Tod nichts vorstellen, aber dass er kommt, gehört ja zu den wenigen Gewissheiten. Das Angenehme am Tod ist, dass man nicht über ihn nachdenken muss. Marianne hebt das Blatt und prüft, ob die

Zeilen den richtigen Abstand zueinander haben. An den Tod denken, das heißt gar nicht denken. Sie sehnt sich danach nicht zu denken, und das ist gefährlich. So ist es mit allem, wonach man sich sehnt. Deshalb ist es auch ganz gut, wenn es bei der Sehnsucht bleibt, wenn es denn schon sein muss. Mariannes Augen fliegen über die noch unbeschriebenen Blätter. Die Klarheit des Tages macht ihr allmählich Kopfschmerzen und die Stille auch.

Marmelade kochen, Hermanns Kleider waschen und flicken, bei den Arbeitern putzen, Diäten machen, Kleider kaufen. Sie überlegt. In die Kirche gehen. Da muss sie zuvor durchatmen, ein Glas Wasser trinken und schauen, dass die Hand ruhig genug ist. So etwas ist nicht leicht, selbst an einem guten Tag nicht. In der Ecke hängt das Kreuz, ein schmales, elegantes Kreuz mit einem schmalen, edlen Christus in derselben Farbe. Glattes, warmes Holz, mahagonifarben. Sie hat es ausgesucht, wie alles, was hier herinnen schön ist. Der Christus gleicht ein wenig Lenas Mann, ihrem Schwager. Lang, schmal, und ein edles, männliches Gesicht. Traurig, das schon. Wer wäre nicht traurig angesichts all dessen. Und schon gar Christus, der alles sieht. Nein, Marianne ist nicht ungläubig, und ihr Christus weiß das. Mariannes Arm macht eine vage kreisende Bewegung in die Luft, eine Geste, die ihren Gedanken unterstreicht, als stünde sie auf einer Bühne. Es tut ihr leid für ihren schönen Mahagoni-Christus, dass sie nicht mehr in die Kirche geht. Aber er versteht es. Wenn er Christus ist, dann muss er es verstehen, besser als sie selbst.

Das war wieder so eine Sache, dass Lena diesen Mann

bekommen hat, der schon vom Aussehen her gar nicht zu ihr gepasst hat. Er war zwar nur Arbeiter, aber er hatte diesen Sinn für Stil. Die Anzüge waren zwar des Öfteren geschenkt, abgelegte Sachen von den Angestellten in der Firma, in der er Schlosser war, aber ausgesehen hat er darin wie ein Herr. Keiner von den Harten war er, der Ludwig. Die Größe, das volle weiße Haar, die melancholischen Augen. Seine erste Frau hatte einen anderen, als er vom Krieg heimkam. Hermann und Ludwig mochten sich nicht. Schon politisch. Den Männern ist das Politische eigentlich immer viel zu wichtig. Fleißig war der Ludwig auch, aber diese Bauernschläue, die der Hermann hatte, die war ihm völlig fremd. Tüchtig, nein, das war er nicht. Das Geld, das hat die Lena zusammenhalten müssen. Ein Haus hat er nicht gebaut. Nicht, dass er nicht gekonnt hätte, er war ja geschickt. Aber gefreut hat es ihn nicht. Der Ludwig hatte einen schönen Tod, ausgerechnet am Heimweg vom Doktor. Aber einen schönen Tod. Das ist jetzt wieder so eine Überschrift wie zuvor *keine guten Jahre*, das spürt Marianne. Es ist nicht angenehm. Sie weiß nicht recht, was das wieder für eine Geschichte ist, die sie nicht schreiben, ja nicht einmal denken kann, sie weiß nur, sie und der Ludwig wären darin die Hauptfiguren. Sie sieht das leere Blatt und zwei winzige Figuren, Lena und Hermann, die von seinem Rand purzeln. Jetzt ist es aber genug.

Sie fasst sich ein Herz und schreibt: *in die Kirche gehen*. Kein *dein Wille geschehe* mehr. Was hat sie gebetet. Nicht regelmäßig, aber innig. In der Kirche und daheim und überall. Was hat sie geredet mit Gott. Aber Gott hat nicht zugehört. Gott hat getan, was er wollte. Vielleicht sitzt Gott im Himmel und schlürft und schmatzt. Gott hat ja auch Christus im Stich gelassen, wen wundert es dann noch, dass er sie oder sonst wen im Stich lässt. Außerdem hat sie das nie verstanden, dieses *Lamm Gottes, das hinwegnimmt die Sünden der Welt.* Er hatte ja keine Wahl, der Arme. Ich weiß, sagt sie ihm, ich weiß ja: Meistens hat man keine Wahl, nicht wahr? Sie fährt mit dem Zeigefinger langsam und vorsichtig über den Christus-Kopf und das Lendentuch, dort, wo sich der Staub immer so anlegt. Er versteht das schon. Die Kirche ist nichts mehr für sie. Das Bereuen vor allem. Wenn sie ehrlich ist, und man soll ja ehrlich sein, dann hat sie eigentlich nichts zu bereuen. Ihr fällt wirklich nichts ein, beim besten Willen nicht. Und was sie über den Tod erzählen. Es ist noch keiner zurückgekommen, sagt sie sich immer, das ist sicher. Kein Einziger. Das hat schon sein Gutes, wäre ja noch schöner! Wie es dann zuginge nach der Auferstehung des Fleisches! Das hat sich sicher noch keiner überlegt von diesen Pfarrern. Der Tod kommt, wie er will. Er kommt zu den Frommen und den Ungläubigen gleichermaßen, was ja an sich schon ein grober Fehler ist. Man kann sich dagegen aufbäumen oder sich an seine Seite stellen. Das ist die einzige Wahl, die man hat. Und sie, Marianne, hat im richtigen Moment ihre Wahl getroffen. Etwas anderes hätte sie ja wohl nicht tun können. Es war Zeit, es war wirklich Zeit. Selber ist man ja meistens blind. Man merkt es nicht, wenn die eigene Zeit abläuft. Dabei gibt es doch immer Zeichen. An Hermann hat sie es auch gesehen. Wie er geschnauft hat beim Reparieren. Die Tabletten sind auch immer mehr geworden. Nachts ist er aufgestanden und hat Zeitung gelesen in der Küche. Gesagt hat er nichts. Jammern, das war nicht seines, das muss sie schon auch sagen. Muskeln hatte er noch und schwindelfrei war er auch, er war an und für sich eine starke Natur. Sie hat ihm manchmal nachgeschaut, wenn er mit dem Rad weggefahren ist, da hat sie immer genau gesehen, wie es ihm gerade gegangen ist: Wie tief er über den Lenker gebeugt war, und ob er die Kraft von früher hatte beim Treten oder nicht. Wie er geschaut hat, wenn ihm die Anstrengung anzusehen war an der tiefen Falte zwischen den Brauen. Beim Autofahren hat sie sich immer mehr gefürchtet. Er hörte und sah ja nicht mehr gut und ist immer mehr Richtung Mittelstreifen geraten. Wenn sie dann unwillkürlich mit einer Hand ans Armaturenbrett gegriffen oder vor Schreck ein bisschen lauter die Luft eingezogen hat, ist er böse geworden. Und Marianne hat gewusst: Besser wird das nicht mehr. Staroperiert war er ja schon lange und mit dem Hörgerät kam er nicht zurecht. Mit dem Hören, da wusste sie oft nicht recht, kann er nicht oder will er nicht. Er hat ja oft überhaupt keine Antworten gegeben. Laut reden hat sie sich nicht getraut. Was schreist du denn so, hat es dann geheißen. Ja, Marianne hat alles ganz genau gesehen, da gab es nichts. Aber in ihn hineinsehen, das konnte sie freilich nicht. Sie konnte nie wissen, was ihn gerade ärgerte. Weil es ja einmal so und einmal so war. Da hat alles Hinsehen nichts genutzt. Manchmal meinte sie, die Schönheit allein ärgert ihn. Und die Ordnung, alles, worauf sie eben Wert gelegt hat. Als ob er eine Wut hätte auf die Servietten, auf das Rosenthal-Geschirr für den Sonntag, die bestickten Kissen, die Blumen, sogar auf die Vögel, die sie gefüttert hat. Und darauf, dass der Hut eben zu den Schuhen passen muss und die Krawatte zum Hemd. In die Kirche sind sie immer miteinander gegangen, und sie hat sich geschämt für ihn, wenn er wieder eine andere Krawatte genommen hat als die, die sie ihm hingelegt hat. Als die Kleine noch klein war, sind die zwei immer nebeneinander gesessen, er hat bei den Liedern extra ein bisschen falsch und zittrig gesungen, und die Kleine hat das natürlich lustig gefunden. Er hat getan, als wäre er selber ein Kind. Und sie, am liebsten wäre sie in ihn hineingekrochen. Aber das war dann ja wenigstens vorbei. In der Kirche, wenn es so still war oder wenn sie gebetet haben, hat sie sich oft gefragt, was er denn eigentlich redet mit dem Herrgott. Sie hat ihn sogar gefragt: Sag mir doch, was mein Mann denkt. Ich verstehe ihn nicht. Aber die Ehre, dass Gott auch nur ein einziges Mal mit ihr gesprochen hätte, ist ihr nicht zuteilgeworden. Das war zugegebenermaßen eine kindische Bitte. Sie war halt verzweifelt. Irgendwann hat sie dann verstanden, dass Verzweiflung meistens kindisch ist. Und das war gut. Denn dann hat sie endlich wieder begonnen, ihren eigenen Augen zu trauen und sonst niemandem.

Das Beten hat mit der Zeit auch aufgehört. Aber auf die Liste schreiben kann sie es nicht. Denn mit Christus ist es etwas anderes. Mit Christus redet sie schon hin und wieder noch. Auch wenn er nichts sagt. Er versteht sie, das glaubt sie ganz fest. An irgendetwas muss man ja glauben. Und sie, sie versteht ihn auch. Sie weiß ja, wie es ist, wenn man fallen gelassen wird. Aber es sich anmerken lassen, das hat wirklich keinen Sinn. Das hat nicht einmal Christus etwas genutzt. Siehst du, sagt sie zu ihm. Da hat die Lena doch recht, obwohl ich es nicht gerne sage. Wo sie recht hat, hat sie recht: Hilf dir selbst, dann hilft dir Gott. Obwohl das auch wieder ein blöder Spruch ist. Denn sie merkt nichts davon, dass Gott ihr hilft. Und Christus auch nicht. Aber der kann nichts dafür. Was soll der schon ausrichten. Und deshalb geht sie nicht mehr in die Kirche. Der Christus tut ihr im Grunde leid. Der hat auch nicht aussteigen können aus der Dreieinigkeit, die keinem etwas nutzt. Am Ende steht man dann allein da mit der ganzen Dreieinigkeit. Wenn man sich nicht selber hilft. Da darf man dann nicht zögern im richtigen Moment. Denn richtige Momente, die gibt es. Und wenn man sie verstreichen lässt, ja, dann ist es wieder für lange Zeit vorbei.

6 Was man schuldig bleibt

Der Notar, der das sogenannte Rechtliche abwickelte, war ein glattgesichtiger junger Mensch in mokkabraunem Anzug, der so aussah, als müsse sein Träger erst noch in ihn hineinwachsen. Mit forciertem Schwung reichte er mir seine teure Füllfeder zur Unterschrift. Die Sachlage sei etwas kompliziert, weil mein Vater leider kein Testament gemacht habe. Der Notar machte dazu ein zerknirschtes Gesicht, so als sei dieser Umstand mehr zu bedauern als der Todesfall selbst. Hinter seinem Schreibtisch hingen Fotos, die ihn beim Fallschirmspringen, Segeln und auf einem Motorrad zeigten, auf jedem der bunt gerahmten Bilder mit dem gleichen kindlich stolzen Siegerlächeln. Ich saß da wie ein regloses, bösartiges Reptil, unterschrieb mehrere Schriftstücke, während der Mann redete und redete. Ich hatte Mühe, mich zu konzentrieren, nickte aber offenbar an den richtigen Stellen und gab acht, mir meinen Unwillen nicht anmerken zu lassen. Mein Vater war zwar seit Wochen begraben, aber ich wusste ihn noch in der Hand der Todesverwalter, die an ihm und an dem, was er hinterlassen hatte, zogen und zerrten. Ich drehte die schwere Füllfeder zwischen den Fingern. Sie rutschte mir aus der Hand, fiel zu Boden und hinterließ einen sternförmigen Kranz feiner Tintenspritzer auf dem hellen Teppich. Ich entschuldigte mich und lauerte auf den missbilligenden Ausdruck im Gesicht meines Gegenübers. Nach einigem höflichen Hin und Her erkundigte ich mich, wie lange er denn die Kanzlei hier schon betreibe. Seit vier Monaten, er habe sie von seinem Vater übernommen, der allerdings noch und so weiter, und er habe ja schon während des Studiums und so weiter. Ich bemerkte, dass den Mann die Freundlichkeit nun schon etwas Mühe kostete. Heute Vormittag hatten wir noch mit einer Gärtnerei die Pflege des Grabes vereinbart. Also waren nun die meisten Erledigungen getan, doch war ich keineswegs erleichtert, wie ich gehofft hatte.

In den letzten Tagen und Wochen waren Zeitschriftenabonnements zu kündigen gewesen, Versicherungen und Ämter stellten Bescheinigungen aus oder forderten welche, Beileidsschreiben waren zu beantworten, entfernte Bekannte, vorrangig sogenannte Kriegskameraden, mit denen Hermann einen beharrlichen Austausch von formelhaften Weihnachts- und Ostergrüßen gepflegt hatte, mussten verständigt werden. Er hatte sein Adressbuch sorgfältig geführt: Wenn einer gestorben war, hatte er ein Kreuz hinter dessen Namen gesetzt und das Todesdatum notiert. Ich ertappte mich dabei, wie ich in den letzten Wochen einiges vor mir hergeschoben hatte, um mich länger mit den administrativen Erfordernissen des Todes beschäftigen zu können. Nun saß ich da und es war so gut wie vorbei.

»Was ist mit dir?«, fragte Jakob.

»Nichts«, sagte ich. »Kann das richtig sein? Dass da nichts ist?«

Marianne war beim Ausräumen des Nachtkästchen und des Schreibtisches seltsam gleichmütig geblieben, sogar, als ich sagte, ich würde die Dokumente und Fotos mitnehmen. »Nimm nur, nimm.«

»Möchtest du denn nichts davon behalten?«

»Ach, das ganze Zeug da, dieses Durcheinander.«

Sie sprach das Wort *Durcheinander* aus, als würde sie es ausspucken. Da stand ich nun mit den beiden Schachteln, in die ich alte Kalender, Adressbücher, kleine Fotoalben, ungültige Ausweise, lose Fotos von lachenden Soldaten vor irgendwelchen Landschaften, Briefe und vieles mehr geworfen hatte, wollte sie mit nach Hause nehmen, vor Marianne in Sicherheit bringen. Sie stand da in ihrer üblichen geblümten Kleiderschürze über Rock und Bluse, die Hände in die Hüften gestemmt, ein wenig grau im Gesicht, aber mit roten Flecken auf den Wangen, die wohl von den Medikamenten herrührten und ihr ein fast ungehörig frisches Aussehen verliehen, als hätte sie sich geschminkt. Einige Sekunden lang rührten wir uns nicht. »Was ist?«, sagte sie. »Nichts«, sagte ich. Derselbe Dialog wie eben mit Jakob vor der Anwaltskanzlei. Sie machte eine ungeduldige Handbewegung. Ich musste wider Willen lachen und fragte: »Verscheuchst du mich jetzt mit dem Zeug?« Auch Marianne lachte. *Das Zeug.* Mit einem Wort hatte ich mich zu ihrer Komplizin gemacht. Plötzlich beugte sie sich vertraulich zu mir. Ich sah auf ihren Haaransatz hinunter, den eine Reihe feiner Schweißperlen säumte. Sie roch nach dem Rosenwasser, das sie immer benutzte, und nach etwas anderem, vielleicht auch nur nach alter Frau. »Was vorbei ist, ist vorbei«, sagte sie leise, aber in einem Ton, der keinen Widerspruch duldete. Sie zog die Augenbrauen zusammen und wiederholte den Satz noch einmal, etwas langsamer und sehr sanft. Sie sprach zweifellos zu dem kleinen Kind, das wieder einmal nicht verstehen wollte. Ich trat einen Schritt zurück, wuchtete die beiden Schachteln übereinander und trollte mich.

Sie schien weiter als je zuvor in sich hineinzusinken und gleichzeitig war da etwas Triumphierendes, etwas unbekannt Entschlossenes an ihr. Sie verfiel, und gleichzeitig war da etwas, das ihr Kraft gab. Ich dehnte mich aus, ergriff Besitz von den Räumen meiner Eltern und meiner Kindheit und fühlte, wie es mich auslaugte. »Was vorbei ist, ist noch lange nicht vorbei«, sagte ich über die Schulter zurück zur Tür, in der Marianne stand. Aber sie hörte mich nicht, und ich schob die Schachteln auf den Rücksitz meines Autos. An jeder Ampel lief die Szene von eben noch einmal vor mir ab. Plötzlich meinte ich mich zu erinnern, dass Marianne ihre Perlenkette umhatte. Es war ein normaler Wochentag, und sie trug sie im Haus und zur Kleiderschürze. Ich kämpfte gegen den Impuls an, umzukehren und nachzusehen. Erst auf der Autobahn wurde ich etwas ruhiger.

Ich war so müde und starr, als wäre etwas vom Totsein meines Vaters in mich eingedrungen und wüchse nun in mir. Ich strich über meinen Bauch. Es würde vorbeigehen, ich wusste nur noch nicht wie.

Jakob und ich gingen spazieren. Am nördlichen Stadtrand lagen einige Schotterseen, an denen ich als Kind öfters mit meinem Vater gewesen war. Dort hatte er mir das Schwimmen beigebracht. Ich war lange nicht dort gewesen und wollte irgendwohin, wo mich das Bild von Marianne mit Kleiderschürze und Perlenkette nicht verfolgte. Ich erzählte Jakob davon, von der Perlenkette, von ihrer Gleichgültigkeit. Sicher, Mariannes Restleben würde ohne Hermann vielleicht einfacher und freier sein. Ich verstand, dass sie ihn nicht vermisste, und ertrug es schlecht, dass sie es immer offener zeigte.

Ich hängte mich bei Jakob ein. Zumeist war er ziemlich gut darin, die richtigen Fragen zu stellen. Mehr als auf allem anderen gründete unsere Liebe in der Erfahrung, dass wir miteinander reden konnten und mit unseren Sätzen eine Art Bollwerk gegen die Zumutungen des Lebens zu bauen verstanden. Für ihn gab es ohnehin etwas, worauf er sich immer zurückziehen würde können. Ich beneidete ihn darum.

»Du musst wieder Abstand schaffen«, sagte er.

»Wie?«, fragte ich und kam mir läppisch vor in meiner kindlichen Hoffnung auf die Macht heilsamer Worte.

»Abwarten«, sagte Jakob, »etwas anderes gibt es jetzt wohl nicht.«

»Das ist aber eine magere Zauberformel«, sagte ich.

Auf dem ersten der drei Schotterseen hielten gierige

Schwäne auf eine alte Frau zu, die einen Plastiksack mit trockenem Brot am Ufer entleerte. Mit waagrecht vorgereckten Hälsen und wütenden Schnappern machten sie einander die schwimmenden Futterstücke abspenstig. Wir sahen eine Weile zu und amüsierten uns über die wendigen Blässhühner, die hurtig unter den größeren Vögeln hindurchtauchten und ihnen das meiste wegfraßen. Die Alte redete begütigend auf die Tiere ein. Nach zwei, drei Minuten war das Spektakel vorbei und die Schwäne zogen wieder ihre gleichmütig eleganten Kreise.

»Man muss satt sein, um elegant und gelassen zu wirken«, sagte ich.

»Eben«, sagte Jakob.

Vor fünfundzwanzig Jahren durfte man hier noch baden. Es gab keine Verbotsschilder und keine Umkleidekabinen. Die ehemaligen Schottergruben hatten sich nach und nach mit Grundwasser gefüllt. Ein dritter See lag gerüchteweise auf einer ehemaligen Mülldeponie. Ich hatte das Bild eines Autoreifens vor mir, der ein Stück weit aus dem jungen Gras ragte. Mein Vater war an Samstagnachmittagen, wenn meine Mutter eine ihrer Freundinnen zu Besuch hatte, manchmal mit mir hierhergefahren. Ich musste mit dem Fahrrad hinter ihm bleiben, was mich zappelig machte, denn er fuhr langsam und mit gleichmäßigen, kraftvollen Tritten, als hätten wir viele Kilometer zu bewältigen. Er redete nicht beim Fahren. Die Schwimmflügel, die meine Mutter für mich gekauft hatte, betrachtete er mit Argwohn. Zu seiner Zeit hatte es derlei Firlefanz nicht gegeben, und dass seine Zeit eine richtige Zeit gewesen war, daran gab es nicht den Hauch eines Zweifels. Und das nicht etwa, weil es eine gute Zeit gewesen wäre, im Gegenteil, es war in den Worten Hermanns die sogenannte arbeitslose Zeit, was ich lange nicht verstand, da in den raren Erzählungen meines Vaters und in den ausschweifenden meiner dümmlichen Tanten immerzu von endloser, schwerer, klaglos zu erledigender Arbeit die Rede war. Aber es war Hermanns Zeit gewesen, und so blieb es also eine richtige Zeit, eine Zeit ohne Firlefanz. Hermann blies meine Schwimmflügel auf, legte sie auf den Kies, und wir spielten eine Weile Fußball damit. Wir redeten nicht viel. Wenn, dann redete ich, langweilte oder amüsierte ihn vielleicht ein wenig mit kindlichen Schwätzereien. Hermann ging immer als Erster baden. Zunächst kühlte er die Handgelenke und spritzte sich die Glatze nass, um dann allmählich schnaubend und prustend ins Wasser zu gleiten. »Was ist?«, rief er, wenn ich zögernd mit den Zehen im Kies scharrte. Ich hatte Angst vor dem trüben Wasser, in dem man den Übergang ins Tiefe nicht ausmachen konnte, aber es war keine Frage, dass ich mit einem noch etwas unrhythmischen Rudern auf ihn zuschwimmen würde. Er entfernte sich und lachte. Wenn ich ihn schließlich erreichte, war ich vor Stolz und Angst dem Weinen nahe. Am Ufer genoss ich das Gefühl der Schwere, das sich nach einer Weile im Wasser einstellte. Wir lagen nebeneinander, und wenn Hermann danach war, erzählte er ein wenig von seiner Zeit, die ich nie, nicht einmal im Traum, betreten würde können.

Die Welt zu Hermanns Zeit war um vieles kleiner und um vieles größer gewesen. Die fortwährende Arbeit, unter der ich mir kaum etwas vorstellen konnte, schien über die Menschen, auch über meinen Vater, zu herrschen und sie samt und sonders für sich zu beanspruchen. Ich stellte mir diese Arbeit vor wie den höllischen Kutscher aus einem meiner Märchenbücher, der seine Peitsche über die schnaubenden, schäumenden, vergeblich nach festem Boden scharrenden Rösser sausen ließ und sie vorantrieb. Andererseits musste da offenbar eine Unmenge von Zeit gewesen sein, allein schon, weil alles viel länger gedauert hatte. Die Erzählungen meines Vaters zerlegten seine Zeit in eine Anzahl zu bewältigender Distanzen: Von zuhause in die Schule, eine gute Stunde Fußmarsch, im Winter, bei nicht geräumten Wegen und in der Dunkelheit zwei, sodass Hin- und Rückweg nur um weniges kürzer waren als die eigentliche Unterrichtszeit. Von Zuhause in die Arbeit, mit dem Fahrrad. Auf Arbeitssuche. Sonntags auf den Berg. Vom Dorf in die Stadt. Im Krieg dann von München nach Hamburg. Von Hamburg nach Olmütz. Von Minsk nach Smolensk. Von Krakau nach Aix en Provence. Von der amerikanischen Gefangenschaft nach Hause. Von zuhause zur Arbeit. Von zuhause auf den Berg. Von dem einen Berg auf den nächsten. Vom Keller aufs Dach.

Während Hermann redete, überkam mich manchmal wieder die heftige Verzweiflung darüber, im Hier und Jetzt und in mir selbst gefangen zu sein. Ich hörte zu und wünschte mir etwas, das das gleichgültige Verrinnen der Zeit irgendwohin ablenkte, sodass wir lange unbemerkt hier bleiben könnten. Es war gut hier zu sein. Wenn ich eine Gänsehaut bekam, legte mir Hermann ein Badetuch um. Manchmal hatten wir Brot dabei und lockten die Wasservögel an. Ich lernte, wie man flache Steine übers Wasser hüpfen lässt, und blieb mit zugehaltener Nase so lange unter Wasser, wie ich konnte.

Hermann erzählte von diesen Strecken und Distanzen, die fortwährend zu Fuß oder mit dem Fahrrad zu bewältigen waren, ohne zu klagen. Vielmehr verwandelten sie sich in seinen wiederkehrenden Erzählungen in eine ununterbrochene Reihe von Erfolgen: Jede Strecke wurde bewältigt, jedes Ziel wurde erreicht. Es blieb nur keine Zeit übrig, gegen die Zumutungen jener Zeit aufzubegehren. Hermanns Zeit war eine Zeit ohne Zweifel und ohne Aufbegehren gewesen, wie ich später begriff. Es gab keinen Grund, anders als fröhlich über sie zu sprechen, war er doch als Sieger aus ihr hervorgegangen, hatte jede ihrer Forderungen erfüllt und sie somit kleingekriegt. Jetzt, da er müßig am Kiesstrand beim Baggersee lag, konnte er sie jederzeit wieder hervorholen.

Eine Weile hatte ich ihn für mich, das war die Angst vor dem tiefen Wasser wert. Wenn mein Vater und ich nach Hause kamen, setzten wir uns zu meiner Mutter und ihrem Besuch an den Tisch, meine Mutter schob uns Tassen und Teller hin, und wie mein Vater verwendete ich die silberne Kuchengabel nicht. Vor ihrer Freundin würde sie mich nicht zurechtweisen. Das Gespräch zwischen den beiden Frauen stockte. Solange ich klein war, wandte sich ihre Aufmerksamkeit mir zu, was mir weniger gefiel, weil ich lieber schweigend an Hermanns Seite Kuchen in mich hineingeschaufelt hätte. Meine Mutter stand bald auf, um das Kaffeegeschirr zusammenzustapeln. Das gute Geschirr, die Kuchengabeln, die bestickte Tischdecke und die Perlenkette, die meine Mutter trug, wenn Besuch kam, verschwanden wieder für drei, vier Wochen. Ich hoffte auf schönes Wetter, wenn wieder Besuch kam. Da meine Mutter das Haus ohnehin nicht gerne verließ und niemals schwimmen ging oder Fahrrad fuhr, bestand keine Gefahr, dass sie mitkommen und mir die Zeit mit meinem Vater stehlen würden.

Jakob und ich umrundeten zügig die ersten beiden Seen, wo jetzt das Baden verboten war. Die bekritzelten Bänke, die verbeulten Mülleimer, die teilweise demolierten Duschen und Umkleidekabinen machten die ganze Anlage noch trister.

»Kannst du dir vorstellen, dass sie ihn gestoßen hat?«, fragte ich.

Die Frage kam für mich selbst überraschend. Ich hatte an Hermann gedacht, an unsere seltenen Nachmittage am See, die endeten, als ich ungefähr dreizehn war. Mariannes Freundinnen kamen weiterhin alle drei, vier Wochen abwechselnd zum Samstagnachmittagskaffee. Hermann und ich waren dabei weiterhin nicht erwünscht, wobei Hermann sich des Öfteren darüber hinwegsetzte, vielleicht aus Bosheit, vielleicht ohne wahrzunehmen, dass er störte.

Jakob antwortete nicht sofort. Seine Schritte waren fast lautlos, meine Ledersohlen erzeugten ein hartes, trockenes Klappern auf dem asphaltierten Fußweg, der um den See verlief.

»Gründe hätte sie genug gehabt«, sagte Jakob schließlich.

Mir war kalt. Ich hatte Jakob im Laufe der fünf Jahre, die wir zusammen waren, einiges vom Eheleben meiner Eltern erzählt. Ich hatte keinen Grund anzunehmen, dass sich seit meinem Auszug irgendetwas zum Besseren gewandelt hatte. Vieles wusste ich wahrscheinlich gar nicht. An einiges, woran ich mich nicht erinnerte, erinnerte sich mein Körper. Ich konnte nicht mit geschlossenen Augen duschen, musste stets die Tür im Blick behalten. Auf sich nähernde Schritte reagierte ich bisweilen mit Panik, auch wenn ich genau wusste, wer da kam. Jähe Geräusche ließen mich so gut wie immer erschrecken. Dies waren nur Harmlosigkeiten, die mich im Alltag nicht beeinträchtigten.

Sowohl Marianne und ich hatten gelernt, Hermanns Zornattacken gewissermaßen als unerfreuliche Wetterphänomene hinzunehmen.

»Was vorbei ist, ist vorbei«, sagte ich. »Warum begreifen wir das nicht richtig?«

»Vielleicht weil wir sind, woran wir uns erinnern«, sagte Jakob.

Die zweite Runde um den See ermüdete mich. Es roch nach stehendem Wasser und Vogelkot. Der Himmel hatte die gleichmäßige Farbe von hellem Lehm. Wir setzten uns auf eine Bank, die etwas schief am Abhang stand, sodass unsere Füße den Boden nicht berührten. Ich schlenkerte eine Weile mit den Beinen, wie es Kinder taten.

»Kannst du es dir wirklich vorstellen?«

»Ja«, sagte Jakob. Es klang befremdlich sicher.

»Ich auch«, sagte ich und dann, für mich selbst unerwartet: »Er hätte es ja auch verdient. Irgendwie.«

Ich schaute aufs Wasser, auf die dummen, eleganten Vögel, die zu einem tröstlichen Anblick wurden in ihrer Ahnungslosigkeit.

»Meinst du, die schwimmen auch nachts?«

Jakob ignorierte meine Frage.

»Ich habe nie verstanden, was Hermanns Zornattacken ausgelöst hat. Ein nicht abgeräumter Küchentisch, ein noch laufendes Radio, ein zu lauter oder zu leiser Satz. Eine zu langsame Antwort, egal, in jedem Fall etwas, das ihn noch am Tag zuvor oder auch nur Stunden vorher nicht gestört hätte.«

Ich rutschte auf der Bank so weit nach vorne, dass ich mit den Füßen den Boden erreichte.

Da ist die Küche, in einen warmen gelben Nebel getaucht. Vielleicht scheint die Sonne, vielleicht wird gerade gekocht, vielleicht beides, vielleicht keines von beidem, eine vom Gehirn konstruierte Verdichtung einer Erinnerung, die alles zu einem schlüssigen, atmosphärisch passenden Bild verschmilzt. Ich weiß, dass es ein Sonntag war, weil ich fertig angezogen für die Kirche bin. Der braune Samthut meiner Mutter liegt auf der Eckbank. Auf dem Küchentisch steht ihre Handtasche, die ich manchmal heimlich aus dem Kasten holte, um den Inhalt zu inspizieren. Dann sagt Marianne wohl dieses eine unbestimmbare Wort zu viel, vielleicht nur ein Aber, vielleicht ist es aber auch gar kein Wort, sondern nur eine etwas brüske Bewegung, ein sich Abwenden, eine resignierte Handbewegung. Vielleicht sitze ich wieder da, mit einem offenen Schuh und schlenkernden Beinen, und betrachte wie so oft die dicht aneinander gedrängten Häuserreihen der verborgenen Stadt im grauweißen Muster des Linoleumfußbodens, wo die Geschichten spielen, die ich mir ausdenke. Sekunden später fliegt die Handtasche meiner Mutter durch die Küche. Sie ist schwarz und hat harte goldene Kanten. Eine Faust saust auf den Samthut nieder und fegt ihn von der Eckbank. Der gelbe Nebel nimmt eine erstickende Dichte an. Ich halte mir die Ohren zu, was ich keinesfalls tun sollte.

Jakob kannte die Geschichte. Er legte mir den Arm und die Schulter. Es gab viele ähnliche Erinnerungen. Ich dachte nicht oft daran. Was für einen Sinn hatte es, wieder und wieder an die eigene Kleinheit und Schwäche zu denken, daran, dass man nichts hatte tun können und dass eine ganze Weile danach alles, was man sagte und tat, von dieser Ohnmacht getränkt war wie von einem nicht mehr isolierbaren Gift.

Die Schlingen und einander überschneidenden Kreise, die die Schwäne zogen, fielen mir ins Auge. Ich merkte sie mir, so gut es ging, und zu meiner Überraschung konnte ich nach und nach Schichten in den einander überlagernden Mustern erkennen, die die Vögel auf dem Wasser zeichneten. Ich konzentrierte mich auf drei

Schwäne und ordnete jeder Runde eine andere Farbe zu, ein Bild, das nach und nach schöner wurde, bis es sich allmählich verwirrte.

»Du solltest sie fragen. Auf jeden Fall.«

Die Schlingenmuster verschwanden.

»Was soll ich?« Ich wusste, was Jakob meinte. Ich wollte ein wenig Aufschub. Ein kleiner Aufschub war nicht zu viel verlangt, wenn er schon da saß, seinen schweren Arm zwischen die Lehne und meinen Rücken gezwängt, und meine Schlaufen kaputt machte.

Er löste den Arm von mir. »Du solltest Marianne fragen, ob sie ihn gestoßen hat. Wenn du es für möglich hältst, solltest du sie fragen. Das musst du. Das ist keine Kleinigkeit.«

Was er da vorschlug, kam überhaupt nicht infrage. Dieses Gespräch sollte nicht stattfinden. Wir sollten nicht hier sein. Ich stand auf.

»Gehen wir«, sagte ich. Jakob schüttelte den Kopf und drückte mich wieder auf die Bank zurück.

»Hör zu, es spielt keine Rolle, was ich gesagt habe, du hast selbst gesagt, er hätte es verdient. Was meinst du, wie viel Zorn deine Mutter aufgestaut hat. Aufgespart und aufgestaut, über Jahrzehnte. Du hast mir so viel erzählt, das – «

»Hör auf!« Am liebsten hätte ich mir die Ohren zugehalten. *Deine Mutter. Wie viel Zorn*. Die schwarze Sonntagshandtasche segelt in Zeitlupe durch die Küche, dreht sich um sich selbst, öffnet sich. Ein Lippenstift, ein Handspiegel mit gelbem Plastikrahmen. Frauenkram, den wir später dann wieder einsammeln. Schöne Schlingen.

»Sie hätte doch gar nicht die Kraft dazu gehabt«, sagte ich lahm. Die fliegende Handtasche. Die Küchentür, in der das Glas klirrte und zitterte. Der mit der bloßen Hand abgebrochene Messergriff aus braunem Horn. Da nichts weggeworfen wurde, war das Messer neben den anderen in der Besteckschublade liegen geblieben. Marianne in der Waschküche vor dem Zuber, neben sich die hellgrünen Holzjalousien, die gewaschen wurden. Hermann in Gummistiefeln, drei Schritte auf Marianne zu, drei Schritte zurück, immer drei. Marianne rückte immer näher an den Zuber heran, eine der Jalousien als Schild an sich gepresst. Gebrüll. Der Inhalt meines Kastens auf dem Boden meines Zimmers. Das Mathematikbuch. Eine kleine, kitschige weiße Porzellandose mit rosa und gelben Knospen darauf. Der Deckel war heil geblieben. Und in den darauffolgenden Tagen immer dieselbe Stille, die um uns festwuchs und uns verband. Sprechverbot, so zwingend wie die Schwerkraft.

»Und was soll ich deiner Meinung nach tun? Was, wenn sie es zugibt? Soll ich sie dann anzeigen?«

Die Schwäne waren ans Ufer gepaddelt, wo es offenbar wieder etwas zu fressen gab. Der Blick auf die leere, ruhige Wasseroberfläche erfüllte mich mit Unbehagen.

Jakob zuckte mit den Achseln und fixierte einen Punkt am Boden. »Die Wahrheit – «

» – ist dem Menschen zumutbar. Ja, ich weiß schon. Hör mir doch auf mit deiner Moral.« Meine Stimme kippte, ich holte Luft. Keine Schlingen mehr auf dem Wasser.

Nach einer Weile sagte Jakob: »Aber du wirst es doch wissen wollen. Irgendwann wirst du – «

Ich unterbrach ihn wieder. »Nein, du verstehst das nicht. Das bin ich ihr schuldig.«

Jakob sah verwirrt auf. »Wie meinst du das?«

»Ich bin es ihr schuldig, sie nicht zu fragen. Sie hat ihn ausgehalten, all die Jahre. Du kannst dir nicht vorstellen, es war immer wieder so – « Ich suchte nach einem Wort, das die Wirkung von Hermanns Aussetzern annähernd erfasste. »Es war auslöschend. Und dann tat er immer so, als ob wir ihm etwas angetan hätten, nicht er uns. Die Tage danach hat er kaum ein Wort gesprochen. Als ob wir ihn tödlich beleidigt hätten durch unsere bloße Anwesenheit. Solange ich ein Kind war, habe ich mich immer bemüht, ihn zu beschwichtigen.

Jetzt unterbrach Jakob mich: »Du warst ein Kind, Friederike. Du warst das Kind! Nicht sie. Sie war erwachsen. Sie hätte gehen können.« Er sprach laut. Ein vorbeigehendes Paar sah neugierig zu uns herüber.

Ich nickte, aber die Logik, in der ich gefangen war, war eine andere. In ihr waren Marianne und ich verschmolzen zu einem großen, hilflosen Muttertochtertier. Wir waren weder Frau noch Kind. Wir waren dumm wie die Nacht finster. Wir waren zu dumm zum Schnaufen. Wir waren die, die man die Stiege hinuntertreten hätte sollen. Wir waren die, die nur kriegten, was sie verdienten. Was vorbei war, war vorbei, versuchte ich mir zu sagen. Aber ich hörte wieder nicht auf mich.

Nicht noch ein Verrat. Diese Logik verlangte, dass ich Marianne nicht noch einmal verriet. Den größten Verrat hatte ich ja schon begangen: Ich hatte gehen können und ich war gegangen. Ich war jung, ich hatte Matura, ich ging arbeiten. Die Zeit war auf meiner Seite. Ich hatte mich hineingestürzt und wegtreiben lassen. Ich hatte nichts mehr hören wollen. Irgendwann hatte ich Marianne das Wort abgeschnitten, wenn sie von Hermann anfing.

»Was ist los?«, fragte Jakob. Mir war nicht bewusst, dass ich nichts gesagt hatte. Ich überlegte eine Weile, bevor ich antwortete. Jetzt musste ich vorsichtig sein, Jakob war in dieser Sache nicht unbedingt auf meiner Seite.

»Ich bin es ihr schuldig, sie damit in Ruhe zu lassen, weil ich gegangen bin. Ich habe sie mit ihm allein gelassen und lebe mein Leben, verstehst du? Im Unterschied zu ihr hatte und habe ich ein Leben. Sie hat keines.«

Jakob stand auf, ich fixierte einen Punkt am Boden. Nach einer Weile richtete ich mich auf und erwiderte seinen Blick. Natürlich war er auf meiner Seite. »Mir wird das alles zu viel«, murmelte ich. Ich lehnte mich an ihn, er war so verlockend vertraut. Ich wollte nicht mehr reden, nicht mehr zuhören. Jakob sagte: »Du musst jetzt aufpassen, dass sie sich dein Leben nicht wieder zurückholt.«

Zuhause hielt ich mich still. Ich steckte die Dokumente meines Vaters in Klarsichthüllen, heftete sie ab und kochte. Ich schnitt jede Menge Gemüse. Marianne schob sich in alles, was ich tat. Hermann hatte keine

Chance. Wenn sie von hinten, im richtigen Moment, er hätte sich ja kaum umdrehen können mit dem schweren Möbelstück, vielleicht noch das Kinn auf der Ablagefläche, wenn sie von hinten, und einmal richtig ausgeholt, während er gerade die nächste Stufe anvisierte und ohnehin kein Gleichgewicht und wie festgeschnallt an dieses Ding. Dann hatte er keine Chance gehabt.

Ich bearbeitete die Kräuter so lange mit dem Wiegemesser, bis ein Haufen grüner Brei auf dem Schneidbrett lag. Marianne hatte das Kochen nicht gemocht. »Was soll ich denn heute wieder machen?«, fragte sie oft und verdrehte die Augen. Obwohl sie wunderschön verzieren konnte. Nur die Alltagsküche hasste sie, dieses ewige Abfüttern, Reinstopfen, Abfüttern, Teller her, Teller weg. Sie war flink, dennoch hatten ihre Bewegungen etwas Resigniertes. Vielleicht war es ihr Blick, die Art sich hin und wieder die Hände an der Schürze abzuwischen mit einem leisen Ausdruck von Ekel: Was man ihr zumutete. Vielleicht saß es im Rücken irgendwo, deutlich genug, dass ich, das Kind, das Tochtertier, es wahrnahm. Ich hatte meine Eltern auswendig gelernt. Dabei hatte ich jahrelang wenig an sie gedacht. Sie würden allmählich verblassen, hatte ich geglaubt. Wie die Menschen, bei denen man aufgewachsen ist, eben verblassen können. Sie verschwinden nicht wirklich, aber doch so weit, dass die Luft um einen leichter wird, hatte ich gedacht. Als wirklich nichts mehr zu wischen, zu würzen und zu rühren war, setzte ich mich in unserer kleinen Küche auf den Boden. Wäre Winter gewesen, hätte ich gern in die Flammen geschaut, auf irgendetwas, das stärker war als meine Gedanken, auf Feuer oder reißendes Wasser. Es gab hier nichts. Die Waschmaschine fiel mir ein. So wie mit dem grauweißen Schlieren des Linoleumbodens hatte ich mich als Kind lang mit den Mustern beschäftigen können, die die rotierende Wäsche erzeugte. Ich brauchte sie, um mir Geschichten ausdenken zu können. Ich erinnerte mich nicht genau daran, wusste nur, dass sie eine Art Fortsetzungsroman bildeten, eine Parallelwelt, in die ich ohne Schwierigkeiten ein- und aussteigen konnte. Hermann war wenig zuhause und Marianne war ganz zufrieden, wenn ich mich still beschäftigte. Dass ich in den Keller verschwand, mochte sie allerdings nicht und so hatte ich mit der Zeit eine Technik entwickelt, die Wohnungstür sehr leise zu öffnen, was nicht einfach war, denn die Schnalle war schlecht geschmiert und der Glaseinsatz ließ bei der kleinsten Erschütterung ein helles Klirren hören. Auch die knarrende Holzstiege schaffte ich beinah lautlos. Durch Übung wusste ich genau, auf welche Stellen ich treten musste. Im Keller war es kalt und immer ein wenig feucht. Gegenüber der Waschküche lag der Kohlenkeller. Während die Waschmaschine lief, holte ich mir oft eine Kohle und setzte mich auf eine umgedrehte Apfelkiste. Ich liebte manche Gerüche bis hin zur Sucht: Kohle, eingelagerte Äpfel, Kreide, Kernseife, Uhu.

Dieses Kind, das ich gewesen war, blieb mir dennoch fremd. Ich wusste, was es gefühlt hatte. Ich wusste aber nicht, was das Kindliche an diesem Kind gewesen war. Ich erinnerte mich an mich selbst, wie ich in einen Kinderkörper eingezwängt war und nichts tun hatte können als zu warten, bis dieser Zustand vorüber wäre. Niemand würde einem dann mehr zu sagen haben, was man falsch machte. Später würde man immer selber wissen, was richtig und falsch war.

Nach dem Essen widerstand ich dem Impuls, Küchenladen aufzuräumen. Ich setzte mich mit einen Glas Rotwein ins Wohnzimmer. Jakob und ich mochten warme Farben und Textilien, wodurch der große Raum einen höhlenartigen Charakter bekam. Aber wir froren leicht, alle beide.

Aus Jakobs Zimmer hörte ich das Klavier. Er spielte eine Prélude, die er seit Tagen übte. Die Unsicherheit, die ich am Anfang bemerkt hatte, als er den Lauf wieder und wieder übte, war verschwunden. Er spielte leichthändig, nur in einer Passage vielleicht etwas zu entschieden, zu wenig elegisch, fand ich. Er spielte viel Bach, daher kam das wohl.

Ich schickte Beate ein SMS. Ich sehnte mich nach ihr, nach ihrer blauen Wohnung, nach jemandem, der außerhalb stand. Jakob hatte gesagt, er sei froh, dass ich ihm von Beate erzählt hatte. Ein paar Tage lang belauerte ich ihn nach Veränderungen in seinem Verhalten, doch ich bemerkte keine.

»Er blendet es aus«, hatte ich Beate gesagt. »Er nimmt es nicht ernst.«

»Ist doch in Ordnung so«, hatte sie nur gemeint. »Wäre es dir lieber, wenn er dir Eifersuchtsszenen machen würde? Er ist sehr nett und sehr klug. Ein reifer Mann.« Beate lächelte ohne Ironie. Ihr Lächeln war schön, war aber auch eine Wand. Es sagte, dass das Thema beendet war. Mir war unbehaglich dabei gewesen, wie sie Jakobs Weisheit pries. Sie will keine Schwierigkeiten, dachte ich. Sie will ein ruhiges Arrangement. War das nicht auch das, was ich gewollt hatte?

»Wieso erzählst du Martin nichts?« Wenn ich die Worte wieder hinunterschlucken hätte können, hätte ich es getan. Sie sagte lapidar, »wieso sollte ich?«, und es enttäuschte mich, weil es genau das war, was ich erwartet hatte. Die Überraschungen wurden weniger, das war der Lauf der Dinge. Es war unfair, das jemandem vorzuwerfen. Beate kramte nach einer CD, die sie mir unbedingt vorspielen wollte, und ging summend im Zimmer hin und her. Ihr unschuldiger Zugriff auf das Glück. Ihre Unkonventionalität. Ihre Neugierde auf die Zwischentöne. Ich spürte nichts von dem, was ich an ihr liebte. *Am fremdesten bin ich mir selbst.* Jetzt war es Beate, die mich befremdete. Sie war mir zu ähnlich, wenn sie so vernünftig und pragmatisch war.

Während Beate die Musik begeistert kommentierte, schossen meine Gedanken wie Pfeile in verschiedene Richtungen davon. Ich hörte der Musik zu und bemühe mich, ihren Enthusiasmus nicht zu enttäuschen. Die Mühe verdarb alles, aber es fiel nicht auf. Sobald ich gegangen war, begann ich mich nach Beate zu sehnen, schon im Auto, als ich heimfuhr.

Die nächsten Tage waren voller Erledigungen gewesen, die Erbschaft war abzuwickeln. Es kränkte mich, dass Hermann kein Testament gemacht hatte, aber auch das überraschte mich nicht. Er hatte nicht die Absicht gehabt zu sterben und schien der Meinung zu sein, dass auch das ohne sein Einverständnis kaum geschehen konnte. Ich hatte Marianne über die Sparbücher befragt, aber sie kannte weder die vorhandenen Summen noch die Losungswörter. Hermann liebte Geld, und dafür, dass er nur Handwerker gewesen war, hatte er eine Menge gespart. Ich war erstaunt über die Summe, freute mich aber nicht darüber. Es war einfach zurückgeblieben, nicht anders als sein Körper. Mit ihm hatte das eine und mit jenem das andere zu geschehen. Marianne stand von Rechts wegen ein Drittel und mir als Tochter zwei Drittel des Vermögens zu. Hermann hätte es gerne mitgenommen, wenn er gekonnt hätte. Dass kein Testament vorhanden war, war nicht nur ein Zeichen dafür, dass Hermann die Möglichkeit seines Todes ignoriert hatte, er hatte uns nichts geben können. Jakob hatte widersprochen.

Ich ging zu Jakob hinauf. Nach einigen Takten tauchte er aus der Musik auf. Sein Blick schien mich zu suchen, schlug aber durch mich hindurch. Ich störte ihn. Auch er war manchmal gut darin, nicht zu bemerken, was nicht bemerkt werden durfte. Ich schämte mich der Bitterkeit meines Gedankens. Ich schämte mich meiner Gier, von Jakob und Beate vorbehaltlos wahrgenommen und getröstet zu werden. Trotzdem, ich störte ihn. Vielleicht brauchte er die Musik jetzt auch, um mich zu ertragen. Ich trat zwei Schritte zurück, ich sagte »entschuldige« und schloss vorsichtig die Tür. Er spielte weiter. Da war die Sehnsucht nach Beate wieder. Hätte ich gewollt, dass sie forderte, kämpfte, Jakobs und meine liebevolle Ruhe störte? Wie es Marianne tat, die arme hilflose Marianne, die vielleicht in einem einzigen folgenreichen Moment weder arm noch hilflos gewesen war und Hermann überzeugender, als Worte es je gekonnt hätten, klarmachte, dass sie genug von ihm hatte, für alle Zeit.

7 Die hat den Schlüssel, sie hat die Marmelade

In der Speisekammer liegen die Putzlappen in einem roten Plastikkistchen, daneben die Gummihandschuhe, zwei Paar gelb, ein paar rosa. Die gelben sind für die Wohnung, die in rosa für das Stiegenhaus und den Dachboden. Diese Frau hat die rosafarbenen für die Wohnung verwendet. Diese Frau hat die Putzmittel falsch hingestellt. Den Zusatzofen hat sie aufgerissen. Marianne schwitzt so, dass die Tropfen auf die Putzlappen fallen, die sie wieder zusammenfaltet. Ist das so schwer, ein viereckiges Tuch wieder richtig zusammenzufalten? Und in der Küche riecht es nicht so, wie es sollte. Jakob hat dieser Frau einen Schlüssel gegeben. Auch noch mit einem entschuldigenden Blick in Mariannes Richtung: nur für den Notfall.

Es gibt keinen Notfall. Sie kommt sehr gut alleine zurecht. Diese Frau mit den gefärbten Haaren und dem unechten Goldkettchen mit dem abgeschabten Herzanhänger hat Hermanns leeren Kleiderschrank geschlossen, der offen bleiben musste. Ihre linke Schürzentasche ist eingerissen. Ja, Marianne sieht genau hin. Genau wie früher. Die brauchen nicht glauben, dass sie nicht bemerkt, wie die alles herunterwirtschaften. Mit den Gummihandschuhen fängt es an. Und am Ende werden sie in ihren Eingeweiden herumwühlen und in ihrem Kopf und alles durcheinanderbringen. Es ist ja kein Wunder, dass sie jetzt auch durcheinander ist. Schlimmer als Hermann sind sie. Der hat wenigstens ihre Sachen in Ruhe gelassen. So ein mildes Lächeln hat die. Das wird ihr schon noch vergehen. Wie heißt die überhaupt? Am Küchentisch liegt ein Zettel mit einem Namen. Diese krakelige Schrift, Riesenbuchstaben. Wahrscheinlich eine halbe Analphabetin. Ich bin nicht blind, hat Marianne gesagt, und sehen Sie, ich habe eine Lesebrille. Und sie hat die Frau angestarrt, nur verschwommen hat sie sie gesehen wegen der Lesebrille, aber das macht nichts, diese Frau soll ihr nur in die vergrößerten Augen schauen und dann soll sie ihr ins Gesicht sagen, dass sie, Marianne, nicht sehr gut alleine zurechtkommt. Lesen und schreiben, kochen, stricken und zeichnen kann sie, besser als die, die ja sicher nie in ihrem Leben eine Redisfeder auch nur aus der Nähe gesehen hat, die kein Königsblau von Preußischblau unterscheiden kann, wahrscheinlich kennt sie nicht einmal die Wörter dafür, und keine Rosen aus Radieschen, keinen Schlingstich, kein Patent-, und kein Zopfmuster, nicht einmal das Allereinfachste, gar nichts, rein gar nichts.

Marianne wischt sich den Schweiß von der Stirn, stopft die Putzlappen in das Kistchen zurück. Sie hat jetzt nicht die Ruhe. Die sind auf und davon mit ihrer Ruhe und mit ihrem Schlüssel. Nicht einmal Jakob ist dageblieben, obwohl sie ihn gebeten hat. Einen Schüler habe er. Da hat Marianne nicht aufgepasst und gerufen: Was, am Sonntag? Heute ist nicht Sonntag, Mama, hat Jakob dann gesagt, leise hat der auch noch geredet, wie mit einer Kranken, mit einer Irren, nicht Sonntag also, und das traut er sich ihr ins Gesicht zu sagen. Ich bin nicht deine Mutter, hat sie gesagt, Gott sei Dank fällt ihr dann doch immer das Richtige ein. Gedacht hat sie: Ich bin niemandes Mutter, wann begreift ihr das endlich.

Solange diese Frau da war, ist Marianne die ganze Zeit in ihrer Nähe geblieben. Das muss sie doch. Ich muss Ihnen ja alles zeigen, hat sie gesagt und ist stolz, dass ihr das in den Sinn gekommen ist. Nebenher hat sie das eine oder andere Zettelchen, auf dem sie ihre Erinnerungssätze notiert, in ihren Schürzentaschen verschwinden lassen. Das geht keinen was an. Hinter der Putzfrau hergehen ist anstrengender als selber putzen. Schnell ist die, kein Wunder, die möchte so bald wie möglich fertig sein. Marianne erzählt ihr, wie es war, als sie in das Haus eingezogen ist. Der Fußboden war zum Teil noch nicht verlegt, und die Bauarbeiter sind tagaus, tagein über den staubigen grauen Estrich und über aufgelegte Gerüstbretter im Haus auf und ab gelaufen und Hermann auch. Keinen Blick hat er für sie gehabt. Aber fleißig war er, von Sonnenaufgang bis spät in die Nacht. Sie hat oft nicht schlafen können, das Hämmern und Bohren hat sie bis in den Schlaf hinein verfolgt. Besonders das dumpfe Mahlen der Betonmischmaschine, kennen Sie das? Unfreundlich ist sie nicht, diese Frau. Sie antwortet kurz, aber nicht unhöflich auf Mariannes Sätze, sodass sie ein wenig Luft holen und dann weitererzählen kann. Sie ist ja meistens allein. Nicht, dass ihr das nicht recht wäre, aber wenn dann einmal jemand da ist. Der Mensch muss ein bisschen eine Ansprache haben. Einen

Kaffee darf sie ihr doch anbieten, für einen Kaffee hat sie doch bestimmt Zeit. Kuchen hat sie leider keinen, so mitten unter der Woche, und seit Hermann tot ist, das Backen lohnt sich ja nicht für sie allein, und wenn der Kuchen trocken wird, wissen Sie, das ist etwas Trauriges, so ein trockener, staubiger Kuchen am Mittwoch oder Donnerstag, etwas Traurigeres gibt es fast nicht. Geputzt hat sie genug in ihrem Leben, das kann sie ihr glauben. Wie das auf die Hände geht. Mit glycerinhaltiger Creme muss man die Hände einschmieren, Glycerin ist einfach das Beste. Nicht einmal Gummihandschuhe hat er gehabt für sie, die hat sie sich von ihrem Geld kaufen müssen, und dann hat er gefragt, wieso so viele und verschiedene Farben, und als sie gesagt hat, für drinnen und draußen, da hat er komisch geschaut. Über Nacht muss man die Hände dann dick eincremen und Baumwollhandschuhe darüber, hundertprozentig hilft das, ihre Mutter hat das schon immer, und wissen Sie, wissen Sie, wissen Sie. Jetzt redet sie aber ohne Punkt und Komma, nein, wie kann sie nur, und der Kaffee, jetzt muss sie aber den Kaffee machen.

Als Marianne das Pulver in den Filter löffelt, zittern ihre Hände so stark, dass sie die Hälfte daneben schüttet. Das Kaffeepulver ist so schlecht wegzuwischen, fast wie der feine Mörtelstaub, sicher hat sie sich da den Dauerschnupfen geholt. Marianne erinnert sich an den Dauerschnupfen der ersten Jahre, der Staub war es und kalt war es auch, immer kalt. Geschnäuzt und geschnäuzt hat sie sich, aber es hat nichts genutzt, die Schleimhäute waren immer trocken und wund. Sie hat die Stadt nicht riechen können, das Haus nicht und Hermann nicht. Sie weiß noch, wie sie die erste Kirschmarmelade gekocht hat, ein ungewöhnlich heißer, langer Sommer war das, und die Früchte, so groß und rot, makellos die glatte, pralle Haut, und dann die brodelnde, zähe, dampfende, wunderbar rote Masse in dem großen gusseisernen Topf. Marianne hätte weinen können über diesem schimmernden, schaumigen Rot, so schön war es, und sie konnte es nicht riechen, die Nase war einfach zu, das ganze Jahr über und im Winter erst recht.

Marianne sieht auf ihre Hände. Wie alt sie sind. Wer hätte je gedacht, dass sie so hässliche Hände bekommen wird? Sie müsste sie wieder einmal über Nacht eincremen. Aufschreiben, unbedingt. Sie fischt eines der zusammengeknüllten Zettelchen aus der Tasche, streicht es glatt. Die Kaffeemaschine blubbert. Die Frau ist schon fertig mit der Stiege. Matt und feucht sieht das Holz aus. Später, wenn die weg ist, wird sie nachpolieren, Zeit hat sie genug. Hermann wartet ja nicht mehr aufs Essen. Der Gedanke hat etwas Beruhigendes.

Setzen Sie sich doch. Milch, Zucker? Marianne weiß ja, was sich gehört. Man darf sich nichts anmerken lassen. Sie nimmt das gute Rosenthal-Geschirr. Nicht, dass die das schätzen könnte, aber sie soll nicht glauben, dass sie da bei armen Leuten ist. Auch wenn sie immer selber geputzt hat. Auch wenn sie bestens allein zurechtkommt.

Sich selber schenkt Marianne auch eine Tasse ein, aber sie trinkt nicht. Die Hände zittern zu sehr und sie legt sie lieber auf die Tischplatte. Arbeit schändet nicht.

Wissen Sie, das mit dem Glycerin hat sie nicht oft machen können, nicht oft genug, denn der Hermann, ihr Mann, obwohl er von Sonnenaufgang bis spät in die Nacht gerackert hat, wollte er dann, Sie wissen schon, und da hat es ihn gestört, wenn sie Handschuhe und so, nicht einmal eincremen über Nacht, und das wäre ja das Einzige gewesen, was geholfen hätte. Und jetzt schauen Sie sich einmal an, was dann aus den Händen wird, schauen Sie sich das einmal an!

Die Blondierte hinterlässt einen schwachen Duft von Fremdheit in der Küche. Marianne verräumt das Geschirr, nimmt zwei hellblaue Tabletten mit einem Glas Wasser und öffnet das Fenster. Das mit dem Eincremen und Hermann, das hätte sie nicht sagen sollen. Aber die Wörter kommen schnell, wenn man so viel allein ist. Das Alleinsein ist eine steile Rutsche, auf der man sich mühsam im Gleichgewicht hält. Man muss sich darauf konzentrieren, und wenn dann plötzlich jemand dasteht, ist es vorbei mit der Konzentration. Die Sätze purzeln nur so heraus, sie hinterdrein, und schon liegt man unten und muss den ganzen Tag wieder von vorne beginnen, obwohl es schon Nachmittag ist und sowieso zu spät. Ein säuerlicher Geruch steigt vom Magen auf und verbreitet sich im Mund. Das sind die Tabletten. Aber die Zeit vergeht langsamer damit, und das meiste kommt für eine Weile wieder in Ordnung.

Marianne sieht in den Garten hinunter. Der Rasen müsste gemäht werden. Die Sonnenblumen sind weit aufgeschossen und selbst die starken grünen Stängel tragen die schweren Blütenköpfe kaum noch, sodass sich die Pflanzen kreuz und quer in verschiedene Richtungen neigen. Manche hängen über den Maschendrahtzaun zum Nachbarn hinüber. Ein Schwarm Grünfinken hält auf die Sonnenblumen zu, ein Aufflattern und Schwirren wie aus dem Nichts, kleine grüngelbe Flatterbälle mit winzigen, gierigen Knopfaugen. Marianne lehnt sich weit aus dem Fenster. Die Vögel picken und hacken mit atemberaubendem Tempo Körner aus den Blumen, die Schalen stauben nur so um die zitternden Blütenköpfe herum. Die Sonne steht direkt über den hohen Tannen, als würde sie darauf balancieren, als hätte sie ein endgültiges Gleichgewicht gefunden auf den spitz aufragenden Wipfeln. Marianne verzieht den Mund. Wie doch alles täuscht, was man sieht.

In den ersten Jahren ist noch hin und wieder ein Fasan aus der benachbarten Au in den Garten gekommen, manchmal sogar ein Reh. Dass man stillhält wegen eines Rehs, das war auch etwas, was Hermann nie verstanden hat. Als die Kleine mit dem Studium begonnen hatte, hat sie ihr manchmal noch ein Gedicht vorgelesen. Marianne erinnert sich genau an diese eine Zeile: *Des Waldes leise Legenden, die Rehe, leiden in Sanftmut für sie.*

Sie weiß nicht mehr, von wem das Gedicht ist. Es hatte einen Refrain und jede Strophe begann gleich. Das hat ihr gefallen, und vor allem dieser Satz von den Rehen. Das müsste man können: Die Worte so setzen, dass das, was man zu sagen hat, wieder schön wird. Das liegt ihr nicht, obwohl sie sich mit den Sprachen immer leicht getan hat. Wie durch eine Tür in ein anderes Zimmer gehen, so leicht. Man muss doch nur die Melodie hinter den Sätzen spüren, dann merkt man sich die neuen Wörter auch gleich. Jede Sprache könnte schön sein. Aber nicht jeder Mensch, der spricht. Und was man so zu hören bekommt, täuscht nicht weniger als das, was man sieht. Wenn Marianne die Tabletten genommen hat, spürt sie das Seufzen im ganzen Körper. Es ist nicht unangenehm, es ist, als wäre sie nach innen durchlässiger und nach außen geschützter. Da ist nur dieser komische Geschmack im Mund und das Gluckern im Magen. Und das Träumen, so stark, dass sie nicht weiß, ob sie schläft oder wach ist. Von Hermann träumt sie nie. Eine Jüdin ist die Dichterin mit den Rehen, hat die Kleine gesagt. Heute fällt ihr aber auch alles ein. Vielleicht hat ihr das Reden mit dieser blondierten Person doch gut getan, obwohl sie nicht vergessen darf, dann wieder alles an seinen richtigen Platz zu räumen. Marianne zieht die Schultern nach oben. Die Kleine war auch immer ganz begeistert von den Fasanen. Marianne hat ihr irgendeine Geschichte erzählt, dass ihre langen Schwanzfedern Spuren ins Gras ziehen, auf denen nachts die Elfen tanzen oder so etwas. Manchmal war es damals gut mit der Kleinen. Der warme, weiche Kinderkörper. Nur war die Kleine dann immer so aufdringlich. Wenn Marianne mitten beim Arbeiten war, und der Wechsel, sie ist ja dann bald in den Wechsel gekommen. Diese Hitze immer und niemanden, aber auch niemanden konnte man dann ertragen, der einem so auf den Leib rückt. So ein Kind, was begreift das schon. Die Vögel sind weg. Jetzt schleichen höchstens irgendwelche fetten, verwöhnten Katzen im Garten umher und lauern auf die Jungvögel. Marianne schüttet dann gern Wasserkübel hinunter. Sie sollte einen holen und neben das Fenster stellen, für alle Fälle. Irgendjemand muss doch auf die Vögel aufpassen. Sie geht in die Speisekammer. Wenigstens der gelbe Eimer steht da, wo er hingehört. Die Putzlappen liegen zusammengeknüllt auf dem Boden. Das ist die Höhe. Marianne dreht den Wasserhahn auf und beginnt die Lappen zusammenzufalten. Das hat man davon, wenn Fremde ins Haus kommen. Mehr Arbeit als zuvor.

Die Lippen sind so trocken. Sie angelt nach dem Honigglas. Hungrig ist sie. Diese Frau hat den Tag durcheinandergebracht, und jetzt weiß sie nicht, ob es schon Zeit zum Essen ist. Vielleicht hat die ja auch die Zeiger verstellt, wie die Staub gewischt hat, so husch, husch, über alles drüber. Wieso sind es so viele Lappen, das nimmt ja kein Ende. Das war einmal ein Flanellnachthemd, das sie selber genäht hat. Und das da ein Unterhemd von Hermann. Schwindlig ist ihr. Sie braucht etwas zur Beruhigung, wo ist denn nur der große graue Tontopf mit der Marmelade? Marianne streckt sich, um auf das oberste Regal zu sehen. Nichts. Ist die etwa auch in die Speisekammer, ja sicher, immerhin hat sie die Putzmittelflaschen alle verschoben, und vielleicht sollte Marianne nichts anfassen und alles so lassen, wie es ist, das wäre schließlich ein eindeutiger Beweis. Aber die hat ja einen Schlüssel. Das ist ein Notfall. Marianne zwingt sich, den Blick geradeaus zu richten. Von den Augenwinkeln her wird es dunkel. Sie sieht den Haufen

Putzlappen und die große Ölkanne, und wenn sie sehen will, was rechts und links davon ist, muss sie den Kopf drehen, aber das Kopfdrehen macht schwindlig und es knackt im Genick. Dass die den Schlüssel hat, das ist ein Notfall. Das Wasser rauscht gleichmäßig und beruhigend. Es ist nur der Hunger. Wo ist denn bloß die Marmelade? Die Marmelade tut gut, wenn sie da draußen wieder über das Auswandern streiten und der Franz dann immer so laut wird. Mariannes Herz klopft gegen die laute Stimme vom Franz an, so laut, dass es in den Ohren hämmert und strömt, aber sie hat keine Chance. Der Franz ist einfach nicht ruhig. Aber jetzt versteht sie ihn nicht mehr, und den Vater schon gar nicht, der schreit ja auch nicht, und es rauscht so, es rauscht und fließt und tost in den Ohren, die Wände rauschen, sogar der Boden rauscht und droht unter ihr wegzugleiten, so schnell und hart und kalt wie Wasser. Marianne konzentriert sich auf den Geschmack der festen roten Marmelade im Mund, sie lutscht und saugt und schluckt. Noch einen Löffel. Es geht schon wieder, danke, sagt Marianne. Man will ja niemandem Umstände machen. Das ist wirklich nicht nötig, nein, danke. Sie kommt gut allein zurecht, alles bestens, sie hat ja die Marmelade für den Notfall. Die hat vielleicht den Schlüssel, gut, aber sie, sie hat die Marmelade. Marianne geht in die Küche, dreht den Wasserhahn ab, nimmt den Flanelllappen mit dem hellblauen Blümchenmuster und klatscht einen großen Patzen Marmelade darauf. Dann geht sie hinaus ins Stiegenhaus. Wie matt das Holz ist. Glänzen muss es. Sie kniet sich hin und wischt und wischt, bis sie wieder außer Atem ist. Dann wäscht sie ordentlich den Lappen aus. In der Küche sieht sie, dass der Eisendeckel des Zusatzofens schief auf der Abdeckplatte hängt, und lässt ihn wieder einrasten. Einheizen wird sie später. Sie müsste dringend etwas verbrennen, denkt sie, aber da schläft sie schon fast, kein Wunder, dass sie erschöpft ist, später, denkt sie noch und schiebt das Dringende von den Lippen, verschluckt es, dann schläft sie ein. Die Tabletten, müde machen, das kann das Zeug ja und den Tag unter die Oberfläche drücken, ertränken, ertrinken soll ja schön sein, ein schöner Tod, wenn erst das Strampeln und Zappeln vorbei ist, ertrinken, ganz sanft, mit dem Marmeladegeschmack im Mund und in sich selber, ertrinken, ganz in sich selber.

Als Marianne erwacht, ist es halbdunkel. Sie dreht sich auf Hermanns Bettseite, wo jetzt das glatt gespannte Leintuch immer eine Beruhigung ist. Man kann mit der Hand eine Weile über die kühle, glatte Fläche streichen, bevor man aufsteht. Aber da ist etwas Buckliges, Rundes, Unbewegtes, etwa auf der Höhe ihrer Unterschenkel. Marianne kneift die Augen zusammen. Eine Katze, eine fette, lauernde, dunkelgraue Katze hockt da und macht sich breit. Das kommt vom ständigen Tür auf, Tür zu. Marianne ist wach und wütend. Leise schält sie sich aus der Tuchent. Die schlafende Katze nimmt keine Notiz vom Knarren des Parkettbodens. Marianne tappt in den Gang, öffnet die Wohnungstür und auf Zehenspitzen wieder zurück ins Schlafzimmer, gut, dass da der Wasserkübel steht. Mit einem kräftigen Schwung leert sie ihn über das Tier. Es rührt sich nicht. Für einen Moment bleibt Marianne stehen, planlos, mit dem leeren Kübel in der Hand. Wieso hat sie nicht gleich Licht gemacht? Auf Hermanns Bettseite liegt ein Samtkissen aus dem Wohnzimmer, ein nasser Klumpen. Marianne stopft ihn in den Eimer, reißt das Fenster auf. Sie schlägt sich auf den Mund, weil ein fremder, schriller Ton aus ihr hervorbricht. Der gelbe Eimer kollert zwischen Birnbaum und Magnolie und bleibt im Rosenbeet hängen. So, das wäre erledigt. Am besten legt sie sich noch ein bisschen hin, bevor sie Feuer macht. Dieser Tag ist so anstrengend, dass sie schreien könnte. Marianne stellt sich vor den Schlafzimmerspiegel, aber nichts als ihr leise pfeifender Atem ist zu hören, das Ticken der Küchenuhr und ein paar vorbeifahrende Autos. Sie wickelt sich die Wollstola um. Wenn sie die Beine fest anzieht, berührt sie die nasse Stelle nicht, wo das Wasser ihre Matratze durchtränkt.

Dann stehen die plötzlich da, mitten in ihrem Schlafzimmer. Sie hat die Ledersohlen der Kleinen auf der Treppe ja schon gehört, ein schnelles Klappern. Wieso hat sie den Schlüssel nicht innen stecken lassen? Wach ist sie, schnell geht das, wenn es sein muss. Aber sie hält die Augen fest geschlossen. Die Stimmen brauchen nur ein, zwei Atemzüge, dann schweben sie schon über dem Bett. Er ist auch dabei.

Aufwachen, aufstehen soll sie. Sie will aber nicht. Jakobs Hand an ihrer Schulter, an ihrer Wange. Marianne kneift die Augen zusammen, dass es wehtut, bis grelles Licht durch die Lider bricht, sie hört es als scharfes Klirren, sieht Orange und flackerndes Gelb. Die Augen klappen auf. Sie sieht die Schuhe der beiden dicht beim Bett. Wieso habt ihr die Schuhe an? Macht das Licht aus! Jakob redet, sein leises Gemurmel lockt ihren Blick vom Boden weg. Er nimmt sie in den Arm, tätschelt ihren Rücken, die Kleine steht hinter ihm und schaut und schaut. Ihr roter Mantel tut Marianne in den Augen weh und sie vergräbt ihr Gesicht an Jakobs Schulter. Was denn los sei? Ob ihr etwas weh tue? Marianne deutet auf die Kleine und sagt in Jakobs Schulter hinein, zieh den Mantel aus. Aber die hört ja nicht zu, nie hört die zu. Jakob riecht nach Auto und Kälte, aber darunter ist er warm. Sie schlingt ihre Arme um ihn. Sie hat Angst, dass das Rot über ihr zusammenschlägt und dass ihr irgendetwas von innen das Brustbein zertrümmert. Da ist ein ruckartiger Druck, gegen den sie sich anstemmt, aber lange wird sie nicht mehr durchhalten. Es schüttelt sie, wird sie aus dem Bett werfen, wenn sie sich nicht halten kann. Er soll sie festhalten, ganz fest. Da weint jemand, Marianne hört jemanden schluchzen. Die Marmelade, sie weiß nichts von einer Marmelade. Irgendwann hört das Weinen auf. Die Augen brennen. Friederike hat das Nachttischlämpchen eingeschaltet und hält ihr eine Tasse an die Lippen. Kamille, süß und warm. Der Nacken tut ihr weh. Die reden irgendetwas. Sie muss sich auf das Schlucken konzentrieren, sonst geht es nicht. In ihrer Kehle hält etwas den Tee auf beim Hinunterschlucken, sie muss ganz vorsichtig sein.

Wenigstens hat die Kleine jetzt den Mantel ausgezogen. Die Schuhe bitte, sagt Marianne. Die Stimme ist die eines fremden Mädchens. So wie damals, als sie von dem schmutzigen tschechischen Bauernkind, das sie im Geschäft immer auf den Arm genommen hatte, den Rotlauf bekommen hat. Da war die Stimme auch so. Sie hatte lange Fieber und lange nicht gesprochen, wochenlang. Wie jetzt. Wenn doch nie jemand kommt. Mit wem soll sie denn reden, mit der Wand vielleicht? Mein Gott, das ist beinah fünfzig Jahre her. Und sie weiß es noch. Ich weiß es noch, sagt Marianne und sieht Jakob fest in die Augen. Der Tee hat gut getan. Natürlich weißt du es noch, Mama, sagt Jakob, und wenn er jetzt nicht Mama gesagt hätte, würde sie ihm glauben. Er zieht sich die Schuhe aus und stellt sie ins Vorzimmer. Da weiß sie, was vor fünfzig Jahren war, und die wissen nicht einmal, dass man nicht mit den Straßenschuhen im Schlafzimmer herumsteigt. Aber so etwas ist ja heutzutage normal. Auf dem Boden sitzen mit den Schuhen, Schlüssel schütteln, dastehen und wegrufen, die Lappen drehen und an den Zeigern. Was gibt es schon zu sehen, wofür es sich lohnte, die Augen aufzuhalten. Die Au ist weg, und die Fasane. Alles ausgestorben. Lauter Wohnblöcke mit schmuddeligen Familien von irgendwoher. Gut, dass die Thujen schon so hoch sind. Schläft sie, hört sie die Kleine fragen. Sollen sie doch. Sollen doch die anderen. Da ist noch eine kleine Wut in Marianne, stecknadelgroß unter dem Brustbein, aber sie hat nicht mehr die Kraft, sie großzudenken. In der Mundhöhle schlägt die Zunge aus ins Leere. Die Wörter kommen nicht zurück.

Ich glaube, hört sie Jakob flüstern. Immer glauben die irgendwas und wissen nichts. Aber glauben irgendwem. Nur ihr nicht. Das ist nicht gerecht. Die hören nicht zu. Kryptisch. In Kreuzworträtseln war das manchmal, in den schweren. Die hat sie alle gekonnt. Auch die Götter, griechisch, römisch. Alle. Das fragen sie nicht, diese Idioten. Eris. Pandora. Hera. Pallas Athene, die. Was soll schon aus jemandem werden, der keine Mutter hat.

Marianne hört Zimmertüren und Kastentüren auf- und zugehen, leise, aber rasche Schritte, Stimmen. Frau Lerch, die auch noch. Marmelade. Das hat alles nichts mit ihr zu tun. Der Eisendeckel des Zusatzofens klappert schon wieder. Vielleicht verbrennen sie es jetzt endlich. Dann setzt sich wieder jemand ans Bett. Marianne hat keine Angst mehr. Sie könnte an etwas Schönes denken. An Rosen. Die Nachbarn haben sie immer bewundert, wie sie Rosen über den Winter bringt. Die rosagelben aus England. Nur wenige Blüten, aber ganz schlank und schmal. Die weichen Übergänge von vanillegelb zu pink. Mit dem Deckweiß, das war nichts. Zu patzig, zu cremig, zu wenig transparent. Dieses Wort: *trans-parent*. Es könnte gar nicht anders heißen. *Trans* ist ihre liebste Vorsilbe. Musik, ein wenig Musik wäre jetzt gut, vielleicht *Rigoletto.* Die haben sich lustig gemacht, dass sie noch so lange singen kann, wenn sie doch im Sterben liegt. Gilda, gesungen von Renata Scotto. Rigoletto hat seine Tochter geliebt. Dann haben sie sie umgebracht. Aber versehentlich. Den, der Schuld war, haben sie nicht erwischt. Kryptisch. Jetzt muss sie lachen. Aber leise, leise.

Sie setzen sie auf im Bett, wickeln sie in etwas. Ihre kalten Füße schieben sich in die Hausschuhe. Liegen lassen! Das Bett ist nass, Mama, du hast Wasser ins Bett geschüttet, Mama. Du kannst nicht. Da kannst du nicht. Nicht, nicht. Sie erkennt den Geruch der olivgrünen Wohnzimmercouch. Wenn sie meinen. Wenn Hermann so geschnarcht hat, hat sie da ja auch immer geschlafen. Schnarcht der schon wieder? Ich höre nichts, sagt Marianne. Das ist doch ein klarer, deutscher Satz. Die verstehen ja nicht das Geringste. Dann steht der Doktor im Zimmer. Den wird sie fragen. Marianne deutet auf die Teetasse. Was ist denn mit denen los, fragt sie den Doktor. Keine Antwort. Wie immer, wenn man wirklich etwas wissen will. Einfach keine Antwort, und dann fallen, fallen und fallen, und die wundern sich dann. Ja, dann wundern die sich auch noch.

Das Aufwachen geht nicht wie sonst. Da ist etwas um die Augen. Bleierne Ringe. Im Hinterkopf, wo sich sonst die Morgengedanken formen, ist nichts, die Linie zwischen Träumen und Wachsein bleibt verwischt. Irgendwann klammert sich Mariannes Aufmerksamkeit an die Stimmen von draußen und die Lider bleiben oben. Das Drehen des Kopfes ist Arbeit. Marianne erkennt die Gobelinbilder mit den Vogelmotiven im Wohnzimmer. Sie hat sie gestickt. Sie erinnert sich an etwas, ein, zwei Atemzüge noch, und es konturiert sich allmählich aus dem Ungefähren: die blumenbedruckte Schachtel mit den Musterbögen, die weichen Wollfäden. Man musste genau sein. Wie beim Kopfdrehen. Blaumeisen, Distelfinken, Rotkehlchen. Immer ein Paar. Ein Vogel allein, das ist traurig. Sie will nicht hören, was die reden. Das Nichtwollen gibt genug Kraft, um sich hochzuziehen. Die große Pendeluhr steht still. Sie vergisst immer, sie aufzuziehen, das hat immer Hermann getan. Hat er wieder geschnarcht? Das ist nicht Hermanns Stimme. Neben dem Bett steht eine Tasse auf dem Teppich. Niemals würde Marianne schlafen gehen und eine Tasse stehen lassen. Nicht am Tisch, nicht in der Abwasch und schon gar nicht auf dem Teppich. Da können die reden, was sie wollen. Sie will nicht! Und Durst hat sie auch. Marianne trinkt den kalten Tee und schon steht sie, schwankt ein wenig, hantelt sich an der Rückenlehne der Couch entlang. Die Schritte sind geschrumpft über Nacht, das ist interessant. Sie braucht doppelt so viele Schritte wie sonst bis zur Wohnzimmertür. Aber langsam ist sie nicht, sie war noch nie langsam, in ihrem ganzen Leben nicht. Die sagen Mama. Hast du gut geschlafen, Mama, wie geht es dir denn, Mama, sagen die. Die Kleine legt ihr ihre Wollstola um die Schultern und er drängt sie auf einen Sessel. Im nächsten Moment hat Marianne vergessen, dass sie lieber stehen bleiben würde. Das Wollen ist weg und das Nichtwollen auch. Der Kaffee ist stark. Es riecht wie früher.

»Wo ist denn der Papa?« Das hätte sie jetzt nicht sagen sollen. Die Kleine und Jakob wechseln einen Blick, lang genug, dass sich die Scham in Marianne ausbreitet wie Farbe in Wasser. Sie verschluckt sich am Kaffee, aber eigentlich ertrinkt sie in der Peinlichkeit. Wieso sagt sie so etwas Dummes? Keine Fragen stellen, das hat sie sich doch sogar auf einen Zettel geschrieben. Hermann ist ja gut verräumt. Der Kasten, später muss sie nachsehen, ob die Kastentür offen ist. Die verstehen das nicht und folgen ihr dann wieder auf Schritt und Tritt. Gut ist der Kaffee, sagt Marianne. Das war jetzt nicht falsch. Keine weiteren Blicke. Marianne beißt in ein Marmeladenbrot. »Bringst du mir ein Glas Wasser?«, sagt sie zu Jakob. Man muss sie beschäftigen, dann starren sie einen nicht so an. Das macht sie nervös, dieses Anstarren. Das tut man doch nicht. Auf der Anrichte stehen zwei Tassen und Untertassen ihres guten Rosenthal-Geschirrs. Marianne schielt nach dem Kalender und prägt sich die Zahl und den Wochentag ein. Falls sie fragen. Sie ist auf alles gefasst. Die Kleine setzt sich auf den Platz, auf dem sie als Kind immer gesessen ist.

»Gestern war die Frau Vesic da, Mama, erinnerst du dich?« Marianne erinnert sich nicht, aber vorsichtshalber nickt sie. Sie ist schlau. Die werden sie nicht drankriegen. Obwohl gestern irgendetwas passiert sein muss, irgendetwas furchtbar Peinliches.

»Du hast ihr einen Kaffee gemacht, weißt du das noch?« Marianne richtet sich auf, drückt den Rücken gegen die Holzsprossen.

»Natürlich weiß ich das noch. Was fragst du denn so blöd?« Sie holt Luft. Gut, dass sie Kaffee getrunken und gegessen hat. Der Hunger hat sie ja so schwach gemacht. Die haben ja nie gehungert wie sie. Steckrüben, die wissen ja nicht einmal, was das ist. Suppen aus Kartoffelschale. Lindekaffee, das war schon ein Luxus. Mariannes Fingerspitzen kribbeln. Wie schnell sie denken kann, weit weg und so schnell. Die haben ja keine Ahnung. Die Kleine sieht sie scharf an, und Marianne braucht jetzt nicht zuzuhören, weil sie schon weiß, dass jetzt etwas Unmögliches kommen wird, irgendeine Frechheit. Die Kleine spricht aber sehr sanft. Das ist seltsam und wider Willen hört Marianne hin: »Mama, du hast der Frau Vesic Kaffee gemacht und dann hast du das Geschirr einfach wieder in den Kasten gestellt.« Als Marianne nicht versteht, fügt die Kleine hinzu: »Ohne abzuwaschen, Mama.«

Wieso sagt die andauernd *Mama*? Hinter jedem Satz *Mama, Mama.* Wie ihr das auf die Nerven geht. Nicht einmal in Ruhe seinen Kaffee trinken kann man mit so einem Kind.

Jakobs Blick flattert ein wenig und andauernd streicht er die Zeitung glatt, auf und ab. Marianne bohrt ihren Blick in seine Hände und er hört auf. Er soll ihr sagen, dass sie den Mund halten soll. Aber er sagt ja nichts. Der hält auch nicht zu ihr.

»Du hast die Stiege mit Marmelade verschmiert. Und Wasser aufs Bett geschüttet.«

Jakob sagt: »Friederike, das ist ein bisschen viel auf einmal. Lass sie, warte ein bisschen.«

Friederike legt ihr die Hand auf den Arm, Marianne möchte sie wegziehen, traut sich aber nicht. Das ist sicher wieder das Falsche. Sie muss stillhalten. Das kann sie doch sonst so gut. Der Arm zuckt ein wenig, aber er bleibt liegen. Diese fremde Hand. Das ist nicht ihr Kind.

»Was ist denn los, Mama?«

»Woher soll ich das wissen?«, zischt Marianne, und jetzt ist es egal, ob das etwas Falsches ist oder nicht.

»Sie weiß es nicht, hör auf«, sagt Jakob mit seiner samtigen Stimme, vor der ihr jetzt graust.

»Rede nicht über mich, als ob ich nicht da wäre!« Jetzt reißt Marianne den Arm unter der fremden Hand weg. Was erlauben die sich überhaupt. Abrupt dreht sie sich um. Auf der Anrichte liegt ein ganzer Haufen glattgestrichener Papierfetzen, dazwischen Tablettenschachteln, Umschläge und ihre Zettel, wo sie sich all die wichtigen Sachen aufgeschrieben hat. Die haben im Ofen herumgesucht, in ihren Laden, überall. Die haben ihre Sachen genommen. Marianne steht mit einem Ruck auf und reißt die Schlafzimmertür auf: »Wo sind die Sachen vom Papa? Was habt ihr damit gemacht?«

»Du wolltest, dass ich alles zur Caritas bringe.« Marianne spürt, wie sich die Stimme der Kleinen schärft. »Aber das ist jetzt nicht wichtig. Komm doch wieder her, Mama, und setz dich.«

Hinsetzen ist wie fallen, aber sie bemerken es nicht. Dann reden sie, lange und viel. Friederikes Stimme ist eine Spirale, die immer größere und schnellere Kreise zieht. Sie fesselt sie, ohne dass sie versteht. Oh, sie versteht sehr gut, sie versteht ganz genau. Aus dem ganzen Gerede bleiben ein paar Sätze übrig, die immer wiederkehren: Du kannst nicht. Nicht mehr. Es wird dir. Zu anstrengend. Zu mühsam. Zu gefährlich. Wir werden. Du wirst nicht. Wir werden uns. Darum kümmern. Und am Ende: Fürs Erste. Für eine Weile. Wir werden sehen.

Gar nichts werden sie sehen. Es wird nichts mehr zu sehen geben. Mariannes Hände machen sich selbstständig und kneten das Nachthemd auf ihren Oberschenkeln zu einem Wulst. Meinst du nicht, es wäre besser. Denkst du nicht, dass du. Durcheinander bist. Es juckt in Mariannes Hals, sie möchte lachen. Das sind keine Fragen, also braucht sie auch keine Antworten zu geben. Als Marianne ihr Nachthemd wieder in Falten schlichtet, nimmt Jakob ihre Hand. Sie wundert sich, wie fest er zugreift und wie gut die Wärme tut. Als ob das etwas nutzen würde. Als ob, immer war alles *als-ob*: Als ob sie ein Haus hätte, einen Mann. Als ob sie eine Tochter hätte. Wie überzeugend diese Fälschungen immer geraten sind. Es sah alles so echt aus. Marianne weicht den Blicken aus. Wenn sie aufschaut, sieht sie die Küche um sich mit den unverputzten Wänden und dem kahlen Estrich, auf dem die Baubretter liegen. Als ob sie eine Zukunft hätte. Wie klar alles ist. Die Wände sind durchsichtig. Ihr ganzes Leben ist durchsichtig, und es gibt nichts Durchsichtigeres als das, was die beiden sagen. Marianne weiß sogar, dass auch diese vollkommene Klarheit wieder vorübergehen wird. Sie weiß, dass sich ihr bald wieder Dinge und Leute in den Weg stellen werden. Dass vielleicht hin und wieder jemand ihre Hand nehmen und sie täuschen wird mit seiner Wärme und seiner leisen Stimme. Sie weiß, dass immer alles war, als ob. Und dass es nichts anderes mehr werden kann. Dass sie im Kreis denkt und im Kreis lebt, weil es keinen Ausgang gibt.

»Wie ihr meint«, sagt Marianne. Irgendetwas fällt ihr doch immer ein. Sie geht zur Schublade, in der sie ihre

Notizbücher, die Geldbörse und ihren Lippenstift aufbewahrt. Es ist noch zu früh. Das Frühstücksgeschirr steht ja noch am Tisch und sie ist nicht angezogen. Als ob sie das nicht begriffe. Wo sie dasitzen, diese beiden, mit ihren Ansichten, die unverrückbarer sind als diese Als-ob-Wände um sie herum, als das ganze, verdammte Als-ob-Haus, in dem sie festsitzt, egal, wohin sie sie bringen. Zu ihrem Besten. Marianne legt die goldene Verschlusskappe neben die Brotdose und dreht den Lippenstift heraus. Nicht zu weit, er könnte brechen, wenn sie zu fest aufdrückt. Man muss sorgfältig umgehen mit den Dingen. Mauve, das ist ihre Farbe. Die können mauve ja nicht von altrosa unterscheiden. Sie braucht den Taschenspiegel nicht und presst die Lippen aufeinander, damit sich die Farbe richtig verteilt. Jetzt schauen sie wieder. Seid doch zufrieden! Jetzt habt ihr wieder einen Punkt auf eurer Liste. Noch im Nachthemd dastehen und sich die Lippen anmalen. Das wollt ihr doch so. Was soll ich als Nächstes tun? Nein, sagen wird sie nichts, solange es geht. Die Gedanken sind frei. Marianne setzt sich wieder, bestreicht zwei Scheiben Brot mit Butter und Marmelade und legt sie Jakob und Friederike auf die Teller. »Ihr müsst auch frühstücken«, sagt sie, »esst doch. Die Marmelade ist selbstgemacht, voriges Jahr.«

Friederike isst, aber zwischen zwei Bissen und mit vollem Mund sagt sie plötzlich: »Mama, wo ist denn dein Ehering? Hast du ihn heruntergenommen?«

Mein Gott, wie blöd die fragt. Da fragt man sich doch, wer jetzt durcheinander ist. Das sieht sie doch, dass der Ring nicht mehr da ist. Dann wird sie ihn wohl heruntergenommen haben. »Weißt du, wo du ihn hast?«, fragt sie. Wieso hört sie nicht auf damit. »Du bist doch sonst so ordentlich, Mama.«

»Das ist jetzt wirklich nicht wichtig.« Jakobs Stimme hat eine überraschende Schärfe.

»Du hast recht«, antwortet Friederike mit dieser falschen Sanftheit, die neuerdings zwischen den beiden hin und her springt. »Entschuldige, wir sehen später nach.« Marianne lächelt huldvoll. Sie wird sich nicht mehr täuschen lassen. Gut, er hält zu ihr. Aber nicht genug. Gesagt ist gesagt. Wozu ist Hermann tot, wenn die Kleine jetzt fragt wie er?

Marianne atmet tief ein. »Wann fahren wir?« »Ich muss noch aufräumen. Ich kann doch die Wohnung nicht unaufgeräumt lassen. Und mir wäre es sehr recht, wenn ihr etwas zu erledigen habt. Dann hätte ich ein wenig Ruhe.«

Jetzt schauen die beiden überrascht. Die glauben, sie könne keinen geraden Satz mehr herausbringen. Die glauben, sie wisse nicht, was gespielt wird. Marianne taucht den Löffel tief in die Marmelade und Friederike starrt sie an, als hätte sie Angst, dass sie wer weiß was damit anstellt. Was kann man mit Marmelade schon ausrichten? Marianne lächelt verächtlich, aber nur innen. Die haben schon genug gesehen, was sie nichts angeht. Für eine Weile ist es still, und wenn sich Marianne auf ihr Brot konzentriert und den Blick gesenkt hält, ist es fast so, als wäre sie allein. Im Krankenhaus ist man nie allein. Immerzu stören sie einen, sie kennt das schon. Aber die Sauberkeit ist angenehm im Krankenhaus.

Hermann ist immer gekommen, jeden Tag, und gegangen ist er auch wieder. Das und die Sauberkeit, das war das Beste. Jetzt redet er auf sie ein da draußen, leise, aber scharf. Marianne nimmt kleine Bissen. Soll ihr keiner nachsagen, sie wisse nicht, wie man ordentlich isst. Der grauweiß gesprenkelte Küchenfußboden schlägt leichte Wellen. Das kommt davon, wenn man aus purem Geiz meint, man müsse alles selber machen. Er konnte ja viel. Aber ausmalen und Boden verlegen, darin war er kein Meister. Man muss akkurat sein. Und das war er nicht. Am Ende hat er dann die Scheine in ihrer Geldtasche geordnet, damit sie sich nicht vertut. Das war dann zu viel. Im Nachhinein betrachtet, war das dann zu viel. Dass man es immer erst im Nachhinein weiß. Wie Jesus. Der hat es auch erst im Nachhinein gewusst, sogar der. Mariannes Blick streift das Kreuz und registriert ihre Gleichgültigkeit. Die Masse aus Brot, wenig Butter und viel Marmelade, die sie im Mund hin und her schiebt, ist das einzig Wirkliche, viel wirklicher als Jesus und die Stimmen da draußen im Vorzimmer.

Als die beiden hereinkommen, hat die Kleine einen bordeauxroten Mantel an, den Marianne nicht kennt. Schön. Geschmack hat sie. Das hat sie von ihr, wenigstens etwas.

»Wir kommen in zwei Stunden wieder, Mama«, sagt Jakob. Marianne nickt. Nett ist er ja. Ein feiner Mensch. Wenn er das Mama-Sagen doch sein ließe. Die Kleine hat verschwommene Augen, als hätte sie geweint. Was gibt es da zu weinen, wenn er sagt, dass sie in zwei Stunden wiederkommen? Marianne unterdrückt ein Kopfschütteln. Heute werden sie nichts gegen sie verwenden können, da wird sie schon aufpassen. Beide umarmen sie, diese Spur zu lang und zu fest, die sie nicht mag. Es macht ihr Angst, und Angst ist jetzt das Letzte, was sie brauchen kann. Die Tür fällt ins Schloss und Marianne fällt in den Sessel zurück. Vielleicht ist es doch nicht so gut, dass sie gegangen sind. Wegen der Contenance. Wer hat ihr dieses Wort beigebracht? Sie hat zu wenig gelernt. Wenn sie lernen hätte können, dann wäre ihr all das nicht passiert. Ihr Blick fällt auf den Zettelhaufen, der immer noch auf der Anrichte liegt. Die Tabletten haben sie verräumt und die Rechnungen auch. Marianne nimmt irgendeinen Zettel heraus und liest ihn: Sonntag Hella anrufen, steht da. Die Schrift ist fahrig, das kann kein guter Tag gewesen sein. Früher hat sie Hella jeden zweiten Samstagnachmittag besucht. Hella hat nie geheiratet. Sie hatte ja die Mutter. Es ist gut, wenn man eine Mutter hat. Sie hat Hella zu Weihnachten und zum Geburtstag immer etwas Selbstgemachtes geschenkt. Einmal eine ecrufarbene Tischdecke mit smaragdgrünen Ornamenten, die zu ihrem Augarten-Porzellan gepasst hat. Es gab Kuchen und es gab einen Platz für sie. Für die Kleine gab es immer eine Tafel weiße Schokolade und es war immer aufgeräumt bei Hella. Mit der konnte sie reden. Geschmack hatte sie keinen hundertprozentigen. Aber darüber konnte man hinwegsehen. Man muss ja über so vieles hinwegsehen. Marianne steht auf und geht durch die Wohnung. Ihr Blick streift über die Wände, die Möbel, die Teppiche. Alles passt zusammen. Jedes Kissen hat sie genäht, jeden

Vorhang. Wenn sie stehen bleibt, und die Augen auf den Boden richtet, sieht sie aus den Augenwinkeln, wie die Dinge kaum wahrnehmbar von den richtigen Stellen wegrücken. Die Kissen bekommen Dellen, die Teppichfransen geraten durcheinander, der Vorhang hat Flecken am Saum. Sogar die Bilder hängen ein klein wenig schief. Die Farben sind eine Spur zu laut oder zu leise. Marianne holt eine Reisetasche und legt Kleider hinein. Viel wird sie nicht brauchen. Ihre Brille. Marianne sieht nach, ob die Nachthemden geflickte Stellen haben. Die Hände wissen, was zu tun ist, und der Rest widersetzt sich nicht länger. Als Friederike und Jakob zurückkommen, scheint es ihr, dass fast keine Zeit vergangen ist. Ihre Tasche ist gepackt und ihr ist heiß, weil sie schon eine Weile in Mantel und Handschuhen dasitzt. Sagen wird sie nichts mehr. Ein Glas Wasser möchte sie noch. Sie steht im Stiegenhaus und trinkt es in einem Zug leer. Als Friederike ihr den Arm um die Schulter legt, lässt sie sie gewähren, aber als Jakob etwas zu ihr sagt und sie für einen Moment abgelenkt ist, nutzt sie die Gelegenheit, um sie abzuschütteln. Sie ist ihnen voraus, ist schon fort. Ganz ruhig. Sie werden es schon noch merken, dass sie dort sicher ist vor ihren klugen Sätzen, so sicher wie noch nie.

8 Keine Märchen

Der Arzt redete eine ganze Weile, den Blick fest auf den rosa Überweisungsschein geheftet. Was dies für eine abscheuliche Farbe sei, der Gedanke ließ mich nicht los und bewirkte in seiner ganzen Lächerlichkeit, dass ich kaum zuhören konnte. Eine gründliche Untersuchung sei vonnöten. Meine Mutter durchlaufe zweifellos eine demente Episode. Sie leide an Flüssigkeitsmangel, das sei ganz typisch für ältere Menschen. Welche Medikamente sie einnehme. Gleichzeitig mit dem Arzt riss ich meinen Blick endlich von dem Stück schweinsrosa Papier und holte einige Schachteln, die Marianne in der Küchenlade aufbewahrte. Leichtes Kopfschütteln, dann ein wachsamer Blick zu mir. »Eine wilde Mischung«, murmelte er. Er war nicht unfreundlich, ein wenig unbehaglich schien ihm angesichts des farbigen Potpourris an Arzneimitteln doch zumute zu sein. Mir war kalt. Zwischen meinen Fingern klebte noch Marmelade, die ich eilig von der Stiege gewischt hatte. Ich bemerkte eine bräunliche Brandspur auf der durchsichtigen Plastikdecke, die Marianne stets über das Leinentischtuch legte. Ich schämte mich, fast als sei ich es, die all das angerichtet hätte. Die hiesige Geriatrie sei sehr modern, meinte der

Arzt, während er Blutdruckmessgerät und Stethoskop umständlich wieder in seiner Tasche verstaute. Er sah mich erwartungsvoll an. Sollte ich Fragen stellen, ihm Stichworte für einen kleinen fachlichen Vortrag liefern, der die angespannte Stille mit dem angemessenen Zutrauen in die medizinischen Betreuungsinstanzen auffüllen würde? Ich sagte nichts, lauschte nach draußen. Da war Jakobs besänftigende Stimme als gleichmäßige Klangspur, dazwischen Marianne, hell, überraschend jung, alarmiert. Es schien doch etwas zu ihr durchgedrungen zu sein.

»Sehr modern also«, sagte ich. »Sie meinen, die Patienten werden nicht in Gitterbetten verwahrt und es gibt schöne Fotos von Sonnenuntergängen an den Wänden?«

Er kann ja nichts dafür, dachte ich, er macht nur seine Arbeit. Er ist jung. Was weiß er schon vom Altwerden? Und was weiß ich davon? Sie ist es, nicht er oder ich. Solange sie da war, würde ich weder altern noch sterben, daran glaubte ich in diesem Moment ganz fest. Ein winziger Teil von mir sah zu und lachte mich aus. Soll er doch. Ich blieb unbeeindruckt.

»Ihre Mutter sich selbst zu überlassen, ist im Moment kaum angebracht.«

Ich gab mir den Befehl, mich zusammenzureißen.

»Die Einweisung sollte so rasch wie möglich erfolgen. Das liegt doch gewiss auch in Ihrem Interesse.« Was der Arzt sagte, war vollkommen vernünftig und hatte nicht das Geringste mit Marianne und mir zu tun. Was immer ich zu sagen hätte, man würde mich nicht hören. Zudem hatte ich ja gar nichts zu sagen. Ich war viel zu beschäftigt, gegen die Erkenntnis anzukämpfen, dass dies eine von wohlmeinenden Sätzen dekorierte Auslöschung war, der es nichts entgegenzusetzen gab.

»Es ist sehr schwierig mit dementen Patienten umzugehen, müssen Sie wissen.« Jetzt würde er gleich anfangen wollen, mich zu trösten, und ich würde ihm im Gegenzug das Gefühl geben müssen, dass er es gut und richtig machte, sodass meine sture Verweigerung mich ohnehin von vorneherein ins Unrecht setzte. Für einen Moment schloss ich die Augen. Wenn ich jetzt etwas sagen würde. Und dann er. Und dann ich. Ich konnte den möglichen Gesprächsverlauf in der Klarheit einer mathematischen Gleichung vor mir sehen. Es war keine Abweichung möglich. Mein Gedächtnis antizipierte jeden Schritt. Auf A würde B folgen, daraus ergäben sich C, D und so weiter. Es gab keine Schatten, keine Zwischentöne. Jeder Irrtum war ausgeschlossen. Man konnte also genauso gut darauf verzichten. Ich war Marianne. Es geschah ohne irgendein Aufhebens, ohne Gewalt. Alles, was mich seit meiner Geburt unaufhaltsam von ihr getrennt hatte, war aufgehoben: Ich hatte dieses Haus geputzt, ich hatte dieses Zimmer eingerichtet, ich hatte jahrzehntelang um eine Ordnung der Dinge und der Gedanken gerungen, gegen deren Zerfall nichts auszurichten war. Ich hatte all die ungeöffneten Rechnungen in den stillgelegten Zusatzofen gestopft, ich hatte Tabletten genommen, ich hatte immer ungelenkere, langsam zerfließende Buchstaben gemalt. Ich hatte ausgeholt und Hermann die Treppe hinuntergestoßen in einem wilden

Akt der Selbstbehauptung, vielleicht der Rache. Ich hatte zugesehen, wie mir dieses Kind entglitten war. Ich hatte ihm Zöpfe geflochten, Puppenkleider genäht. Ich konnte winzige Stiche machen. Ich konnte Servietten falten und Gläser polieren, sodass keine Schlieren blieben. Es hatte nichts geholfen. Ich hatte Trost gesucht. Es war nur die Marmelade übriggeblieben. Ich tauchte ab und wieder auf. Es wurde zunehmend mühsam. Und jetzt würde es bald vorbei sein.

Was dazu gesagt wurde, war nichts als unnötige Begleitmusik, die ich nicht mochte, aber nicht abstellen konnte. Von mir würde nicht viel mehr übrig bleiben als ein kantiges Nein, eine Versteifung meines Körpers und das Verlangen nach Marmelade dann und wann, ein süßer Trost im Mund, der nicht lange anhielte.

Ich stand auf, schüttelte Marianne ab. Ja, ich würde mit ihr fahren, heute Nachmittag, das sei in Ordnung. Meine Mutter würde sehr sorgfältig diagnostiziert werden, und es gäbe eine Beratungsstelle in der Klinik, an die wir uns wenden könnten. Heimplätze und eine mögliche Sachwalterschaft. Das Rechtliche. Alles könne geregelt werden. Da es nichts zu widersprechen gab, nickte ich, brachte noch ein paar angemessene Sätze zusammen und unterschrieb mein Einverständnis für die Überweisung in die geriatrische Abteilung der Landesnervenklinik.

Nach dem Frühstück war Marianne überraschend klar. Ich allerdings stand unschlüssig mit dem Teller in der Hand vor der Abwasch, bis sie ihn mir entwand und sagte: »Lass, ich mache das schon.« Sie wolle noch aufräumen und es wäre ihr recht, wenn Jakob und ich in ein oder zwei Stunden wiederkämen. Ich sah hilfesuchend zu. Das gehe in Ordnung, meinte er und schob mich aus der Wohnung. Erst als wir vor der Haustür standen, war ich sicher, dass es jetzt genau das Richtige sei, was immer Marianne mit den folgenden zwei Stunden anfangen würde. »Vielleicht vergisst sie ja, dass wir heute überhaupt da waren«, sagte ich zu Jakob. »Wir werden sehen«, meinte er nur. Mir blieb nicht anderes übrig als mich auf seine Sicherheit zu stützen, von der ich nicht wusste, worauf sie beruhte. Etwas anderes, worauf ich zählen konnte, gab es nicht. Jakob hatte am Nachmittag eine Chorprobe mit Schülern, die er nicht absagen wollte.

»Ist gut so, so bin ich wenigstens gezwungen, mich wieder erwachsen zu fühlen«, sagte ich, wie man zuweilen irgendetwas behauptet in der Hoffnung, die Worte mögen es wahrmachen. Wir gingen die Gasse hinunter, in der sich Ein- und Zweifamilienhäuser aneinander reihten. Die Grundstücke waren schmal, meist durch Maschendrahtzäune voneinander abgetrennt, des Öfteren noch durch eine Reihe gleich hoher Thujen, abscheuliche Pflanzen, dicht und schwächlich zugleich, mit dünnen, gummiartigen Ästchen, die klebten, wenn man sie anfasste. Die Häuser hatten durchwegs braun gebeizte Balkone mit drallen Begonien, davor kleine Rasenquadrate mit sauber gejäteten Beeten, in denen die Blumen genauso gebührlich voneinander Abstand hielten wie die Nachbarn. Man schwätzte höchstens ein wenig über die Zäune hinweg, mehr nicht. Auch Marianne war kaum je bei jemandem zu Besuch gewesen. Da und dort gab es nachträglich eingebaute, voluminöse Blumenfenster, wie gewaltsam in die pastellfarbenen Fassaden hineingerammt, und manchmal eine zweite Garage. Die Hollywoodschaukeln, eine Mode der späten siebziger und achtziger Jahre, waren zumeist verschwunden oder bleichten in den hinteren Gartenabschnitten vor sich hin. Kleine Engel aus Marmorimitat standen verloren in irgendwelchen Ecken. Schadhafte Platten auf den Gartenwegen wurden ersetzt und stachen als helle Flecken aus den gestutzten Rasenrechtecken hervor. Es gab noch Teppichklopfstangen und vereinzelt Gemüsebeete, Relikte aus den Fünfzigern und Sechzigern. Als Kind konnte ich an den quietschenden Geräuschen aus den Nachbargärten hören, welche Kinder ebenfalls gerade auf ihren Schaukeln saßen. »Was für eine sterbenslangweilige Gegend«, sagte ich zu Jakob, um mich aus der bedrängenden Vertrautheit zu entfernen.

»War dir als Kind auch langweilig?«, fragte er.

Nein, ich hatte ja den Garten. Ich hatte ihn in verschiedene Schauplätze für die Fortsetzungsgeschichten eingeteilt, die ich mir ausdachte. Alles, was draußen war, war weit weg, so, wie Marianne es gewollt hatte, und die Gartenwelt blieb mein Geheimnis. Und Geheimnisse machten stark.

Unser Haus stand genau an der Ecke zur breiteren Straße, in der mehrstöckige Siedlungshäuser der Stadtgemeinde nach und nach die Baracken der fünfziger Jahre verdrängt hatten. Hier wohnten die Leute ohne Gärten mit den vielen Kindern. Die Straße hatte keinen guten Ruf. Die Kinder aus meiner Gasse waren sauber gekleidet, trugen Zöpfe oder Pferdeschwänze, die Hosenbeine der Jungen hatten die richtige Länge. Die Schleifen in den Haaren wurden gebügelt und in Schubladen aufbewahrt. Mit sieben oder acht hatte ich registriert, was mich von den anderen Kindern unterschied, die in den Volksschulklassen die Mehrheit bildeten, deren Mütter ohne Hut und in Jogginghosen zum Einkaufen gingen und die mir so jung erschienen, als wären sie die älteren Schwestern ihrer Kinder. Marianne hätte nie ohne Mantel, Lippenstift und Schuhe mit kleinem Absatz das Haus verlassen. Nach der Schule ging ich rasch nach Hause, zwar nicht, wie Marianne mir immer einschärfte, ohne nach links und rechts zu sehen, aber immerhin. Die Angst vor den anderen, die keine schönen Schleifen und Pausenbrote hatten, aber, wie ich fest glaubte, irgendein ungreifbares Wissen, von dem ich ausgeschlossen war, machte mich zu einem sehr braven Kind. Es bestand keinerlei Aussicht, die gebügelten Zopfschleifen und die ordentliche Schultasche loszuwerden.

Während ich Jakob all das erzählte, gingen wir Arm in Arm wie ein Ehepaar in mittleren Jahren, langsam, als wäre Sonntag. Seitdem ich vor siebzehn Jahren hier ausgezogen war, war ich kein einziges Mal hier spazieren gegangen. »Findest du die Gegend hier auch so traurig?«, fragte ich. »Nicht trauriger als andere Gegenden auch«, meinte Jakob.

In den vergangenen Jahren hatte man Bäume in den tristen Höfen gepflanzt und die ewig bekritzelten oder demolierten Parkbänke ersetzt. Auch die Fassaden waren neu gestrichen worden. Es roch anders als früher. Als ich Kind war, hatte es auf dem Schulweg immer nach Suppe, Kohl und Hundekot gerochen, aber vielleicht bildete ich mir das nur ein. Von einem Kiosk wehte der Geruch von Döner und Frittierfett. Ich kaufte mir Pommes mit viel Ketchup und dachte daran, wie sehr Marianne dies missbilligen würde. Auf der Straße zu essen verletzte die Regeln, und hier ganz besonders. Jetzt, da es zu spät war, begriff ich, wie wichtig die Regeln waren: Sie waren Bollwerk gegen all das hier und gegen die Schrecken, die Marianne hierher mitgebracht hatte. Was ich davon wusste, stammte von Marianne. Ich wollte, dass das, was meine Mutter mir erzählte, immer gleich blieb. Es empörte mich, wenn mein müder Vater von Rotkäppchen unaufmerksam zu Schneewittchen wechselte und an unpassender Stelle einen Prinzen oder eine Hexe auftreten ließ. Ich erzähle keine Märchen, hatte Marianne immer sehr entschieden gesagt, wenn ich mich über kleine Abweichungen in ihren Erzählungen beschwerte. In Mariannes Geschichten war alles einerseits schöner und besser als jetzt, es war verwirrenderweise aber zugleich auch hässlicher und schrecklicher. Manchmal wurde ich ungeduldig und unterbrach sie mit irgendwelchen Fragen, und wenn ich es damit übertrieb, strafte sie mich mit anhaltendem Schweigen, einem wegwerfenden *Was weißt denn du* und der Versicherung, dass sie mir ohnehin nie und unter gar keinen Umständen alles erzählen würde. Zwischen den wahren Geschichten von früher lagen immer Pausen von Tagen oder gar Wochen. Irgendwann hatte ich mir dafür die Erklärung zurechtgelegt, dass die Geschichten beim Erzählen irgendwie aus Marianne verschwanden, abgetragen wurden wie der riesige Kohlehaufen, der bei uns im Keller lagerte, und auf geheimnisvolle Weise allmählich wieder nachwuchsen. Das sei schließlich kein Kinderkram, nichts, das in irgendwelchen Büchern stehe, hatte Marianne gesagt, und das sah ich ein. Ich war stolz, dass sie beim Erzählen zu vergessen schien, dass ich ein Kind war, für das eigentlich nur Kinderkram und Erfundenes taugte, und ich gab mir alle Mühe, auf der Eckbank in der Küche still zu sitzen und nicht mit den Beinen zu schlenkern oder sonst etwas zu tun, was sie daran erinnert hätte.

Als ich die letzten matschigen Pommes aus der Tüte fischte, hatte ich das Gefühl, wir gingen haargenau an einer langen Nahtstelle zwischen Gegenwart und Vergangenheit entlang. Es war früher, es war jetzt. Als ich in den Kindergarten gegangen war, waren am oberen Ende der Straße, die an die Ausfallsstraße zur Autobahn grenzte, noch einzelne Flüchtlingsbaracken aus dunkel gestrichenem Holz gestanden, wo sich in die vertrauten Gerüche nach Kohl, Suppe und Hundedreck der Rauch von qualmenden Holzöfen mengte und alte Frauen mit schwarzen Kopftüchern und bunt geblümten Schürzen über den schwarzen Kitteln in einem schnarrenden, fremden Deutsch lautstark miteinander schwatzten. Mit denen hatten wir nichts zu schaffen, und wenn wir mit dem Bus in den nahen Grenzort zum Einkaufen fuhren, nahm Marianne immer einen Umweg, um nicht dort vorbeigehen zu müssen. Welche Gefahr von den alten Frauen ausging, war mir nicht klar, aber dass es eine gab, stand außer Frage. Wenn wir mit vollen Einkaufstaschen zurückkehrten, kamen wir manchmal dort vorbei, weil Marianne jetzt zu müde für den Umweg war, und aus den Augenwinkeln schnappte ich Bilder auf, die sich mir einprägten. »Um dir heute davon zu erzählen«, sagte ich zu Jakob, der mir die fettige, leere Papiertüte entwand und in einen Abfalleimer warf. Auch Marianne war Flüchtling gewesen, das wusste ich seit Langem.

»Was denkst du eigentlich von mir und Beate?«, fragte ich unversehens. Wie Marianne schien ich die Kontrolle darüber zu verlieren, was ich wann zu wem sagte.

»Was war mit dem Garten?«, fragte Jakob und drückte meinen Arm.

»Er war größer als heute«, sagte ich. »Nichts Besonderes. Die Kindheitsorte schrumpfen unweigerlich, das empfindet doch jeder so.« Ich zögerte, sagte dann aber doch: »Über Beate willst du also nicht reden.«

Jakob schwieg eine Weile: »Findest du das jetzt wichtig?«

Er schien entschlossen, sich nicht davon berühren zu lassen, und ich hatte dem im Moment nichts entgegenzusetzen. Selbst meine Sehnsucht nach Beates blauer Wohnung und nach einem Leben ohne Marianne und Hermann wurde vage und ungreifbar.

Als wir zurückkamen, saß Marianne fertig angezogen mit Schuhen und Mantel am Küchentisch. Die Spuren des Arztbesuchs waren beseitigt, das Frühstücksgeschirr stand abgewaschen auf der Anrichte, die Tablettenschachteln waren verräumt. Eine offene Reisetasche stand neben ihr. Ich warf einen Blick in die Tasche, zuoberst lag ein ordentlich gefaltetes Nachthemd, darauf ein Täschchen für Toiletteartikel. Blitzschnell beugte sich Marianne vor, hob die vollgepackte Tasche auf den Schoß.

»Meinst du vielleicht, ich kann keine Tasche mehr einpacken?«, stieß sie hervor.

»Natürlich nicht«, log ich. »Ich möchte nur sehen, ob du alles hast, was du brauchst.« Meine Stimme klang schwach. Marianne machte keine Anstalten, die Tasche loszulassen, sie hielt sie umarmt wie ein zu großes Stofftier und begann sich ganz leicht vor und zurück zu wiegen. Hermanns Sterbebild steckte nicht mehr am Kalender. Wahrscheinlich hatte sie es mit eingepackt.

»Wir können es dir ja bringen, falls du etwas vergessen haben solltest.«

»Ich habe noch nicht einmal etwas gegessen«, sagte Marianne mit einem Seitenblick auf Jakob.

»Aber«, warf ich ein, brach dann ab. Was für einen Sinn hatte es ihr zu widersprechen, auf meiner Wirklichkeit zu bestehen, die sie als Ganzes als Frontalangriff empfand.

»Soll ich dir ein Marmeladebrot machen?«, fragte ich. Marianne schüttelte energisch den Kopf und deutete auf Jakob: »Du machst das.«

»Ist dir nicht zu warm im Mantel?«, unternahm ich einen weiteren Versuch. Keine Antwort, nicht einmal ein Zucken der Mundwinkel. Marianne verfolgte gespannt jede von Jakobs Bewegungen, der sich in ihrer Küche nicht auskannte und mehrere Laden und Schranktüren öffnete und wieder schloss, bis er alles gefunden hatte. Ihr Atem ging etwas schwer. Sie hatte es noch nie geduldet, dass jemand anderer in ihrer Küche hantierte. Als Jakob ihr schließlich den Teller reichte, strahlte sie für eine Sekunde wie ein Kind, sagte mit klarer, fester Stimme *danke schön* und begann langsam zu essen, ohne die Tasche abzustellen.

Wir schienen wie in einer langsamen Filmsequenz gebannt, Zuschauer und Akteure zugleich, die einem unbekannten Drehbuch folgten. Es war Marianne, die Regie führte. Ich sah auf die Uhr. In zehn Minuten würde der Krankenwagen kommen. Ich hoffte, dass sie pünktlich sein würden. Auch Wohn- und Schlafzimmer waren aufgeräumt, das Bett gemacht, die Bettwäsche von der Couch abgezogen und ordentlich zusammengelegt. Das Rätsellexikon lag nicht mehr am Fernsehtischchen und eines der gestickten Bilder mit den Singvögeln fehlte. Mein Blick saugte sich an dem hellen Fleck an der Tapete fest. Da war kein Halt, nicht in den zurückgelassenen Dingen und nicht in den fehlenden. Ich sorgte mich bei dem Gedanken, was Marianne noch so alles in ihre Tasche gestopft haben könnte. Was würden sie im Krankenhaus denken? Dass wir uns nicht kümmerten? Sogleich schämte ich mich meiner Ängstlichkeit. Als ob das eine Rolle spielte.

Die jungen Rettungsfahrer standen ein wenig deplatziert und mit bemühter Freundlichkeit im Vorhaus herum. Marianne erwiderte ihren Gruß nicht, lächelte aber. Ich stellte einige bedeutungslose Fragen. Sie habe Durst, sagte Marianne, als wir schon auf dem Treppenabsatz standen. Inzwischen hatte sie Handschuhe angezogen und den braunen Samthut aufgesetzt, der beim Trinken ein wenig verrutschte. Ich hatte mich geirrt, Halt war nur in den Dingen, nirgends sonst. Marianne trank das Glas leer, ohne abzusetzen. Für einige Augenblicke stellte ich mir vor, ihr schnell ein weiteres und immer noch eines zu bringen, sie, uns alle, in dieser Sequenz festzuhalten, solange bis sich vielleicht doch eine andere Wendung ergäbe. Bis sich irgendein Ausgang aus dieser Szene auftäte.

Jakob küsste Marianne und mich auf die Wangen und verabschiedete sich. »Du kannst mich in drei Stunden erreichen«, sagte er und strich mir über den Arm.

Die kurze Fahrt über schwieg Marianne. Sie war ins Auto gestiegen, ohne sich umzusehen. »Es müssen einige Untersuchungen gemacht werden, weißt du«, sagte ich. Marianne warf mir einen Blick zu wie einer Fremden, die einen grundlos aus den eigenen Gedanken reißt.

Als die Rettungsfahrer auf den Lift zusteuerten, schüttelte Marianne den Kopf, nicht bestimmt wie zuhause, sondern eher verwundert und ängstlich abwehrend. Wir gehen zu Fuß, sagte ich den beiden Burschen, die verlegen lächelten und sich verabschiedeten. Der eine grüßte sehr laut und artikuliert, wohl wegen der vielen Schwerhörigen, mit denen er sonst zu tun hatte. Marianne hob missbilligend die Augenbrauen. An den Wänden hingen Fotografien von Blumen, Tierbabys, Kindern und malerischen Landschaften, wie sie in Möbelhäusern angeboten werden. Gummibäume und andere Gewächse standen in den Ecken, Dekor, das dem Schrecken bildlichen Frohsinn beimengen sollte. Marianne blieb vor einem Foto stehen, das eine Menge Papiertüten mit farbigem Pulver zeigte, Pigmentfarben, wie man sie auf asiatischen Märkten sieht. Mir schien, ich hatte dieses Motiv schon bei Ikea gesehen. »Schön«, sagte Marianne, und dann: »Ich habe Durst.«

Sie kam mir klein vor, wie geschrumpft. Das Licht flutete von allen Seiten durch die Glasfronten und mischte sich mit der Deckenbeleuchtung zu einem milchigen Gelb. Schwestern und Pfleger eilten umher, bestimmt und gleichmütig folgten sie einer unbekannten Choreographie, der Logik der Abläufe, in die Marianne hineingesaugt werden würde wie in eine Maschine. Es würde ab jetzt keine besorgten Anrufe von Nachbarinnen, nasse Bettwäsche, in den Garten hinuntergeworfene Gegenstände und marmeladeverschmierte Treppen mehr geben. Die diffuse, bleischwere Schuld, Marianne diesen freundlichen Unbekannten zu überlassen, wuchs mit der Erleichterung. Aus zwei Liften, die sich gleichzeitig öffneten, wurden Rollstühle mit Patienten herausgekarrt. Für einen Moment starrten die beiden alten Männer in ihren weißen Krankenhausnachthemden einander an, keineswegs in geheimem Einverständnis oder mit einer gewissen Solidarität, sondern sogar etwas feindselig, als erkenne einer im anderen den eigenen verachtenswerten Zustand. Ich griff nach Mariannes Hand, aber sie entzog sie mir. So leicht ließ sie sich nicht begütigen. Vielleicht war das etwas: Etwas in ihr, das sich dem Ausgelöschtwerden zu widersetzen versuchen würde.

Wir warteten vor der Tür des Stationszimmers. Ich war versucht, wie Marianne den Blick zu senken, um dem Fotolächeln der gelben und braunen Kinder zu entkommen. Eine Kaffeemaschine gab blubbernde Geräusche von sich. Die Wellenmuster der Gardine warfen schöne Schattenlinien auf den Boden. Marianne zeigte mit dem Finger darauf und murmelte »Schau!«, wie sie es getan hatte, als ich ein Kind war, dessen Aufmerksamkeit leicht abgelenkt werden konnte. Sie hielt die Hand erhoben, die Geste blieb in der Luft hängen, gehörte nicht hierher.

Wieder füllte ich Formulare aus, trug einmal versehentlich mein eigenes Geburtsdatum statt dem meiner Mutter ein und spürte, wie ich rot wurde. Eine Schwester begrüßte Marianne freundlich, und ich sah, wie sich ihr Blick sofort an diesem lächelnden Gesicht festhielt, obwohl sie die dargebotene Hand ignorierte. Die Schwester forderte meine Mutter auf, doch ein paar Schritte auf und ab zu gehen. Ich nützte die Gelegenheit endlich einen Blick in Mariannes Tasche zu werfen. Da waren neben zwei Nachthemden, Morgenmantel, Brille, Medikamentenschachteln und Waschzeug das gestickte Vogelbild, das Rätsellexikon, zwei gespitzte Bleistifte, ihre Perlenkette mit Etui und ein schweres Kochbuch mit Zeichnungen auf Backpapier zwischen den Seiten. Augen, vor allem Augen, exakt gezeichnete Pupillen mit Lichtreflexen und verwischten Fältchen um die Lider. Lange, dünne Engel, undeutliche Wesen mit Flügeln, die nur hingehaucht waren, offene, verletzliche Konturen, mitten in der Bewegung, sodass man beim Hinsehen meinen konnte, sie würden jeden Moment entschwinden. Ich hatte keine Tasche dabei, in die ich die Sachen hätte verschwinden lassen können. Zudem würde sich Marianne vielleicht aufregen, wenn sie sie nicht wiederfand. Man konnte nicht wissen, woran sie sich erinnerte. Mir brach der Schweiß aus. Ich wollte nicht, dass diese abstrusen Dinge hier jemand fand. Jäh wandte sich Marianne mir zu und zischte vernehmbar: »Lass das, das gehört dir nicht.« Für einen Moment war ich ein kleines Mädchen, das beim Stöbern erwischt wurde. Die Schwester nickte mir zu: »Wir kümmern uns schon darum, keine Sorge.« Sie verwies mich an eine Ärztin, mit der ich sprechen könne. Marianne hielt mir ihre Wange hin und nickte gleichgültig, als ich sagte, dass ich am nächsten Tag wiederkäme. Sie öffnete den Mund, als wollte sie noch etwas sagen, ich zögerte, aber dann wandte sie sich um und folgte der Schwester den Gang hinunter. Die sich entfernenden Stimmen der beiden klangen beinahe vertraulich. Ich kämpfte gegen die Verlorenheit an, die irgendwie von Marianne auf mich übergegangen war, als hätte sie in mich hineingegriffen.

Im Gespräch mit der Ärztin fasste ich mich ein wenig. Es würden verschiedene Testreihen und Untersuchungen durchgeführt werden, um abzuklären, ob eine Demenzerkrankung vorliege.

»Sie meinen, dass sie verblödet?« Der Satz kam, bevor ich ihn unterdrücken konnte. Die Ärztin wich meinem Blick aus, aber nur ein wenig, für ein paar Sekunden sah sie genau an meinem Gesicht vorbei. Sie verstehe, dass eine solche Vermutung erschreckend sei, aber – Ich entschuldigte mich. Es gehörte zu den Regeln, den schonenden Sprachgebrauch beizubehalten, das wusste ich doch. Warum wehrte ich mich dagegen? Schließlich war ich es ja, die geschont wurde. Ob mir an meiner Mutter in letzter Zeit Veränderungen aufgefallen wären, aufgegebene Gewohnheiten, Schwierigkeiten bei alltäglichen Verrichtungen und so weiter. Mir fielen mehrere Dinge gleichzeitig ein und ich hatte Mühe, meinen Sätzen eine sinnvolle Ordnung zu geben. Der Anrufbeantworter, auf den sie seit einiger Zeit keine Nachrichten mehr hinterlassen hatte, weil ihr offenbar nicht klar war, dass weder Jakob noch ich am Telefon waren. Die zahllosen Zettel mit den notierten Erledigungen, die Eintragungen in ihrem blauen Notizheft, in dem einzelne Tage minutiös protokolliert waren, dann Lücken von mehreren Tagen, bevor sie in einem neuerlichen Anlauf wieder versuchte festzuhalten, was ihr entglitt: Was sie gekocht, gegessen, eingekauft und mit wem sie worüber gesprochen hatte. Nichts von Bedeutung, für sie jedoch offenbar von allergrößter Wichtigkeit, da ihr wohl immer wieder bewusst wurde, dass etwas nicht stimmte. Ihre Schrift, die größer oder flacher werdenden Buchstaben, dann wieder Tage, an denen sie schrieb, wie sie immer geschrieben hatte, gleichmäßig und makellos. Das Kreisen und Schlingern, wenn die

Wörter sich entzogen. Die absurde Poesie mancher ihrer Notizen verschwieg ich. Verlernte Strickmuster, vergessene Namen, vergessene Tode. Das Übliche. Ich redete und redete, bis ich registrierte, dass die Ärztin stirnrunzelnd und nickend aus dem Fenster sah. Ich schätzte sie Ende vierzig, Anfang fünfzig. Die tiefe Falte zwischen den Brauen war kein Ausdruck von Übermüdung oder Missbilligung, wahrscheinlich hatte sie derlei schon viele Male gehört. Vielleicht redete nicht jeder so viel wie ich, verschwieg andere Dinge, aber im Großen und Ganzen lief es auf dasselbe hinaus. Jede Besonderheit war nichts als ein unbedeutender Wirbel in dem Strom, in dem die Kranken unaufhaltsam davontrieben. Als ich von der verschmierten Marmelade und vom verlorenen Ehering erzählte, war mir klar, dass ich Marianne verriet, obwohl es nur richtig und vernünftig war, es zu tun. Der Verrat aber, dessen man nicht angeklagt werden kann, war der schlimmste.

Dies seien ganz typische Symptome, absolut nichts Ungewöhnliches, schnitt die Ärztin meinen Redefluss ab, bemüht, ihrer Stimme eine Anteil nehmende Färbung zu geben, die in Kontrast zu dem stand, was sie nun sagte. Höchstwahrscheinlich also würden die Tests eine Alzheimer-Erkrankung vom Typus A ergeben. Inwieweit ich im Bilde sei, was den Krankheitsverlauf betreffe. Einige Erläuterungen folgten. Ich fühlte eine gewisse Erleichterung: Das Urteil war gefällt und ausgesprochen. Es blieb weder etwas zu hoffen noch zu befürchten. In die kurze Stille hinein sagte die Ärztin: »Das ist eine folgenschwere Diagnose, das ist uns bewusst.«

Sie schob mir einige Broschüren hin, die ich in meine Manteltasche steckte. Ich unterdrückte den Drang einfach sitzen zu bleiben, bedankte mich und ging. Im weitläufigen Park der Klinik spazierten vereinzelt Patienten und Besucher herum. Ihre verhaltenen, zögernden Schritte machten mich nervös und ich beeilte mich, das Klinikgelände zu verlassen. Für einen Oktobertag war es ungewöhnlich warm. Es war nicht allzu weit bis zum Haus meiner Eltern, also ging ich zu Fuß.

Jakobs Chorprobe würde erst in einer guten Stunde zu Ende sein und Beate war bei Martin, also unerreichbar. Ich hatte den Verdacht, erst diese Tatsache treibe mein Verlangen an, sie zu sehen, was aber nichts änderte. Nach reden war mir nicht. Ich wollte einen warmen, lebendigen Körper berühren. Wahrscheinlich würde auch das nicht helfen, Worte waren aber nicht genug, so viel war sicher. Bisher hatte ich in Worten immer Trost, Bestätigung, Anregung und Hoffnung gefunden, oder was immer ich benötigte. Alle meine Lieben und beinah alle Freundschaften gründeten auf einer besonderen Art, miteinander reden zu können. Die Menschen, mit denen ich keine Sprache fand, hatten mich immer auf eine Art erschöpft.

Das Gehen tat gut. Ich musste mir für zwanzig Minuten keine Gedanken machen, was ich tun sollte. Ähnlich wie nach Hermanns Tod würde nun eine Flut von Erledigungen über Jakob und mich hereinbrechen. Wir würden Listen führen, eine Sache nach der anderen abhaken, und nichts davon würde auch nur eine winzige Korrektur am Unabänderlichen bedeuten. Zwischen

Hermann und mir war das meiste offen geblieben. Sein Tod machte nur unmissverständlich klar, worüber wir uns zuvor immer noch ein wenig täuschen konnten. Es hatte keine Antworten gegeben. Meine Täuschung lag allerdings woanders, und sie betraf mich selbst: Ich hatte nicht geglaubt, noch irgendwelcher Antworten zu bedürfen.

Das etwas verzögerte Klicken des Lichtschalters, das Knarren der Stiegen, selbst die leicht unterschiedlichen Geräusche der einzelnen Türen in meinem Elternhaus kannte ich beinah so, wie man den eigenen Körper kennt, ich hatte all das mit der unvergleichlichen Aufmerksamkeit eines Kindes registriert und behalten. Als Kind hatte ich die Wiederholung geliebt, nicht die Zerstreuung. Alles kehrte wieder und war einmalig: das Ticken der Uhr, das schabende Geräusch des Küchenfensters, wenn es in die Halterung einrastete. Im Rahmen waren noch die Bohrlöcher für das Sicherheitsgitter, das mein Vater angebracht hatte, als ich noch klein war. Das Gitter war gerippt und kühl. Wenn man lange genug die Wange dagegen drückte, zogen sich für eine Weile drei Rillen über das Gesicht, und ich stellte mich dann gerne vor den Spiegel und sah dabei zu, wie sie allmählich verschwanden. Im grauweißen Muster des Küchenbodens konnte ich noch immer ohne Mühe die halbversunkenen Straßenzüge und die geheimnisvollen, von Schlingpflanzen überwucherten Fassaden der Stadt wiederfinden, die ich mir als Kind fantasiert hatte. Wiederholungen bauten die Welt und machten sie für eine

Weile sicher. Auf der Pendeluhr im Wohnzimmer stand *Tempus fugit*.

Marianne war eine, die es nie verstanden hatte, den Tag zu nützen. Sie hatte immer so gelebt, als sei ihre Zeit noch nicht gekommen. Ihr Leben lang schien sie auf etwas zu warten, das nicht kam. Immer war diese unbestimmbare Sehnsucht um sie gewesen, die nichts und niemand erfüllen konnte. Jedes Bemühen war vergeblich, und sie hatte es stets verstanden, einen genau das wissen zu lassen. Wenn mich jemand fragte, ob ich meine Mutter oder meinen Vater mehr liebte, war die Antwort immer klar gewesen. Wenn ich mich nur genug anstrengte. Wenn ich endlich ein braveres Kind wäre. Dann würde sie mich wiederlieben. Marianne war wütend gewesen, wütend bis in die letzte Faser. Auf wen sie wütender war, auf Hermann oder mich, das wusste ich nicht. Das verband uns zwar, meinen Vater und mich, aber auch das war nicht genug.

Ich wollte nicht still sitzen, ging durch die Wohnung, öffnete und schloss jede Tür, um mich zu vergewissern, dass ich mich noch an jedes Geräusch erinnerte. Eine gewisse Beruhigung und eine Sicherheit lagen in diesem beinah mechanischen Archivieren und Erinnern: Niemand von uns dreien würde hierher zurückkehren. Hermann war tot, Marianne redete oder schwieg und folgte der Logik der Prozesse, die die abnormen Eiweißablagerungen in ihrem Gehirn erzwangen. Ich war hier, zuhause. Die Einsamkeit sammelte sich in meiner Mundhöhle, meine Schluckbewegungen bekamen etwas Hektisches. Es gab nichts mehr zu tun. Ich setzte mich auf meinen alten Platz und legte den Kopf auf das Wachstischtuch. Vielleicht war unser Zusammenleben von Anfang an ein Voneinanderwegtreiben gewesen. Wenn es je etwas anderes gegeben hatte, war es nicht stark genug gewesen. Dies jetzt und hier war mehr als das unvermeidliche Abschiednehmen, weil der Tod eben kommt. Dies war bodenlose Vergeblichkeit.

Ich sah auf die Uhr. Eine gute halbe Stunde musste ich noch überstehen, bis ich Jakob anrufen konnte. Ich saß da und verfolgte die ruckenden Bewegungen des Minutenzeigers, bis mir zwischendurch die Augen zufielen. Dann wählte ich seine Nummer und sagte ihm, er solle mich abholen kommen.

9 Ins Weiße hineinlächeln

Sie folgt der Stimme und dem Lächeln. Ihre Tasche trägt sie lieber selbst. Man muss auf die Augen achten. Mit Augen kennt sich Marianne aus. Das Bett ist schön hart. »Gut gebügelt«, sagt sie und meint die Bettwäsche, die Schürze der Schwester und ihr glattes Gesicht. Sie brauche keine Angst zu haben. Nicht doch, Marianne hat ja keine Angst. Sie lächelt vorsichtshalber zurück, während sie den Mantel auszieht und sich suchend umsieht. »Möchten Sie sich doch lieber hinlegen? Sie können aber gerne noch Ihre Sachen anbehalten, wäre Ihnen das lieber?« So viele Fragen. Im Bett neben dem ihren liegt eine winzige, schlafende Gestalt mit einem dünnen geflochtenen Haarkranz. Marianne beugt sich zur Schwester hinüber und sagt: »Die ist aber klein.« Die Schwester lächelt fortwährend. Die Gestalt regt sich ein wenig. Hat Marianne zu laut gesprochen? Es ist sicherer sich hinzulegen. Es gibt einen Fernseher. Angenehm, einfach nur die Arme und Beine zu heben und die Kleider abgestreift zu bekommen. Ihr Eigenes möchte sie aber schon. Das Wort will ihr wieder nicht einfallen, das ist es, was sie immer so müde macht. Sie holt es aus der Tasche und schüttelt den Kopf, als die Schwester ihr das weiße

Krankenhausnachthemd hinhält. Lieber dieses, sagt sie, damit sie das Wort nicht weiter suchen muss. »Weiße Flecken im Kopf, wissen Sie«, sagt Marianne, »wie auf einer Landkarte.«

Die Schwester sagt noch dies und das. Man kann gut in ihre Stimme hineinnicken und hineinlächeln. Als sie geht, hängen die Stimme und das Lächeln noch ein paar Sekunden im Raum, sie geht im richtigen Moment, bevor das Reden wieder zu mühsam wird. Marianne schließt die Augen, atmet die weiße Sauberkeit ein. Wenn sie wenigstens wissen, wann sie gehen sollen, das ist immerhin etwas. Die Alte nebenan hat einen ruhigen, weichen Atem. Da ist eine Landkarte, Afrika, in einem schweren Atlas, eingebunden in transparentes Papier mit Spinnwebmuster. Marianne trägt die Namen der Länder ein, mit zarten königsblauen Großbuchstaben auf Pauspapier. Die Banknachbarin macht einen langen Hals und Marianne lässt sie abschreiben. Hinter den geschlossenen Augen ist doch alles da, das Gewicht des schweren Zopfes, sogar der feine Schmerz an der Kopfhaut vom Ziehen in der Pause. So ist das Vergessen, wenn man es nicht vergisst. Immerzu springen irgendwelche Schubladen auf, von denen man plötzlich nicht mehr weiß, was darin ist. Gestern hat sie das Besteck gesucht. Vielleicht hat diese Putzfrau die Schubladen im Küchenschrank vertauscht. Aber das ziehen die ja nicht in Betracht. Als sie die Augen öffnet, steht die Schwester wieder neben ihrem Bett. Marianne spürt ihre warmen Finger am Oberarm. Blutabnehmen. Sie sieht zu, wie sich die Kanüle füllt. Dieses schöne Rot. Wie einsam ihre Haut ist. Sie tastet nach der Hand der Schwester und nach der Frage, die sie gerne stellen möchte, findet sie aber nicht. Ein fahler Geschmack im Mund. Als würden die Wörter dort zu lange liegen und schlecht werden. Die Frau streicht ihr über die Schulter und lächelt sie mitleidig an. »Mir tut nichts weh, non capisco«, sagt Marianne. Die Schwester nickt. Mariannes Lippen formen noch etwas, das aber keinen Laut mehr entstehen lässt. Sie hält sich an den regelmäßigen Atemzügen ihrer Nachbarin fest und schwingt mit, ein und aus. Leicht ist sie. Die Wände fallen lautlos, als wären sie Papier, klappen auf, werden weggeweht. So einfach geht das. Nur nicht zurückkommen. Solange sie nicht auf das Lächeln vergisst, werden sie ihr hier nichts tun.

Marianne hält das Zuckerstück zwischen den Zähnen fest und saugt den Kaffee durch. »So trinken die Russen ihren Tee«, erklärt sie der Schwester, deren Haar heller ist als gestern, ein stumpfes, kühles Gelb. Über falsche Farben kann sie sich immer noch ärgern, aber sagen wird sie nichts. Man muss eine Dame bleiben. Marianne denkt an die polnische Gräfin, die ihr auf der Flucht den Parfümflakon mit den Jasminblüten auf dem Deckel geschenkt hat. Ein Glaszylinder auf elliptischer Grundfläche, schwer und kühl in der Hand. Sie hat ihn aus dem Lager bei Freiberg bis nach Wien mitgebracht, ins Auffanglager, zurück nach Südtirol und dann in Hermanns Haus nach Österreich. Sie hätte ihn doch hierher mitnehmen sollen. Ein Stück Zucker noch. Marmelade gibt es keine mehr. So elegant war die Gräfin, in ihrer kerzengeraden Haltung und dem langen braunen Pelzmantel, trotz des schlammbespritzten, heruntergerissenen Saums. Einen Handschuh hatte sie auch verloren. Trotzdem kein Gejammer. Unter dem Wagen neben ihr ist sie gelegen. Behalt dir das auf, hat sie zu Marianne gesagt, als sie den kreisförmigen weißen Flecken mit dem schwarzen N darauf an Mariannes Jacke gesehen hat. *Nemec,* Deutsche. Behalt dir das gut auf, versprich mir das.

Marianne zieht sich an. Sie verheddert sich mit den Ärmeln, mit der Strumpfhose und reißt eine breite Laufmasche hinein. Nein, das ist auf keinen Fall egal. Die Schwester bringt ihr eine neue, deren Ton nicht ganz passt. Marianne ist so müde. Nun gut, wenn es sein muss, wird es auch mit einem Handschuh gehen.

Sie freut sich, als sie das leere Blatt sieht. »Woher wissen Sie, dass ich zeichne?«, fragt sie. »Hat Ihnen das meine Tochter erzählt?«

Eine Uhr soll sie zeichnen? Ausgerechnet eine Uhr. Die wissen das mit der Zeit. Die wissen zu viel. Drei viertel zwei. Halb sechs. Viertel nach acht. Gut. Was glauben die? Dass sie keine Uhr zeichnen kann? Bei der vierten Uhr wird es ihr dann zu blöd und mit einem kühnen Strich skizziert sie schnell ein starrendes, weit aufgerissenes, rundes Auge. Das ist die Zu-spät-Zeit erklärt sie der Ärztin, deren Gesicht ihr jedes Mal entfällt, sobald sie den Blick aufs Blatt richtet, weshalb sie immer wieder aufschauen muss und sich nicht konzentrieren kann. Es ist ein rundes, junges, pausbäckiges Gesicht, genauso rund wie ein Ziffernblatt. Hinter ihr glitzern die Blätter in den Bäumen vor dem Fenster und machen Marianne nervös. »Sehen Sie sich doch an«, sagt sie. »Dann sehen Sie ja, wie spät es ist. Und dieser Bleistift ist viel zu hart, ein Mist ist das. Haben Sie denn keine ordentlichen Bleistifte hier?«

Als sie einen Moment nicht aufpasst, nimmt ihr diese Frau die Blätter wieder weg und schiebt sie in eine Mappe. Das Ziffernblattgesicht lächelt und spricht, aber davon lässt sich Marianne nicht täuschen. Es ist ein gläsernes Lächeln, ein Hinterglaslächeln, das jäh zerspringt, und wenn man es nur eine Sekunde aus den Augen lässt, rücken die Zeiger wieder wer weiß wohin, und das ganze Gesicht mit dem Glaslächeln und der Glasstimme hüpft mit den Glitzerblättern vor dem Fenster, die man nicht abschalten kann, wieder war man zu langsam, wieder hat man nicht aufgepasst, man will es ja schließlich richtig machen, ordentlich, was man macht, soll man ordentlich machen, und wie soll man das, wenn einen so ein Glaslächeln anglotzt, so ein pausbäckiges Scheißgesicht, das man nie und nimmer abschalten kann, und es redet und redet Scherben, lauter winzige Splitter, die springen auf Marianne zu und sie auf, das ist doch ganz natürlich, dass man da auf, aber von *natürlich* haben die ja keine Ahnung, ist ja alles hinter Glas da und Scherben, und hauen Sie bloß ab, Sie, Sie pausbäckiges Glasscheißzeitgesicht, Sie!

Dann sind es plötzlich drei Ziffernblätter zugleich. Zu glatt und zu rund alle drei. Keine Angst und beruhigen Sie sich doch und keine Angst und bitte, und wir wollen Ihnen nur, und Angst, nur Angst. Die drei Gesichter hüpfen wie Ballons an einer einzigen Schnur vor Marianne auf und ab. Da ist die Nadel und sie wird wieder den Falschen treffen. Marianne möchte schon wieder lächeln, aber sie hält sich den Mund zu. Genug ist genug, das hat Lena immer gesagt, und sag ihm doch endlich einmal, was er ist, was für ein Scheißgesicht. Siehst du, sagt Marianne zu Lena, nicht die geringste Chance hat man, und Lena zuckt mit den Achseln, versteckt sich hinter den Ballonscheißgesichtern, hinter den Uhren. Aber was denn, ich habe doch keine Angst, sagt Marianne ohne Lächeln, man hat doch keine Angst, wenn man keine Chance hat. Viel habt ihr ja nicht begriffen, jetzt murmelt sie, weil die Spritze die Stimme und die Beine wegzieht, aber Hauptsache ihr wisst, wie spät es ist, keine Angst, und sie spricht es nach wie ein Gebet, keine Angst und Amen, es ist immer gleich spät, es ist keine Angst, egal, wie oft sie fragt, es ist halb oder viertel nach keine Angst.

Marianne schaukelt in hellem Türkis. Manchmal flimmert es golden, zerlaufende Streifen, aber das Türkis ist verlässlich und lässt das Geflirre nicht überhandnehmen. Keine Augen, kein Lächeln. Hier ist es gut. Wenn Marianne den Atem anhält, bildet das Goldene schöne Spiralen. Mariannes Hand zuckt suchend über die Decke, aber das Gedächtnis der Finger zerläuft schneller als das Gold, und still ist es, endlich watteweich still. Irgendwo klappern Nadeln, ein Knäuel aus Lächeln fällt zu Boden, entrollt sich, dort hinten, weit weg hinter Glas, ihr reicht das Türkis, das Schaukeln, und Gold, endlich still, wie ich will, endlich Schweigen, endlich Gold.

10 Knöpferollen

Im Nachhinein waren die Anzeichen deutlich zu erkennen. Sie vergaß das tägliche Radio-Opernkonzert um eins, das all die Jahre zuvor nie versäumt werden durfte, die Stadtbesuche wurden seltener und die Blumensorten im Garten immer weniger. Wenn sich der Anrufbeantworter einschaltete, legte sie nach ein paar Atemzügen auf oder rief fragend unsere Namen. Sie backte nicht mehr jeden Samstag. Hin und wieder vergaß sie, dass wir unseren Besuch angekündigt hatten. Als Ludwig starb, den sie immer sehr gemocht hatte, war sie mir auffallend gleichgültig erschienen. Sie verbrannte sich mehrmals an der heißen Herdplatte, zwei, drei Mal gab es kleinere Wasserschäden, weil sie den Hahn nicht zugedreht hatte. Jakob und ich hatten zwar einiges davon bemerkt, aber vage dem Alter zugeschrieben. Manchmal hatten wir ein paar Sätze darüber gewechselt, nicht mehr. Wir sprachen nur mehr selten über meine Eltern. Es führte nirgendwohin als in eine ungreifbare und sehr ermüdende Traurigkeit, mit der ich nicht viel anzufangen wusste: Das war doch alles schon so lange her. Kinder sind nicht da, um ihre Eltern zu retten, an diese Wahrheit hatte ich mich strikt geklammert. Dennoch hatte niemand je ein solches Gefühl der Kapitulation in mir verursacht wie Marianne. Wenn ich mich länger in ihrer Nähe aufhielt, kehrte es wieder, aller Einsicht zum Trotz. Deshalb war ich dazu übergegangen, sie in Frieden zu lassen.

Ich wollte die alten Geschichten nicht mehr hören, nichts von den seligen Zeiten der Kindheit meiner Mutter, in der lediglich ihre Körperfülle und die über die Heimat herfallenden Walschen mit ihrer unverdient schönen Sprache eine Trübung darstellten, nichts von den Läusen und dem Grind der tschechischen Bauernkinder, von russischen Tieffliegern und Männerschuhen ohne Schuhbänder im letzten April des Krieges, nichts von weißen Stoffscheiben mit einem applizierten N darauf, nichts von jungen Frauen in langen Reihen, die zum Gaudium der tschechischen Bewacher minutenlang *Wir sind deutsche Schweine* im Chor zu brüllen gezwungen worden waren, nichts von endlosen Wollknäueln in Pappschachteln, nichts über Hermanns Mutter, die die Butter mit ihren arthritischen Bäuerinnenfingern auf dem Brot verstrichen hatte, nichts über die Form meines Kopfes und meiner Füße, die angeblich so sehr denen Hermanns glichen, nichts über sterbende Opernheldinnen in Säcken, irrtümlich erstochen vom eigenen Vater, auch nichts vom paradiesischen Geruch frischen Brots um halb fünf Uhr morgens und vom starken, sehr süßen Espresso, den man im Schatten von Edelkastanien und mit frisch manikürten Fingernägeln zu sich nahm, und nichts von den Abstufungen von Rot- oder Blautönen, die sich zum Abfragen eigneten wie das Einmaleins, indigoblau, kobaltblau, preußischblau, ultramarin, kirschrot, karmesinrot, zinnoberrot. Ich hatte genug von Mariannes aufgeblähter Vergangenheit und der im selben Maß schrumpfenden Gegenwart. Auf eine falsch benannte Farbe oder bei der Erinnerung an ein barbarisch bestrichenes Frühstücksbrot zeigte Marianne die gleiche zurückhaltende, aber verächtliche Erbitterung wie in ihren Erzählungen über die brutalen Tschechen oder die russischen Tiefflieger.

Ich setzte die nach Keller riechende Reisetasche, in die ich ihre Sachen für den Umzug in die Pflegestation eines Altenheims einpacken sollte, vor Mariannes Kleiderschrank ab, fasste dieses und jenes an, legte dickere und dünnere Nachthemden aufeinander und überlegte bei dem einen oder anderen Stück, ob Marianne es noch trug oder ob es ihr noch passte. Ich wollte es richtig machen und ärgerte mich darüber, verlor mich in der Betrachtung des altmodischen Musters an der Wand, silbergraue Blumenornamente auf Weiß, mit der Walze aufgetragen, die alle paar Jahre wechselten. Als Kind hatte ich in ihnen Fratzen mit geöffneten Mäulern gesehen und mich damit unterhalten, die Formen umspringen zu lassen, von Blüte zu Fratze und zurück. Was ich wieder in den Kasten zurücklegte, war nicht so perfekt aufeinander gestapelt wie das, was Marianne noch in Ordnung gebracht hatte, so ihr alle wesentlichen Tätigkeiten umfassender Übergriff: *es in Ordnung bringen*. Nun, ich war jetzt ihre Ordnung, und das würde ihr kaum gefallen.

Als ich die Kastentür zuwarf, wusste ich mit der seltenen Sicherheit, mit der man in guten Momenten die richtigen Schlüsse zieht, ohne vorher bewusst nachgedacht zu haben, dass ich das Haus verkaufen würde. Die Gegenstände, die Marianne hinterließ, das gesamte Haus hatte die gleiche Wirkung auf mich wie Marianne selbst. Das würde sich nicht ändern, wenn ich das Haus anders einrichtete, umbauen ließ oder auch nur vermietete. Die Kapitulation vor der Macht bestimmter Verhältnisse hat manchmal etwas ungeheuer Rettendes. Ich setzte mich eine Weile aufs Bett und fühlte mich müde. Die Verwalterin der Seniorenresidenz, so die jetzt übliche beschönigende Bezeichnung für das umgebaute Herrenhaus am Stadtrand, in dem Marianne mit einigen Dutzend anderen Bewohnern ihrem Tod entgegengehen, -schlurfen, -sitzen oder -dämmern würde, hatte mir eine Liste der notwendigen Dinge mitgegeben und daran würde ich mich halten. Als ich mich aus der weichen Matratze hochstemmte, spürte ich an meiner linken Hüfte ein Papierrascheln. In der braunen Tüte waren die Namensetiketten für Marianne, die ich auf Empfehlung der Verwalterin in einem Kurzwarengeschäft in der Innenstadt bestellt hatte, ich würde sie noch in jedes Kleidungsstück einnähen müssen. Als Kind war ich manchmal mit Marianne dort gewesen, ein schon vor zwanzig Jahren altmodisch gewesener Laden mit braunen Holzschubladen vom Boden bis zur Decke, wo es Hunderte verschiedene Knöpfe, Reißverschlüsse, Druckknöpfe, Bänder und anderes Schneiderzubehör gab. Meine Mutter führte gerne vertrauliche Gespräche mit den Verkäuferinnen der Läden, die sie in immer gleichen Runden besuchte, während ich mich langweilte.

Ich erinnerte mich an die Stimmung von halblautem Einverständnis, in dem etwas sanft Klagendes lag, eine gemeinsame Einsamkeit, eine ähnliche Enttäuschung, etwas, das Menschen aneinander wiedererkannten, die es teilten. Wahrscheinlich war auch diese Erinnerung nur eine Art Amalgam aus verschiedenen Wahrnehmungsfragmenten, im Nachhinein zusammengefügt im Bestreben nach Erträglichkeit und Sinn. Beate mochte meine Ansichten über die Fragwürdigkeit des Gedächtnisses gar nicht. Wenn ich sie mit Zitaten zu untermauern versuchte, konnte sie ärgerlich werden. »Das passt zu dir«, sagte sie, »Erinnerung als reines Konstrukt anzusehen. Damit bleibt eine Person doch immer irgendwie unscharf und verwischt. So könnte es gewesen sein, oder auch ganz anders. Das gefällt dir.« Mir gefiel jedenfalls, dass sie sich von meinen Theorien nicht sonderlich beeindrucken ließ. Gestern hatte sie allerdings am Telefon gemeint: »Vielleicht bist du deiner seltsamen Mutter doch ähnlicher, als du wahrhaben willst«, und ich hatte geantwortet: »Um mich geht es jetzt nicht. Lass mich doch einmal aus dem Spiel.« Jakob trieb einen nicht in die Enge, verwies einen nicht ständig auf einen selbst, wenn man über etwas anderes redete, zum Beispiel über die Eltern.

Ich sah noch einmal die Kleiderstapel durch. In die Strumpfhosen würde ich ja hoffentlich keine Etiketten nähen müssen. Ich holte Mariannes Nähkästchen aus der Kommode. Das Maßband war fein säuberlich zusammengerollt, keine einzige Stecknadel war darin verstreut, Häkchen, Knöpfe und Sicherheitsnadeln lagen in den abgeschabten, bunten Blechdöschen, die ich noch aus meiner Kindheit kannte, die Nähnadeln steckten in einem buckligen Nadelkissen, das ich in der Volksschule häkeln hatte müssen. Bei den Nähseiden fand ich zwei ordentlich zusammengefaltete Zettelchen: *Taubenblau nachkaufen*, stand auf dem einen und: *Heftfaden, grün kariertes Flanellhemd H.*, auf dem anderen. Die Verkäuferinnen, mit denen Marianne ihre Schwätzchen hielt, gingen mir nicht aus dem Sinn, während ich nach einer Nadel und weißer und schwarzer Nähseide kramte. Es waren Frauen an die vierzig, etwa in Mariannes Alter. Ich beobachtete sie beim Reden, meinte mich daran zu erinnern, wie ich dort stand und gerade über die Abstellfläche für die Einkaufstaschen am Ladentisch sehen konnte. Marianne war immer die Schönste gewesen, wie ich als Kind fand. Wenn eines der Geschäfte schloss, in die Marianne gerne ging, konnte sie darüber klagen, als wäre jemand gestorben. Alles Schöne verschwindet, sagte Marianne. Ich konnte nicht verstehen, was etwa an einem düsteren Hutladen schön sein sollte, in dem vergilbte Bleistiftzeichnungen von eleganten Damen hingen, wo es nach Mottenkugeln und Kölnischwasser roch und in dem Kopfbedeckungen feilgeboten wurden, die höchstens die englische Königin hätte tragen können.

Während ich nähte – der Knoten am Ende des Fadens war natürlich zu dick und die Stiche zu groß –, geisterte auch noch ein Spruch durch meinen Kopf: *langes Fädchen, faules Mädchen*. Marianne, natürlich Marianne, meine Mutter, überall, wie ein zerschlagener Spiegel in unzähligen Splittern. Bilder, Sprüche, das Gefühl von gebügelten Seidenunterröcken an den Fingern, Splitter, die überall waren und an denen man sich fortwährend stach oder schnitt. Marianne, in ihrer grandiosen Erbärmlichkeit, wie sie zerfiel. Es war herzlich gleichgültig, ob ich die Namensetiketten schön oder hässlich annähte.

Ich legte den nachtblauen Morgenmantel mit dem Schmetterlingsmuster zur Seite und kramte nach einer Zigarette. Möglicherweise fand in Marianne etwas Ähnliches statt wie in meinen Erinnerungen, ein ähnlicher Zerfallsvorgang. Aber mein Gehirn war intakt, mein Gedächtnis war ausgezeichnet, immer gewesen. Das war während der Schulzeit und danach von ziemlichem Vorteil gewesen: Ich merkte mir auch Dinge, die mich wenig interessierten. Wahrscheinlich war ich auch mit den Händen keinesfalls ungeschickt, wie Marianne immer behauptet hatte. Es war wohl nur so, dass sie mich ungeschickt wollte, und daher wurde ich es. Vielleicht wollte ich es ihr sogar darin recht machen: Indem ich ihre Überzeugung, ich sei letztlich eine Enttäuschung, nicht allzu sehr infrage stellte, zumindest nicht in den Dingen, die sie für wesentlich hielt. Wie um meinen aufbegehrenden Gedanken zu widerlegen, stach ich mich in den Finger. Ich wischte den Blutstropfen in den Bettüberwurf.

Ich brauchte lange, um die etwa dreißig Etiketten anzunähen. In den Rauchpausen sah ich mir die Fotos auf dem Nachtkästchen an. Auf einigen war ich zu sehen, einmal als vielleicht Drei- oder Vierjährige mit einem überdimensionalen Haarknoten, um den ein mit kleinen bunten Filzblüten besticktes Samtband gewickelt war. Das Foto war schwarz-weiß, aber ich erinnerte mich an das hellgrüne Band. Ich erinnerte mich, dass mich Marianne die Farben der Blüten aufsagen ließ, und an das kitzlige Gefühl zwischen den Fingern, wenn man damit spielte. Ich erinnerte mich an die Knöpfe aus der blechernen Knopfschachtel mit den Rentieren. Ich erinnerte mich an die verbeulte Stelle am Deckel und an die Knöpfe, der einzelne lederüberzogene, die kleinen halbrunden, die in einer rosigen Perlmuttfarbe schimmerten. Ich erinnerte mich an die unterschiedlichen Geräusche, die die rollenden Knöpfe erzeugten, klirrend, blechern, hell. Wenn Marianne nähte, saß ich oft neben ihr an einem niedrigen Kindertisch, den Hermann getischlert hatte, und legte spiralförmige Muster aus den Knöpfen, sammelte sie wieder, legte neue und so fort. Marianne störte mich nie dabei. Ich liebte dieses Spiel, und vielleicht liebte ich es auch, weil Marianne mich mochte, wenn ich es spielte. Auf dem Foto mit dem Haarknoten saß ich auf der Psyche mit dem dreiteiligen Spiegel, dort, wo sitzen sonst strengstens verboten war. Ich war wegen des hübschen Spiegeleffekts auf dem Foto dorthin platziert worden, das mich nun von links vorne und zweimal halb von hinten gleichzeitig zeigte. Wenn ich also in den nächsten Wochen und Monaten dies alles hier ausräumen, weggeben, wegwerfen würde – und ich dachte mit einer gewissen herzlosen Lust daran –, würde ich damit das Archiv meiner Kindheit ausräumen. Marianne hatte alles akribisch gehortet: meine Babykleidung, die Puppen, für die sie Kleider genäht hatte,

Fotos, Ansichtskarten von meinen ersten Reisen als Studentin, die Zeitungsannonce der mit Auszeichnung bestandenen Matura, Telefonnummern und Adressen meiner früheren Wohnungen, die überraschend zahlreichen Gratulationskarten zu meiner Geburt. Ich hörte meinen rasselnden Atem. Wie von einer alten Frau, dachte ich und hustete aus, was im Hals steckte. Draußen fiel die Dunkelheit über den Garten. Die Büsche und Bäume verflachten zu diffusen Flecken in Graustufen.

Blinzelnd schalteten sich die Straßenlaternen ein. Für die Krankheit meiner Mutter gab es noch nichts, was die Finsternis eindämmte. Man könne es ein wenig hinauszögern, hatte ich in der Klinik gehört. Aber der Prozess sei unaufhaltsam. Der Ausdruck *Prozess* erschien mir sehr passend. Aber wessen war meine Mutter angeklagt? Das Suchen nach Gründen, genetischen, psychologischen, ergab vielversprechende Spuren, die allesamt im Vagen endeten. Man könne in etwa beschreiben, was im Gehirn der Erkrankten vor sich gehe, so die Ärztin. Bei der Demenz vom Alzheimer-Typus durchschneide ein scherenartiges Enzym eine Eiweißkette. Dadurch entstehe das giftige, klebrige Amyloid, ein Eiweißmolekül, das im Gehirn den Zerstörungsprozess in Gang setze. An die neunzigtausend Menschen leiden in Österreich zurzeit an einer Demenzerkrankung. In Europa seien in fünfzig Jahren bereits über vier Millionen zu erwarten.

Meine Großmutter hatte mitten in der Nacht ein Huhn gebraten und dann den Herd eingeschaltet lassen. Verkalkung nannte man das, wenn man bei den Begräbnissen hinter vorgehaltener Hand über solche Eskapaden alter Menschen redete. Ich rechnete nach. In vierzig Jahren, vielleicht in dreißig. Werden sie etwas gefunden haben. Gegen Aids haben sie etwas gefunden. Sie forschen: an Mäusen, an Zebrafischen. Die Angst machte mich hellwach. Die Gene von Mensch und Zebrafisch unterscheiden sich erstaunlicherweise recht wenig, las ich. Die Präventionsempfehlungen: Sport treiben. Sich gesund ernähren. Geistige Betätigung. Gedichte auswendig lernen. Ohne Einkaufszettel einkaufen gehen. Macht Angst klüger oder dümmer? Die Fakten, die ich mit absurder Präzision memorierte, waren wie Drogen, die mich zuerst beruhigten, dann aber in Panik versetzten. Immerhin, Marianne wurde von den Zahlen verschluckt: Sie wurde eine von über neunzigtausend, von Millionen. Jeder von ihnen ein Zebrafisch, der einsam in einem Aquarium vor sich hintrieb.

Ich schaltete das Licht ein, zog den Vorgang vor und verstaute die Broschüren in meiner Tasche. In meinem Kopf war das, was von Marianne bleiben würde. Mein Kopf war ihr Aquarium. Die Angst schwappte darin hin und her. Ich zwang mich weiterzunähen.

Je weniger ich Marianne von mir erzählt hatte, desto mehr hatte sie archiviert. Sie war ein übereifriges Muttertier gewesen, das alles, dessen sie habhaft werden konnte, in den Bau schaffte. Das Schlafzimmer war das geheime Zentrum des Baus gewesen und das Leben ein langer, ein endloser Winter, eine drohende Voreiszeit, gegen die man sich wappnen musste mit Fotos, Knöpfen, Nähseiden, Adressen, Postkarten. Alles war Futter, da durfte man nicht wählerisch sein, musste flink sein, flink, aber ordentlich, musste sammeln und aufbewahren. Futter für das Muttertier, nicht für den Nachwuchs. Ich stieß die Schublade des Nachtkästchens zu und stopfte Mariannes Kleider in die zu kleine Reisetasche. Eine Weile stand ich noch am Fenster. Der Mond klebte am Himmel wie eine kleine, kalte Silbermünze. Hermanns leerer Kasten stand offen. Keine Spur mehr von ihm. Dies war Mariannes Reich, hier galt ihr Gesetz. Hier waren die blecherne Knopfschachtel, die Bilder, auf denen man entzückend war und gelungen, überhaupt alles hier bewies, dass man war, wer man sein sollte, wofür man geboren war. Hier war alles, was man gewesen war, hier war der Beweis. Hier war man verloren.

Als ich ging, legte ich das Foto von dem doppelt gespiegelten Kind zuoberst in die Reisetasche. Marianne würde ihre Kleider bekommen und das Bild. Ich fühlte mich leer, wie ausgeweidet. Eines der unzähligen unwichtigen Dinge, die ich mir so leicht merkte, fiel mir ein, als ich die Wohnungstür hinter mir zusperrte: Seegurken stülpen auf der Flucht einen Teil ihrer Eingeweide aus, sie spucken sich gewissermaßen also selber aus und werfen sich dem Angreifer zum Fraß hin. So macht sich das Hohltier davon und rettet seine Haut.

Lena zeigte keine Überraschung, als ich sie fragte, ob sie sich vorstellen könne, dass Marianne Hermann die Treppe hinuntergestoßen habe. Aber das war nichts Ungewöhnliches: Lena war nicht der Typ, der Gefühle deutlich zeigte. Selbst wenn sie nach Ludwigs Tod geweint hatte, waren die Tränen über ihre Wangen gelaufen, ohne dass sich ihr Gesichtsausdruck wesentlich verändert hatte. Lena hielt die Dinge, die Menschen um sich und sich selbst zusammen. Sie war anderthalb Jahre älter als Marianne, aber ihr Gedächtnis war in Ordnung. Was auch sie vergaß oder nicht sah, wenn es unangenehm wurde, war kaum mehr als bei jedem anderen. Der Krieg, hieß es vage und man müsse vergessen können, sonst würde man ja verrückt. Diese Generation hatte sich ohnehin das Recht auf Vergessen herausgenommen und machte es gegenüber der nächsten und übernächsten mit stummer Zähigkeit geltend. Die Ausnahmen, freilich. Die gab es immer und die konnte man vergessen. Ich mochte Lena. Sie hatte Kontur. Ich mochte es, wie sie Ludwig mit einem kleinen Aufblitzen von zärtlicher Zustimmung hinterherlächelte, und ich mochte es, dass ich als Kind neben ihr herlaufen konnte, wenn sie zum Bauern Milch holen ging, ohne fürchten zu müssen, dass sie irgendetwas vom Weg abbringen würde. Ich mochte es, dass ich nicht wichtig genug für sie war, um sie enttäuschen zu können. Besonders mochte ich, dass Lena nicht gerettet werden musste.

Dass ihr meine Frage doch zusetzte, zeigten nur ihre Finger, die die Alzheimer-Broschüre, die ich mitgebracht hatte, auf dem Küchentisch hin und her schoben. Die dreifarbige Katze sprang lautlos auf ihren Schoß. Lena ließ die Broschüre liegen und begann die Katze mechanisch zu streicheln. Ihr unbewegtes Gesicht hatte die täuschend frische Gesichtsfarbe von Menschen mit hohem Blutdruck. Ich zwang mich zu warten. Als ich zum ersten Mal sitzende ägyptische Skulpturen sah, hatte ich mich an Lena erinnert gefühlt, obwohl sie recht rundlich war. Ihre Haltung hatte etwas Symmetrisches und Aufrechtes, das ihnen im Ausdruck glich. Die Katze wandte jäh den Kopf zum Fenster, vor dem ein paar Meisen aus einer leeren Niveadose Fett und Körner pickten, und duckte sich unter Lenas streichelnden Fingern weg. Mit Blick auf die Wand gegenüber sagte Lena recht beiläufig: »Unmöglich ist es nicht.«

»Hat sie vielleicht irgendetwas gesagt? Auch wenn es wie wirres Zeug geklungen hat? Vorher vielleicht, mit dir hat sie doch noch über ihn geredet, du weißt schon, wenn – «

Lena rückte langsam in meine Richtung. Ich hörte ihren Atem. Auf dem Nähtischchen lagen Tablettenschachteln. Es strengt sie an, dachte ich. Auch wenn sie stark ist, sie ist alt. Ihr dichtes Haar war grauer geworden, obwohl es wie bei Marianne noch von vielen dunklen Partien durchzogen war. Um die Augen hatte sie neue Knitterfalten, die Lider waren schwerer als noch vor Monaten, der Rock rutschte auf die Hüften, wenn sie aufstand. Aber sie alterte sanft, unspektakulär. Etwas war anders in ihrem Kopf. Immer schon gewesen. Sie hat immer ihren Kopf durchgesetzt, hatte Marianne gesagt. Lena hatte ihren Kopf durch die Jahrzehnte gerettet. Warum sie? Die gleichgültige Varianz der Biologie.

»Wenn es etwas gegeben hat, wenn er wieder einmal getobt hat, meinst du?« Ihre Deutlichkeit überraschte mich. Die Katze starrte gierig auf die flatternden Vögel vor dem Fenster und schlug mit dem Schwanz. Lena scheuchte sie von der Bank. »Verdient hätte er es ja«, sagte sie ungewöhnlich heftig. Ihre Stimme hatte Kraft. Ihre Hände machten eine hilflose Bewegung in die Luft, als wollte sie ihre Äußerung irgendwie abschwächen. »Ich meine, nicht so, aber, – du weißt schon.«

Ich nickte. Ich wusste, hatte schon immer gewusst. Der Schuldige stand fest.

»Du weißt ja, dass sie sich nicht helfen hat lassen.« Der Filterkaffee tropfte gurgelnd in die Kanne. »Kuchen hab ich keinen«, sagte Lena. »Mich freut es nimmer so.« Wir rührten in unseren Tassen. Sie würde Marianne besuchen kommen, sicher. »Solange sie mich noch kennt«, fügte sie ergeben und sehr sachlich hinzu. »Schau, es hat doch keinen Sinn, sich etwas vorzumachen.«

»Ich mache mir nichts vor. Ich möchte nur wissen, ob sie Hermann die Treppe hinuntergestoßen hat.« Lena schaute auf meine krampfenden Finger, die mich verrieten. »Du kannst ruhig rauchen, ich mach das Fenster auf.«

In meiner Familie gab es keine rauchenden Frauen. Aber in Lenas und Ludwigs vollgestopfter kleiner Wohnung war immer ein wenig mehr Platz gewesen als in der meiner Eltern: für die Freundinnen und Freunde meiner Cousine, für Hunde und Katzen, und jetzt, im Notfall, auch für rauchende Nichten. Während Lena in der Tischschublade nach Streichhölzern kramte, schaute ich auf die selbstgetischlerte Küchenkredenz, die ich mein Leben lang kannte. Auch das Geschirr und die Küchenuhr kannte ich. Lena und Ludwig hatten nie die Mirabella-Einbauküchen-Tupperware-Stufe erreicht, die für Marianne so wichtig gewesen war.

»Da musst du sie selber fragen. Vielleicht sagt sie es dir«, sagte Lena in die Rauchwolken hinein, die ich ausstieß.

»Aber dir hat sie nichts gesagt?« Lena schien meine Frage als Feststellung zu verstehen, die keine Antwort erforderte.

»Du weißt doch, wie sie ist. Sie hat immer alles geschluckt.« Nach einer Weile fügte sie in einem nachsichtigen Ton hinzu, wie gegenüber einem Kind, dem man etwas eigentlich Selbstverständliches wieder und wieder erklären muss: »Menschen ändern sich doch nicht.«

Menschen ändern sich doch nicht. Lenas Satz begleitete mich, als ich den Hügel hinunterlief, auf dem Lenas Haus stand, ein lang gezogener, graugelber Nachkriegsbau, an dem Satellitenschüsseln klebten, die im Gegenlicht wie groteske Wucherungen an den fleckigen Mauern aussahen. Unten wandte ich mich um und sah Lenas Silhouette am Fenster. Sie streute frisches Vogelfutter in die Niveadosen. Im Nachbarfenster blitzte die Sonne metallisch auf. Der Gartenstreifen vor dem Haus glühte in rostigen Herbstfarben. Ich winkte, aber Lena sah mich nicht.

Wenn Menschen sich nicht änderten, hatte meine Mutter meinen Vater nicht die Treppe hinuntergestoßen, sondern war, als er das schwere Möbelstück auf den Treppenabsatz gewuchtet hatte, einen Schritt zur Seite getreten, hatte unentschieden einen Moment auf einem Satz wie *Das ist doch zu schwer für dich* oder *Pass auf mit dem schweren Ding* herumgebissen, ihn dann hinuntergeschluckt, war hinter der halboffenen Tür stehen geblieben, die Hände in den Taschen der Kleiderschürze, den Stoff knetend, ohne es zu bemerken, hatte nach Hermanns stoßendem Atem gelauscht, nach dem schleifenden, schabenden Geräusch der Holzkante des Möbels auf den Stiegen, auf die dumpfen Schläge, wenn die mit Filzstückchen besetzten Füße des Nachtkästchen auf die Treppen polterten, und hatte Hermann ihren Blick zwischen die breiten Schultern gebohrt, als könnte sie ihn halten, damit er nicht ausrutschte, oder ihn stoßen, damit er fiele, oder, und das war das Wahrscheinlichste, als könnte sie damit das Möbelstück daran hindern, das glänzend polierte, mit einer feinen Wachsschicht überzogene Holz zu zerkratzen. Wenn Menschen sich nicht änderten, hatte Marianne nicht die Tür aufgezogen, anstatt sie vorsichtig anzulehnen, war nicht noch einen Moment hinter dem marmorierten Milchglas stehen geblieben, hatte nicht Hermanns Prusten und Ächzen und das scharfe Schaben des Holzes in sich hineingenommen mit einem tiefen Atemzug, ohne an irgendetwas zu denken, an nichts, das die Entschlossenheit des Augenblicks ins Bewusstsein gedrängt hätte, kein Gedanke, nicht einmal Wut, keine Klarheit im Kopf, in dem die giftigen Eiweißmoleküle sich unaufhaltsam zu verklebten Partikelchen zusammenballten, nichts davon, irgendwoher dann dieser Schritt und noch einer und gleichzeitig ein Schwungholen der Arme, eine einzige tiefe und weite

Pendelbewegung des Oberkörpers, offener Mund und Fäuste, mit den Fäusten hatte man mehr Kraft, der Körper hatte es noch nicht vergessen, der Körper, der geschrumpfte, dem Altern und dem Verfall preisgegebene Körper. Marianne hatte nicht gewusst, was zu tun ist, als sie nicht gewusst hatte, was sie tat, und getan hatte, was zu tun war, im Ohr noch Hermanns über die Schulter gebellten Befehl, sie solle in die Küche zurück, und der Stoß dann, der Stoß, der ihr gar nicht stark vorgekommen war, nicht einmal die Fingerknöchel taten weh, sodass sie einen Moment erstaunt gewesen war über das, was dann folgte, dieser Lärm, dieses Gepolter und ein viel lauterer Schlag, der Hermanns Stimme abknickte wie einen dürren Ast, Körper und Holz, eine bizarre Form dort unten am Fuß der Treppe, und sie war da gestanden, staunend, als hätte sie nur eine Handbewegung gemacht, nicht mehr, eine kleine Handbewegung, ein Winken, die Andeutung eines Winkens, und dann: ein bisschen Lärm, dann Stille, Stille und der eigene Atem, mehr nicht.

Marianne würde noch etwa zehn Tage in der Klinik bleiben und dann ins Pflegeheim gebracht werden. Jakob und ich waren von einer blassen älteren Nonne mit energischem Schritt durch das Haus geführt worden. Ihr ruckartiges Lächeln rastete jedes Mal ein und erstarrte, wenn wir das Wort an sie richteten. Auch ihre Schnelligkeit irritierte mich, die im Gegensatz zur echsenartigen Langsamkeit der alten Menschen stand, die sich die Gänge auf und ab mühten, in Fauteuils versanken, sich ab und an hochstemmten. Die Stöcke und Gehhilfen klopften einen beständig zerbrechenden, aber markanten Rhythmus auf den senfgelben Boden. Eine Gruppe Männer spielte Karten, lachte meckernd. Ihre brüchigen Stimmen gingen mir auf die Nerven. Die Namensschilder an den Türen waren aus Filz und Papier liebevoll selbstgebastelt. In einem Wintergarten schnitt eine Gruppe Frauen unter der Anleitung einer Pflegerin Zickzackmuster und Kreise aus farbigen Papierbögen aus. Die Schwester, die uns vor sich her schob, plapperte unentwegt in munterem Ton, als würde sie ein besonders günstiges Wellnesshotel anpreisen. Es roch nach Putzmittel, Raumspray und nach etwas Unbestimmbarem, das sich in die Sauberkeit drängte, Medikamente, Urin. Man bemühte sich, gewiss. Auch hier hingen ähnlich frohsinnige Fotografien an den Wänden wie in der Klinik. Es war an mir, mich ebenso zu bemühen. Letzte Woche war jemand gestorben, das war unser Vorteil. Aus der Teeküche flatterte das helle Gekicher zweier Asiatinnen in hellblauen Schürzen. Eine Frau mit einem dichten weißen Haarschopf hob den Kopf und wandte den Blick sehnsüchtig in die Richtung, aus der das Gelächter kam. Auch sie lachte, obwohl man nicht verstehen konnte, worum es ging. Schließlich zerfiel ihr Lachen blitzschnell wie das eines Kindes und sie betrachtete mit hängenden Mundwinkeln das Karomuster ihres Rockes. Im Zimmer wies die Schwester auf ein Regal neben dem Schrank: für persönliche Dinge, Fotos und dergleichen. Keine Nägel in die Wände bitte. Und keine Teppiche. Die Hygiene, wir würden doch verstehen? Natürlich, wir verstanden. Dort würde Marianne bleiben, bis sie starb. Wir hatten nicht viel mehr Wahl als sie.

Natürlich träumte ich wirres Zeug. Als ich aufwachte, schaute ich ins milchige Morgenlicht. Der Himmel bestand aus dicken, diffusen Wolkenmassen, die niedrig über der Horizontlinie der Hügel in unsere Richtung trieben, ein unentschlossenes Schwimmen und Schweben auf der Stelle. Ich wartete, bis sich die Traumbilder auflösten. Eines blieb hartnäckig, schrumpfte auf Dia-Format, blies sich wieder auf, verschwand nicht.

Ich bin in meinem Elternhaus, im Wohnzimmer, ich weiß, dass meine Mutter und mein Vater sich in anderen Zimmern befinden. Ich will nach meinem Vater rufen, bringe aber nichts als ein Flüstern zustande. Als ich aus dem Fenster sehe, bemerke ich, dass das Haus auf dem Meer treibt, ruhig und gemächlich wie ein großes Schiff. Ich spüre das Schaukeln in den Fußsohlen. Die Wellen sind gleichmäßig und sanft. Etwas Leichtes stößt an meine Knöchel. Durch die Tür rollen Wollknäuel herein, grau, grün, braun. Ich weiß, dass es aufgetrennte und wieder aufgewickelte Wolle ist und dass sie von Marianne kommt. Ich soll etwas damit machen und weiß nicht was. Mein Herz klopft. Ich überlege aus dem Fenster zu springen, ins Meer hinunter, fürchte aber, dass wir schon zu weit weg vom Festland sind.

Ich finde Marianne im großen Aufenthaltsraum der geriatrischen Station. Sie trägt einen beigen Rock und ihren hellblauen Kaschmirpullover. Ihr rechter Arm bewegt sich mechanisch am Fensterbrett entlang auf und ab. Ob sie auch das Meer sieht? Ich werde sie fragen, jetzt. Das, worauf es ankommt, nicht irgendeinen Unsinn. Ich will mich nicht ablenken lassen. Wir sehen nicht das Gleiche, sage ich mir. Ich will mich nicht aufhalten lassen, aber meine Beine sind schwer, als hätte dieser eine Gedanke an das Meer den Traum wieder geweckt und damit seine Macht, den Träumenden fliegen, schrumpfen oder gegen gelähmte Glieder ankämpfen zu lassen. Aus den Augenwinkeln sehe ich die anderen Patientinnen an den Tischen sitzen oder herumgehen. Alle haben die gleichen erstaunten und gekränkten Blicke, die eine einzige wortlose Frage zu stellen scheinen: Was geschieht mit uns? Sie gehen dich nichts an, sage ich mir, halte dich nicht auf.

»Mama«, sage ich. »Wie geht es dir?« Sie dreht sich um, sofort, fasst mich in ihren Blick. In ihrer Bewegung liegt Kraft. Ich bin erleichtert. Meine Mutter gehört nicht zu denen, egal, was die Ärztin sagt.

»Wie soll es mir schon gehen«, sagt sie und zuckt mit den Schultern. »Die geben mir irgendwas. Ich kann nicht schlafen.«

»Du siehst aber gut aus, Mama.« Es ist keine höfliche Krankenhauslüge. Ihre Augen sind klar, die senkrechte Falte auf der Stirn ist kaum zu sehen.

»So«, sagt sie nur. Der rechte Arm, den sie hinter dem Rücken hält, wischt weiter über die Fensterbank. Als sie bemerkt, dass ich dorthin sehe, meint sie: »Dreckig ist es hier. Alles dreckig.« Sie weist mit dem Kinn in den Raum hinein. »Dreckig sind die. Schau dir die an. Sie wendet sich halb von mir ab, wischt wieder mit dem Taschentuch auf und ab, energisch, wütend. Es geht schnell, denke ich. Warum so schnell.

»Kennst du mich, Mama?« Mariannes Blick ist die reine Verachtung. Das Taschentuch fährt in die Ecken unter dem Fenster. »Natürlich kenne ich dich. Dich kenne ich, und ihn kenne ich auch.« Was ich höre, ist: *Ich weiß, was du für eine bist.* Das ist ihre Antwort. Und ich weiß, dass ich einen Fehler gemacht habe, aber jetzt kann ich nicht mehr zurück: »Wen meinst du mit ihm, Mama?«

Sie verzieht die Mundwinkel. »Ihn«, wiederholt sie. »Na ihn, wen denn sonst. Den Mann.«

Ich lasse nicht locker, jetzt nicht mehr: »Meinen Mann, Mama? Meinen Mann? Mama?«

Ich werde laut, aber niemand beachtet uns. Sie soll sich erinnern, nur jetzt, nur für ein paar Minuten: Daran, wer ich bin, wer sie ist.

»Mama, Mama«, äfft sie mich nach. Dann noch einmal, leiser jetzt, klagend: »Mama.«

Ihr Gesicht rutscht nach unten, sie schaut auf ihre Schuhspitzen. Sie trägt die weinroten Samtpantoffeln, die Jakob und ich ihr zu Weihnachten geschenkt haben. Mit einer kleinen, eleganten Drehbewegung schlüpft sie aus einem Schuh, hebt ihn auf, streicht über den Plüschbesatz, liebevoll, wie über das Fell eines Kätzchens.

»Ich kenn ihn, ich kenn ihn ja«, murmelt sie jetzt, wiegt sich in einen Singsang hinein.

»Ich kenn ihn.« Ich nehme sie an den Schultern, zwinge mich zur Sanftheit. »Du kennst mich und meinen Mann, ja, Mama? Das ist gut. Und deinen Mann, den kennst du auch, nicht wahr? Papa? Hermann, ja?« In einiger Entfernung geht eine Schwester mit einem Tablett voller Teetassen vorbei. Ich lasse Marianne los. Sie rührt sich nicht.

»Dein Mann, Mama.« Ich habe mich wieder im Griff, zumindest meine Hände und meine Stimme. Kein Aufsehen jetzt, sonst ist es vorbei. Sie lässt den Schuh fallen, ihr Fuß findet ihn, ohne dass sie hinsieht. »Ist er gefallen? Oder hast du ihn gestoßen? Sag mir das jetzt, Mama, hast du ihn die Treppe hinuntergestoßen?«

Warum habe ich sie nicht schon längst gefragt? Wenn es doch so leicht ist. Jetzt könnte ich sie alles fragen. Würde ich mich ablenken lassen, würde ich mich hinsetzen und ein Blatt Papier vor mir haben und einen Bleistift, alle Fragen fielen mir ein. Klare, einfach zu beantwortende Fragen. Alle, auf die es noch ankommt. Aber ich lasse mich nicht ablenken. Diese Frage ist die wichtigste. Danach kommt alles andere. Du wirst sehen, Mama, eine nach der anderen, Mama. Ich bin ganz ruhig. Ich habe kein Blatt Papier vor mir. Ich denke nicht, ich irre nicht umher. Alle Fragen. Sind da, in meinem Kopf. Sie gehören mir. Mein Gedächtnis ist ausgezeichnet, immer gewesen. Ich habe nichts mehr zu sagen. Nicht ich.

Marianne steht still wie ich, mir gegenüber. Sie hat mit dem Wischen aufgehört, das Taschentuch fällt zu Boden. Niemand hebt es auf. Ihr Blick ist undeutlich, nach innen gezogen. Ich weiß nicht, ob viel oder wenig Zeit vergeht, bis sie murmelt: »Dein Mann. Dein Mann, mein Mann, Hermann.« Dann, heftig einatmend und mit klarer Stimme: »Alle Männer sind ein Mann.« Noch einmal ein heftiger Atemstoß. Jetzt macht sie einen kleinen, festen, stampfenden Schritt auf mich zu, stößt mir den Zeigefinger ans Brustbein, ich spüre ihren harten Fingernagel durch den Pullover. »Du«, sagt sie, presst die Wörter einzeln mit dem Atem hervor, »du, du hast keinen Mann. Du nicht.« Dann fliegt ihr Blick weg von mir, ihre Hand greift ins Leere, nach irgendetwas, nicht nach mir, und sie fügt hinzu, mit weniger Kraft jetzt, ihre Stimme kratzt: »Die sind dreckig da herinnen, alle, und du auch.« Jetzt hat mich ihr Blick wieder in der Zange: »Du auch, Friederike, dreckig bist du, du auch.«

11 Die Banane im Ohr

Sehr lange dauerte es nicht mehr. Vielleicht war es der Wechsel der Umgebung, vielleicht die Medikamente oder beides zusammen, aber Mariannes Zustand hatte sich sehr schnell verschlechtert. Zumeist saß sie in ihrem Zimmer, manchmal angegurtet in ihrem Sessel. Ich hatte gegen die Fesselung protestiert, worauf mir vehement erklärt wurde, dass es nicht tragbar sei, wenn zu allen Tages- und Nachtzeiten auf den Gängen, draußen im Park und in anderen Zimmern Patienten herumirren würden. Mir blieb nichts anderes übrig, als es zu akzeptieren. Ich stellte mir vor, wie in einigen Jahrzehnten die prognostizierten Millionen Demenzkranken in den Städten umherwandern würden, Geschichten vor sich hinmurmelnd oder insistierend wiederholte Wortkombinationen, Laute, Fragmente von Melodien, Beschimpfungen, wie sie Blumen aus den Parkrabatten rissen, Gegenstände durch die Gegend trugen, Fremde berührten, imaginären Dreck wegwischten, lachten, weinten, all den Schmerz und die zerstörte Vitalität in einem grotesken Schauspiel ohne Regie zum Ausdruck brachten, eine neue Unordnung der Dinge, eine reine und grausame Poesie, die zu lesen keiner verstünde.

Nichts mehr wäre verstellt. Alle Maskierungen gefallen.

Ich fragte mich, ob der Wunsch, sich mitzuteilen, im Verlauf der Krankheit gnädig erlosch. Es sah so aus: Die, die am Ende dauerhaft in den Betten lagen, schienen keine Wünsche mehr zu haben. Man wusste es nicht, und diejenigen, die täglich mit den Kranken umgingen, hatten wohl längst aufgehört, sich derartige Fragen zu stellen. Bei Marianne hatte ich meine Zweifel, auch bei anderen, die ich im Heim sah. Oft war da etwas wie ein Ansetzen, ein körperlich höchst angestrengtes Ringen, vielleicht um Worte, dann das grausame Hängenbleiben, ein zum Zerreißen gespanntes Stillseinmüssen oder ein Wort, endlos wiederholt, als fände es dadurch zur ersehnten Bedeutung, Lampenschirm, Lampenschirm, Lampenschirm, und gerade die Wiederholung offenbarte die Lächerlichkeit aller Bemühungen. Vielleicht bildete ich mir aber nur ein, aus meiner Sehnsucht, Marianne würde mit mir sprechen, mir überhaupt etwas mitteilen wollen. Ich hasste meine Sehnsucht, aber davon verging sie nicht. Sie zwang mich sie zu untersuchen, ihr Nuancen abzuringen: Die Sehnsucht hatte mehr Farben, als Marianne mit ihrem elaborierten Farbvokabular hätte benennen können. Im Zentrum davon stand der Wunsch, irgendwo in Marianne lauere ihre unsterbliche Seele, die darauf wartete, endlich aus dem hinfälligen Käfig ihres Körpers zu entkommen. Eine stumme Wut erfüllte mich. Die Sehnsucht blieb unbeeindruckt. Sie war da, ein ständiger Schmerz, der mit dem Gefühl des Versagens einherging. Beate und Jakob versuchten mir das auszureden, ich nickte, etwas aber entzog sich der Einsicht, ganz so, wie Marianne sich entzog. Aber sie konnte es besser, sie entzog sich allem. Ich hatte sie nicht retten, vor nichts bewahren können. Ob sie meinen Vater die Treppe hinuntergestoßen hatte, würde ich nicht mehr erfahren. Irgendjemandem gegenüber meinen Verdacht zu äußern, war sinnlos.

Die folgenden Monate trieb ich dahin in einer Wolke aus Vergeblichkeit, obwohl ich alles ordentlich erledigte, was zu tun war. Eine Menge Formulare waren auszufüllen, ich saß auf Ämtern, telefonierte mit Beamten, sah mit ohnmächtiger Wut einem Arzt der Versicherungsanstalt zu, der Marianne einige dumme Fragen stellte, sie aufforderte, die paar Schritte ins Bad, zum Fenster und wieder zurück zu gehen. Sie gehorchte wie ein braves kleines Mädchen, was dazu führte, dass wir einen niedrigeren Pflegebeitrag bekamen. Jakob sang Marianne Lieder vor und erzählte ihr Geschichten, was sie immer für eine Weile beruhigte. Wenn er ging, heftete sie manchmal den Blick an ihn. Nach einigen Wochen biss sie in eine ungeschälte Orange und versuchte mit einem Ausdruck von Verzweiflung, sich eine Banane ins Ohr zu stecken. Ein paar Mal redete sie von Männern in Stiefeln, manchmal ein paar Brocken italienisch oder tschechisch. Sie lächelte nicht. Einmal beugte sie sich zu dem Kind eines Besuchers hinunter und redete liebevoll auf es ein. Ich brachte ihr Papier und Buntstifte, die sie unberührt ließ. Zumeist saß ich eine knappe Stunde lang bei ihr, Belangloses plaudernd oder schweigsam. Ich sah uns beide von außen, in der sauberen kleinen Schachtel ihres Zimmers, jeder gefangen in seiner Sehnsucht, unfähig dem anderen etwas zu geben. Vielleicht war dies das Letzte, was wir teilten, vielleicht nicht einmal das. Man konnte nur da sein, auf den Verdacht hin, es dämpfe Mariannes Gefühl der Verlassenheit, von dem man nicht wusste, ob es überhaupt existierte. Manchmal stand Marianne auf und machte ein paar Schritte mit einer leise aufflammenden Energie, die am Fenster oder an der Tür versickerte. Sie versuchte nie, davonzulaufen.

Einmal, als Jakob etwas unruhig und gehetzt bei ihr ankam, sagte sie zu ihm: »Heute bist du ja ein Vogel!« Jakob und ich sammelten Anekdoten, kleine Situationen, in denen Marianne auf etwas reagierte, in denen wir ihre Äußerungen zu etwas irgendwie Sinnvollen umdeuten konnten. Dazu war ich auf die Reste meines Glaubens angewiesen. Da sie verschwindend gering waren, half es nicht viel, egal welches Vokabulars wir uns bedienten: unsterbliche Seele, Unbewusstes, was auch immer. Wenn wir schon kaum wussten, wer wir waren, wenn wir sozusagen gesund waren, wie sollten wir wissen, was von einem blieb, wenn wir es nicht mehr waren. Wir wussten kaum etwas und waren auf Erbarmen angewiesen, vielleicht sogar auf Gnade, zunächst vielleicht auf Verhältnisse, die dieses Erbarmen überhaupt ermöglichten: Orte, Einrichtungen, Menschen, die dafür bezahlt wurden, zu füttern, Medikamente zu verabreichen, all das Nötige zu tun, um Verlorensein und Elend nicht auch noch zu vergrößern. Jedenfalls auf jemanden, der all das bezahlte. Hermann war stets geizig gewesen, auch deshalb war genügend Geld vorhanden. Mit der Gnade war es schwieriger. Ich wusste nicht, woher sie kommen sollte. Wir warteten. Nach einer Weile gestand ich mir ein, dass ich auf Mariannes Tod wartete.

Sie mochte es, berührt zu werden. Ich entdeckte es spät, weil Marianne und ich einander nicht oft berührt hatten. Ich bürstete ihr Haar, viel Schwarz mit nicht allzu vielen weißen Strähnen, das Haar einer vielleicht Vierzigjährigen, ertastete die Beule im Nacken, die ich von früher kannte. Ihre Schultern waren hochgezogen, ihre fein gefältelte, sehr helle Haut spannte über den Schulterblättern und Schlüsselbeinen. Sie hatte immer schlank sein wollen, jetzt war sie es. Sie entspannte sich kaum. Aber sie hielt still und das Flattern ihrer Lider beruhigte sich. Manchmal zog ich sie für das Zubettgehen um. Ich hatte meine Mutter selten nackt gesehen. Als sie mir einmal traurig ihre mürbe gewordenen Oberschenkel gezeigt hatte, war es mir peinlich gewesen. Ihre Kleidung war mir immer eher als Teil ihres Körpers erschienen, ohne die Schichten aus Hüftgürtel, Strümpfen, BH, Unterkleid war sie beinahe unvorstellbar. Jetzt, da sie morgens von den Pflegerinnen angekleidet wurde, passten die Röcke nicht mehr zu den Blusen, die Strümpfe nicht mehr zum Rock, ein Detail, das mir unsinnig wehtat. Oft cremte ich sie ein, hielt eine Weile ihre kühlen, langfingrigen Hände in meiner Hand, eine exakt gleiche jüngere Kopie davon. Zumeist begann sie dann bald, einen Zipfel ihrer Kleidung zu kneten.

Musik war gut, sie schaute dann auf die Lautsprecherbox und wiegte sich hin und her. Wenn der Sprecher einsetzte, wurde sie augenblicklich unruhig. Den Wecker hatte sie ein paar Mal zu Boden geworfen, wie mir gesagt wurde, deshalb hatte ihn die Schwester in den Kasten gestellt. In ihrer Nähe verfiel die Zeit in ein stockendes, stolperndes Zeitlupentempo. Langsamkeit, aber keine Ruhe. Keine Wut, keine Liebe. Auch meine Sehnsucht verblasste und kehrte mit einem heftigen, körperlichen Ziehen wieder, wenn ich im Haus war und Karton um Karton mit ihren Sachen füllte. Jakob und Frau Lerch hatten mir angeboten zu helfen, aber ich war dort lieber allein. Ihre Schmuckstücke oder die kleinen Porzellandöschen berührte ich mit einer Zärtlichkeit, die sie mir viel näher zu bringen schien, als wenn ich ihre Hand hielt. Ich dachte nicht viel dabei, ich ging immer, bevor ich weinen musste.

Lena kam nicht allzu oft. Sie wohnte nicht weit weg, aber der Weg von ihrem Haus am Hügel zur Busstation war mühsam für sie. Wenn ich sie neben Marianne sitzen sah, merkte ich ihr die Anstrengung an, ihre Miene unbewegt zu halten. Frau Lerch brachte manchmal Blumen aus dem Garten, die die Schwestern auf den Gang hinausstellten, wenn sie gegangen war, weil Marianne sie des Öfteren zu essen versuchte. Ich strich Marianne sanft über den Rücken, betrachtete sie, als ob ich sie noch einmal auswendig lernte: die leichte Krümmung ihres Rückens, die weiche, auseinanderlaufende Partie um Bauch und Hüften, die dünnen Unterschenkel voll blauer Adernnester, die fast grotesk schmalen Knöchel, die zueinander gedrehten Zehen in den weißen Gesundheitssandalen, die sie trug, seitdem sie den weinroten Samtpantoffeln die Plüschpompons abgerissen hatte. Wenn man sie ansah, rutschte ihr Blick immer öfter davon, so langsam, dass es unmöglich war, den Moment des Entgleitens zu bestimmen. Je trauriger ich wurde, desto genauer beobachtete ich sie, als käme es auf mich an, auf mein Gedächtnis. Ein oder zwei Mal streichelte Marianne meinen Unterarm, spielte mit meinen Fingern, betrachtete verwundert meine Handfläche. Ich freute mich, sagte irgendetwas, und damit war es auch schon vorbei, und sie verschwand wieder an diesen Ort oder Nicht-Ort, wohin ihr niemand folgen konnte. Mariannes Präsenz war gerade deshalb so eindringlich, weil sie nichts mehr tun, nichts mehr erledigen konnte, das Sinn hatte im Gefüge ihres beständig erweiterten Ordnungssystems, ein nie zu Ende gebautes Luftschloss mit unzähligen Türmchen, Erkern und Balkonen, mit dem sie ihr Leben füllte. Zugleich war sie abwesender, als ein Toter es hätte sein können. Es passte zu ihr. Sie hatte sich nie entscheiden können: gehen oder bleiben. Hier sein oder woanders. Geh, hätte ich ihr gerne gesagt, bitte, geh jetzt. Aber ich traute mich nicht, hatte Angst vor diesem letzten Scheitern: Dass sie auch das nicht mehr verstehen würde.

12 Was nicht in den Dingen liegt

»So geht es nicht mehr«, sagte Beate. Sie legte die Handflächen sacht auf die blau gestrichene Tischplatte. Die Vorsicht ihrer Geste stand im Gegensatz zu dem forschen Ton, den sie anschlug. Die Pinselstriche bildeten ein schönes Muster, das sich um ihre Finger verzweigte, als wachse der Tisch unter ihren Händen in alle Richtungen.

»Merkst du nicht, wie sie dich auffrisst? Wie lange räumst du schon in dem verdammten Haus herum? Zwei Monate? Du kommst hierher, lässt dich von mir umarmen, dann von deinem Mann, sprichst kaum. Ich mache mir Sorgen.«

Ich spürte, wie ich mich zusammenzog. Sie schwieg, sah mich auffordernd an. Dass meine Faszination für das schraffierte Muster auf dem Tisch irgendwie unangemessen war, registrierte ich und ich suchte nach einem Fluchtweg, nach einem geschickten Satz, der mich entkommen ließ. Nicht in Sicherheit. Sicherheit gab es nicht. Der Tod Hermanns und die Krankheit meiner Mutter waren nur sehr persönliche, aber hieb- und stichfeste Beweise für die Allgemeingültigkeit dieses Satzes.

Ich wollte nicht mit Beate reden, nicht jetzt. Ich wollte in Ruhe über die Unmöglichkeit von Sicherheit nachdenken. Jakob, was war mit Jakob? Der mich nicht verriet und nicht angriff, der mit Hermann über Obstbäume und hydraulische Drehbohrmaschinen reden konnte, der Marianne vorlas und vorsang, seine Hilfe anbot und sich zurückzog, wenn ich sie verweigerte. Der Klavier spielte. Endlos und geduldig wiederholte Phrasen, bis sie fehlerfrei aus seinen Fingern perlten, bis der Anschlag so leicht und selbstverständlich geriet, dass die abgründige Heiterkeit einer Mozart-Sonate alles andere, was noch im Raum stehen mochte, hinwegfegte, spurlos vertrieb, als wäre da nie etwas anderes gewesen. Keine Verletztheit, keine hinuntergeschluckten Beschuldigungen, überhaupt: keine Schuld und kein Anspruch. Solange ich mich an die Regeln hielt. Keine Enttäuschung, die die Musik nicht verschlingen, sich einverleiben und anverwandeln würde, sodass am Ende immer Schönheit übrig blieb. Und meine Zweifel: Ich höre, aber ich glaube nicht, egal wie schön du spielst. Die verlässliche Verführbarkeit des Ohres durch Harmonien: Was für eine subtile Kriegsführung gegen alle denkbaren Schrecken. Die Basis der abendländischen Musik sei ziemlich simpel, sagte Jakob, besteht im Grunde aus Terzen, Quarten, Quinten. Aber dann! Jakob liebte das Einfache und konnte sich am Komplizierten berauschen, solange er es verstehen konnte. Verstehen hieß für ihn, es zu Klang machen. Solange es Musik wurde, die er spielen oder deren Systematik er hörend verfolgen konnte. Ich war ein Augenmensch, er nicht.

»Sorgen machst du dir? Du bist ziemlich wütend.«

»Mag sein. Du bist so abwesend. Woran denkst du?«

»An Jakob«, sagte ich, bevor ich es unterdrücken konnte.

Beate schüttelte den Kopf, wickelte Haarsträhnen um die Finger. »Bin ich dir zu unbequem?«

»Ja«, sagte ich. Wir lachten beide, eine Spur hysterisch vielleicht, die Spannung löste sich vorläufig auf.

»Hör zu«, sagte sie, und obwohl sich ein Teil von mir höflich oder vielleicht nur feige bemühte, ihren Ausführungen zu folgen, die wie eines der Musikstücke Jakobs einer in sich geschlossenen Logik zu folgen schienen, driftete ich wieder weg.

Ist es das, was wir wollen, mehr als Erkenntnis, mehr als Gesehenwerden? Sicherheit? Jakob suchte keine Sicherheit bei mir, und wenn, dann mit Vorbehalt. Er hatte etwas Besseres. Die Musik würde ihn nicht betrügen. Fühlte er sich überhaupt betrogen? Oder nicht vielmehr bestätigt in dem, was er von vorneherein gewusst hatte und was ihn daher tatsächlich nicht sonderlich bedrohte? Ich würde ihn fragen müssen. Ich wusste nicht genug.

»Deine Mutter nimmt dich viel zu sehr ein. Du verbringst ganze Wochenenden allein in dem Haus, kramst herum. Du hast noch fast nichts eingepackt. Es dauert zu lang. Du musst es abschließen. Das ist nicht gesund. Es kippt.« Sie verstand nicht, aber sie hatte recht. Ich hätte den Begriff *gesund* herauspicken und sie in eine Diskussion darüber verwickeln können. Einen Moment war ich geneigt, das zu tun, dann ließ ich es bleiben.

Erstaunt stellte ich fest, dass ich gar nicht verstanden, sondern in Ruhe gelassen werden wollte. Davon, wie ich es abschloss oder nicht abschloss, begriff sie nichts. Ihre Vorwürfe oder Vorhaltungen hatten nichts mit mir zu tun. Ich sah zu, wie sie ihr Haar entschlossen hinter die Ohren schob. Mit jedem Satz schien sie sich selbst mehr von dem zu überzeugen, was sie sagte. Die kurzen Pausen dazwischen ließen keine Lücken offen, sondern bauten stabile Räume zwischen dem, was schon gesagt war, und dem, was folgen würde. Ich würde es lassen, wie es war. Seitdem Marianne in diesem Zustand war, war ich um einiges geduldiger geworden.

Beate wusste nichts von den Zebrafischen, den Blumen, der Tischdekoration, den Strickmustern, den Zetteln mit Mariannes zerlaufender Handschrift, nichts von ihren schneidenden Blicken am Mittagstisch, nichts von der Hand einer alten Frau, die wischt und wischt, und der Dreck wird nicht weniger, der Dreck, den wir alle ohne Zögern als imaginär bezeichnen würden. Wieso sollte sie auch? Sie meinte es gut. Wenn wir es gut miteinander meinen, wird es gefährlich. Ich mochte nichts sagen. Ich bekam Angst, dass es auch Jakob gut meinen könnte. Als Beate zu Ende geredet hatte, sah sie erschöpft aus.

»Es tut mir leid«, sagte ich, ohne genau zu wissen, was. Vielleicht, dass sie nicht begriff. Vielleicht, dass ich keinen Drang verspürte, es ihr zu erklären. Als ich unsere Kaffeetassen in Beates Geschirrspüler stellte, merkte ich, dass ich etwas zittrig war. *Am fremdesten sind wir uns selbst.* Kertesz' Satz auf Beates Plakat war dieses Mal ein Trost. Es tat mir leid, dass ich Beate mit meinem Schweigen kränkte, aber nicht leid genug, um ein paar freundliche Halbwahrheiten oder Zugeständnisse für sie zusammenzukratzen.

Die Treppe hinunterzugehen war dann ein seltsames Glück, trotz der Zittrigkeit. Ich weiß kaum etwas von mir, dachte ich, nichts Wichtiges. Ich setzte die Sohlen leise auf, um nicht einmal das klappernde Geräusch meiner Schritte zu hinterlassen. Ich wusste, dass ich in das Haus zurückkehren und es ausräumen würde, und dann würde ich einen Käufer suchen. Die Stille dort hatte etwas Wahres: Nichts mehr verdeckte, wie allein Hermann, Marianne und ich dort gewesen waren. Weiter wusste ich nicht. Ich war klar und leer. Ich wusste, es wäre gut, es für eine Weile bleiben zu können.

Jakobs stilles Einverständnis hielt an. Manchmal bekam ich Angst, dass es ihm zu lange dauerte, und dass er nicht mehr aus der ruhigen, musikalischen Systematik seines Alltags zu mir zurückkehren würde. Ich beobachtete ihn beim Üben, neben mir im Auto und wenn wir miteinander aßen. Er reagierte ein wenig unwillig, als sei ich es, die ihn aus einem Zustand selbstvergessener Konzentration aufstörte. »Bring es einfach zu Ende«, sagte er dann und wandte sich wieder dem zu, was er gerade tat. Nach der Arbeit und an den Wochenenden war ich öfter im Haus als bei Marianne. Niemand störte mich. Hin und wieder telefonierte ich mit Beate, aber nie im Haus. Ich spürte ihre beherrschte Ungeduld. Nichts von dem, was ich erzählte, war das Richtige. Über das Haus redete ich nicht. Manchmal vergaß ich sie. Die Welt, in der sie recht hatte, war nicht meine.

Im Haus vergaß ich auch Jakob. Aber es war kein Mangel, der dabei entstand, sondern ein Raum im Raum, in dem ich mich bewegen konnte. Ich arbeitete bis zur Erschöpfung. Ich vergaß meinen Körper. Ich berührte, was Marianne und Hermann gehört hatte. Ich verpackte jedes einzelne Stück des Rosenthal-Geschirrs in Zeitungspapier, stapelte über dreißig Jahre gesammelte Donaulandbücher und Best-of-Readers-Digest-Bände in Schachteln, Mariannes restliche Kleidung, den Hausrat, es war, als trüge ich Jahrzehnte übereinander geschichteter Lebenszeit ab. Das nicht mehr Gebrauchte war nur in den Hintergrund gerückt worden, in die oberen Fächer der Schränke, auf den Dachboden oder in den Keller, wiederum ordentlich verpackt in die dort deponierten älteren Möbelstücke. Nichts, das Marianne aufbewahrt hatte, war verschmutzt oder kaputt. Zwischen jedem vierten und fünften Pullover lag ein Stoffsäckchen mit Lavendel. Ich blieb ihr treu, indem auch ich nichts wegwarf. Dutzende Male fuhr ich zu den diversen Sammelstellen der Caritas oder zu Flohmärkten. Ich konnte es mir leisten, nichts zu verkaufen, also tat ich es nicht. Jakob behielt einige von Hermanns Werkzeugen und Maschinen, den Rest verschenkte ich ebenfalls. In Hermanns Zonen war es schwieriger, Brauchbares und Kaputtes auseinanderzusortieren. Ich schnitt mich an Fliesenscherben. Ich vertat viel Zeit damit, das handgeschriebene Testament meines Großvaters, Hermanns Vater, zu entziffern, das in Kurrentschrift geschrieben war und einige ungeschickte sentimentale Wendungen enthielt, über die ich mich wunderte. Meine einzige Erinnerung an ihn war die an einen großen Schatten im Garten, der mich hochhob, und das erschreckende Kitzeln eines drahtigen Schnurrbarts. Er kam nicht oft zu Besuch. Eine meiner Tanten hatte mir erzählt, dass er in den letzten Jahren Panikattacken bekommen hatte, wenn er das Haus verließ.

Es wäre zu erwarten gewesen, dass mich das Räumen im Haus in einen Strom von Erinnerungen an Hermann und Marianne tauchte. Nichts davon geschah. Es war, als hätten die Gegenstände alles fest in sich verschlossen, sie gaben nichts preis, was ich nicht schon wusste. Ich sortierte, verpackte und schleppte mit einer Pedanterie, die Marianne eventuell gewürdigt hätte. Hermann und Marianne waren beide Kirchgänger gewesen, obwohl sie, ohne es zu bemerken, nicht an denselben Gott geglaubt hatten. Aber ein Glaube, der sie verbunden hatte, war der an die Macht der Dinge gewesen, eine Macht, der sie beide geradezu magische Dimensionen zugeschrieben hatten. Dinge und nur Dinge schützten: vor Armut und Mangel sowieso, auch vor dem spurlosen Verstreichen der Lebenszeit, gegen das sie aufgeboten, aufbewahrt und gehortet wurden, vor dem Aufkommen der Frage, wer man überhaupt war. Man war derjenige, der dieses und jenes gebaut, gekauft, gestrichen, geschliffen, gezimmert, geputzt, genäht, gekocht, geschlichtet, lackiert, verräumt, geflickt, gebügelt, gestickt, gestrickt, geschnitzt, zusammengeleimt, gestemmt, eingeschlichtet, gesammelt, eingepackt und aufbewahrt hatte. Damit waren die meisten Fragen beantwortet, bevor sie sich aus einem wortlosen Unbehagen heraus überhaupt formen hätten können, und die meiste Zeit gefüllt, in der sie sich breitgemacht hätten. Meine Eltern hatten nicht Dinge aufgehoben, um sich zu erinnern, sondern um zu vergessen. Gegen den Tod half ihr Glaube nicht, aber immerhin gegen den nackten Gedanken daran und gegen die Frage, ob es etwas gäbe jenseits des Erwerbens, Herstellens, Hortens, Ordnens und Räumens. Manchmal, während ich arbeitete, wusste auch ich es nicht. Ich hatte das Gefühl, den ganzen Weg, der in diesen Dingen lag, rückwärts zu gehen, obwohl ich natürlich Abkürzungen nehmen konnte. Die Schwerkraft, der Tod und die Gesetze der Entropie waren auf meiner Seite. Jenseits davon lag unbekannter Raum, mein Leben danach.

Das einsame Räumen brachte mich Hermann und Marianne näher, als ich es je gewesen war. Hermann, der sich auf die Küchenbank fallen lässt, nach der Zeitung greift, die Blätter voneinander löst und sie auf der Tischfläche hin und herschiebt, um die beste Entfernung für die geschwächten Augen zu finden. Die Vertiefung der Wirbelsäule zwischen den kräftigen Schultern, die kantigen, effizienten Bewegungen seiner Arme, wenn er etwas hämmerte, schraubte, die zusammengekniffenen Augen, sein schweißfeuchter, sommersprossiger Rücken wie eine Barriere: Man sollte ihn nicht stören. Wie er über das Schachbrett gebeugt Partien von Weltmeistern nachstellte und über einem strategischen Problem brütete, dabei vor sich hinmurmelte. Ich sah meine Eltern nicht vor mir, es war eher so, dass mir ihre Bewegungen, die Haltung ihrer Körper in den Räumen, ihre Art, etwas zu berühren, durch den eigenen Körper gingen, substanzlose Formen, die sich bildeten, wieder auf- und einander ablösten, eine Art Choreographie, die mich in Unruhe versetzte, antrieb, hineinzog, damit ich ein Teil davon würde. Nachts schlief ich erschöpft und traumlos. Ich träumte, wenn ich im Haus war, während ich Karton um Karton füllte und im Vorhaus deponierte. Woran ich mich erinnerte, war von einer Präzision, die nur ein Traum erreicht.

Was ich von Mariannes Sachen behielt, passte in einen mittelgroßen Umzugskarton. Ihr Schmuck, die elegante, rotgoldene Uhr, das Ziffernblatt kleiner als eine Münze, die sie von ihrer Chefin bekommen hatte, bevor sie zum Heiraten nach Österreich übersiedelt war, ein selbst geschriebenes Kochbuch, in dem sich unter anderem ein Rezept zur Seifenherstellung, für falsches Schlagobers und anderes fand, das von den Entbehrungen der Nachkriegszeit kündete. Marianne hatte das Buch über vier Jahrzehnte lang beschrieben. Ich konnte verfolgen, wie die Rezepte in den besseren Jahren großzügiger in den Zutaten wurden. Vor jedes Rezept war ein Frauenname in Klammer gesetzt, es sollte festgehalten werden, woher es stammte. Ich behielt ein gehäkeltes Dreieckstuch aus dünner schwarzer Wolle mit lilaschwarzen Quasten, bestickte Leinentischdecken und passende Servietten, einige Vasen und Porzellandöschen, zwei Paar Stöckelschuhe, die mir auch passten, Fotoalben, Briefe, ihre Zeichnungen, fast alle auf Backpapier, gefaltete Bögen, die ich zwischen den Seiten eines schweren Kochbuchs hervorzog und in eine mitgebrachte Mappe legte, ihr Nähzeug, ihre Schreibfedern. Ich zögerte nicht bei der Auswahl. Einige Sachen hatte ich für Lena und andere Verwandte beiseitegelegt. Nachdem ich die Möbel wegbringen hatte lassen, kehrte ich die ganze Wohnung. Die Geräusche in den leeren Räumen klangen fremd, selbst das Schließen der Türen erzeugte einen anders gefärbten Nachhall. Ich betrachtete die hellen Vierecke an den Wänden, wo Bilder gehangen hatten. Manchmal hatte ich mich gesorgt, dass Marianne nach dem Haus fragen würde oder nach Dingen, die ich ihr mitbringen sollte, aber sie tat es nie, und wenn, würde sie es sofort wieder vergessen haben. Mit Jakob ging ich manchmal in Konzerte oder wir fuhren essen. Einige Wochen lang tat ich nur das Nötigste. Mir fehlte nichts. Außer mit ihm redete ich mit niemandem über das Haus, auch über Marianne brachte ich Freunden gegenüber nur ein paar halb zurechtgelegte Sätze zuwege, die Jakob und ich unter uns als Phrasen höherer Ordnung bezeichneten. Ich schlief viel. Lange Zeit meinte ich, ich hätte meine Traurigkeit im Haus gelassen oder aufgebraucht, weggegeben mit den Tausenden Dingen, die ich verräumt und verschenkt hatte.

Nachdem Frau Lerch zu ihrem Sohn nach München gezogen war, fand ich über ein Immobilienbüro rasch einen Käufer, ein gewitztes älteres Ehepaar, das mehrere Häuser in der Stadt besaß und mich im Unklaren darüber ließ, was es mit dem Haus anfangen würde.

Die Frau war blass und klein, hatte einen zupackenden Blick und trippelte mit entschiedenen Stakkatoschritten durch die Räume. Der Mann bemühte sich hochdeutsch mit mir zu sprechen und behandelte mich ansonsten mit spürbarer Herablassung, vielleicht weil ich kaum um einen besseren Preis feilschte. Als ich ihnen von Hermanns Unfall erzählte, wurden sie etwas freundlicher und mengten ihrem Triumph über den Schnäppchenkauf eine Dosis Mitgefühl bei.

Einige Tage vor der Schlüsselübergabe fuhr ich zum letzten Mal hin. Es war Winter, hatte aber noch nicht geschneit. Ohne Vorhänge starrten die Fenster auf mich herunter, als ich aus dem Auto stieg. Es war frühmorgens, bevor ich in die Arbeit musste, und so kalt, dass meine Fingerspitzen beinah an dem schmiedeeisernen Geländer vor der Haustür kleben blieben. Ich musste die Heizung etwas höher stellen, damit das Wasser in den Leitungen über Nacht nicht gefror, und wollte noch einmal durch alle Räume gehen, begnügte mich dann aber damit, alle Türen zu öffnen und einen Blick hineinzuwerfen. Ich sammelte noch einige Zigarettenstummel vom Fensterbrett, stand unschlüssig im Wohnzimmer, das ich selbst leer geräumt nicht mehr so groß empfand wie als Kind, als mich Hermann an der Hand über die frisch glänzende Parkettfläche geführt hatte. Der Raum hatte scharf nach Versiegelungslack gerochen, durfte nur auf Socken betreten werden und war mir prächtig und weit erschienen. Als ich gehen wollte, hielt mich der Blick über die Treppe auf, die Hermann hinuntergestürzt und die ich seitdem Hunderte Male auf und ab gelaufen war. Marianne, wie sie den einen Schritt nach vor macht. Meine Knie zitterten. Ich holte mit den

Armen aus, sie fielen kraftlos zur Seite. Ich stellte mir den Schlag in Hermanns Rücken vor, kein besonderer Schmerz, eher Überraschung, die sich als scharfer, kalter Atemzug in den Körper frisst, und die folgenden Sekunden, wie bei einem Sprung von einem Felsen ins Wasser, sechs oder sieben Meter, die man in weniger als zwei Sekunden durchfliegt, die sich aber in der Erinnerung verdichten und dehnen.

Es gab nur keine Erinnerung mehr. Ich konnte sie nicht für ihn bewahren und auch nicht für sie. Es gab nichts mehr zu tun. Meine Vorstellungen waren belanglos. Sie hatten keinerlei Macht über das, was geschehen war, und würden sie nie haben. Es war gut, das zu begreifen. Ich wunderte mich, dass das Zittern nicht nachließ, raffte meine Handtasche an mich, ließ mich auf die oberste Treppe sinken.

Ich war leer wie das Haus, als ich mich hochzog und vorsichtig am Geländer entlang nach unten tastete. Das Zittern lief in Wellen von der Brust nach oben in den Mund und nach unten bis in die Knie. Ich schämte mich, obwohl ich allein war, aber es trieb die Leere aus mir heraus, die das Haus in mich hineinzupumpen schien, als nähre es mich damit. Ich hielt mich mit dem Blick auf meine Uhr fest. Allmählich ließ es nach. Als ich die Haustür hinter mir zuzog, sah ich mich nicht um.

Gudrun Seidenauer
Der Kunstmann
Roman

Ihr Romandebüt ist ein ebenso poetisches und politisches Buch über den erhellenden und verdunkelnden Gebrauch der Sprache und ein verschwiegenes Kapitel unserer Vergangenheit.

Die Furche, Christa Gürtler

Feinsinnig verpackt sie Vorwürfe, Zweifel und Entfremdung in Stimmungen von Kälte, Wüste und einsamen Wegen, ohne dass dies platt oder kitschig wird. Ihr Buch ist spannend geschrieben und wirft mehr Fragen auf als es klärt.

Salzburger Nachrichten, Hedwig Kainberger

Ein fein gearbeitetes, sprachlich exzellentes Debüt.

News

Es ist ein Buch von hoher erzählerischer Raffinesse, aber diese Raffinesse ist weder eitel noch zynisch, sondern steht im Dienst der Genauigkeit des Erzählbaren.

Kolik

Ein virtuoses Debüt, von dessen Autorin man sich noch einiges versprechen darf.

literaturhaus.at

autor**in**residenz

Evelyn Grill
Das römische Licht
Roman

Evelyn Grill hat ein Händchen für die Ambivalenz von Lebensentwürfen … erschreckende Biographien, die der schmale Roman in meisterlicher Präzision enthüllt.
FAZ, Andreas Platthaus

Ein schrecklich gutes Buch.
Neues Volksblatt

Sie zündet ein Feuer an, das bis zum letzten Satz nicht mehr erlischt. Tausend Bravos für Evelyn Grill.
OÖN, Peter Grubmüller

Typisch Grill.
Falter, Kirstin Breitenfellner

Mit der ihr eigenen Unerbittlichkeit und Schärfe, ohne Rührseligkeit, berichtet Grill, die selbst mehrfach Rom-Stipendiatin war und viel Sympathie für den Egoismus ihrer Heldin aufbringt, Schritt für Schritt von Xenias Abschied – von Rom, von der Mutter und einer Phase ihres Lebens.
Badische Neueste Nachrichten

Monique Schwitter
Ohren haben keine Lider
Roman

Monique Schwitter verleiht in ihrem Debüt »Ohren haben keine Lider« einem altbekannten Thema einen überraschend frischen Sound.

profil, Karin Cerny

Eine Frauenfreundschaft, ein mysteriöser Todesfall und eine lange Suche nach sich selbst: »Ohren haben keine Lider«, das Romandebüt der Schweizerin Monique Schwitter, fesselt von Seite zu Seite mehr.

Berner Zeitung

Monique Schwitter hat ein eigenwilliges Buch geschrieben – zwischen Trauer und Komik, Verstörtheit und der Sehnsucht nach Liebe und Nähe. Jede Figur hat ihre eigene Musik der Roman nun ist ein Ohrenbuch.

Schweizer Illustrierte, Isabell Teuwsen

Eines der originellsten und pfiffigsten Bücher der letzten Jahre gemacht.

Falter, Daniela Strigl

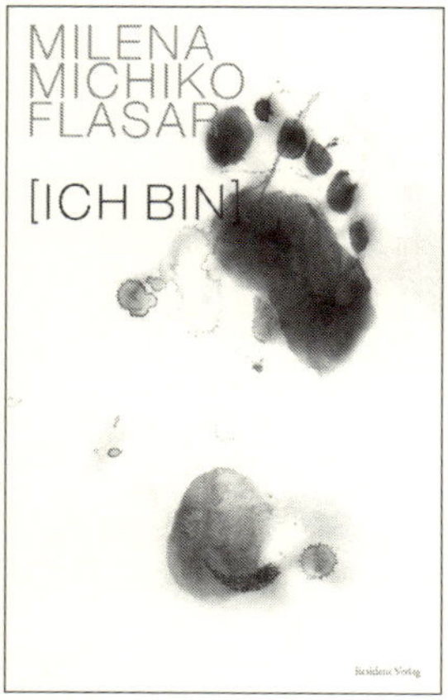

Milena Flašar
[Ich bin]

Der Geliebte, der Bruder, der Freund – drei intensive Beziehungen, drei Abschiede. Abschiede, die Befreiung bedeuten und zugleich Neubeginn sind.

Tiefgründig und ernst erzählt Milena Michiko Flasar von engen Beziehungen und der Suche nach sich selbst. Sie führt uns in eine magische Welt voller sichtbarer und unsichtbarer Zeichen. Ein aufregendes Debüt.

Poetisch und kraftvoll.
Madame

Splitter voller feiner Poesie.
Ö1, Susanne Schaber

autor**in**residenz